시화기행 1

파리, 고요한 황홀

김병종 지음

시화기행

문학동네

| 차례 |

3부 빛과 어둠의 도시

4부 파리 밖에서 피어난 꽃

일러두기

1. 작품명, 전시명, 영화 제목은 〈 〉로, 단행본, 잡지는 『 』로 표기했다.
2. 인명, 지명 등 외래어는 국립국어원 외래어표기법을 따랐으나 일반적으로 통용되는 표기가 있을 경우 이를 참조했다.

서문

시화기행을 펴내며

그림과 시와 기행을 함께 묶는 책을 내게 되었다. 꼭 해보고 싶은 일이어서 감개무량하다. 시詩에 관해서 내게는 아픈 기억들이 있다. 대학 시절 서울대 대학문학상에 「겨울기행」이라는 시로 당선이 되었는데 장황한 심사평만 실리고 게재되지 못했다. '사정에 의해서'라는 짤막한 사고社告가 달려 있었다. 예컨대 "불온시"로 찍힌 것이었는데, 여기저기서 시를 게재하라는 요청이 빗발치면서 일 년 후에, 그것도 붉은 줄 쳐진 부분들을 고쳐 싣게 되었다. 너덜너덜해진 시에 마음이 쓰렸는데 그때 어렴풋 깨달았다. 모든 종류의 사랑에는 아픔이 따른다는 것을.

어린 시절부터 나는 그림을 좋아했고 시를 사랑했다. 줄기차게 그리고 읽고 쓰기를 계속했다. 밥숟갈 들면서부터 함께 시작된 일이었다. 그러다 중학교 2학년 때 한 다방을 빌려 〈혹惑〉이라는 이름의 생애 최초 개인전을 열면서 그 다방에서 멀지 않은 인쇄소에서 역시 생애 최초의 시집 비슷한 것을 찍어냈다. 그때 이미 독서의 이력도 상당해서 영미 문학을 찍고 일본 사소설에 빠져 있었다. 억제할 수 없이 끓어오르는 창작에의 욕망을 이런 식으로라도 분출할 수밖에 없었지만 〈혹〉은 불온하다고 비난받았고 시는 불길하다고 질책을 들었다. 그것이 그림과 글을 한꺼번에 끌어안고 가면서 이후 받게 된 그 소나기 같은 질책과 수모의 시작이었음을 그때는 알지 못했다.

수십 년 동안이나 많은 사람들이 다른 입 같은 소리로 한 우물만 파야 한다고들 성가시게 했지만 나는 일란성쌍생아 같은 글과 그림 어느 하나도 미워하거나 버리지 못한 채 끌어안고 여기까지 왔다. 다만 시는 발표 없이 혼자 쓰고 버리곤 했는데 쓰고 버리고를 무수히 반복하다보니 이 또한 야릇한 쾌감이 왔다. 구차하게 발표하며 입술에 오르내리는 것보다 그 편이 훨씬 은밀하고 짜릿했다.

밤이 이슥하도록 쓴 시들이 아침에 찢겨 나갈 때는 마치 옛 요대 궁궐의 말희가 비단을 찢는 것 같은 쾌감이 들었다. 그러다 시와 그림과 여행을 함께 버무려 내놓게 되었다. 나의 시가 햇빛을 보게 되는 순간이었다. 이른바 '김병종의 시화기행'. 문화일보에서 마음껏 시 쓰고 그림 그려보라고 판을 깔아주는 바람에 그 이름을 달고 시작된 일이었다. 물론 내가 시를 쓴다는 것을 모르는 독자들이 왕왕 "어디서 그렇게 딱딱 들어맞는 시를 가져다 쓰는 거냐"는 질문을 해올 때면 곤혹스러웠지만. 연재가 거의 백 회에 이르기까지도 여전히 내가 남의 시를 그때그때 인용하여 쓴다고 아니 기가 막힐 노릇이었지만 그러거나 말거나 나는 즐거웠다. 그토록 암중모색으로 하고 싶었던 일을 하게 되었으니까.

'김병종의 화첩기행'이 신문에 처음 연재되고 책으로 나온 지 이십

수년 만에 『시화기행』이 다시 책으로 묶여 나오게 됐다. 읽는 이들이 내 시와 그림의 창窓을 통해 떠나지 못한, 혹은 떠나왔던 여행의 상념을 어루만졌으면 싶다. 이러구러 생애의 페이지가 다시 넘어가는 소리가 들리는데 혼자 가끔씩 중얼거린다. 나는 화가다. 그리고 시인이다.

2021년 11월

과천의 송와松窩에서

김병종

영원히 마르지 않는 붓

1부

파리,
이 도시는 우아하게
늙어간다

어두운 쾌락과 수군거림과 떠들썩함과
야만의 포식과 위험의 도시들을 돌아
이윽고 파리, 첫눈처럼 반가운 곳.
오래된 성당과 미술관 사이로 흘러가는 세월.
도시의 우아한 늙어감이 살결로 만져지는 곳.
육체에서 정신까지,
감성에서 이성까지
그 성가시게 먼길도
오래된 모퉁이 카페에서
옛친구처럼 만나게 되는 곳.
살강, 부딪치는 핏빛 포도주에는
달그림자가 비치고
그 위로 지나가는 맑은 피아노 소리.

철학과 예술, 문학과 인생은
늙은 파리와 젊은 파리가 뒤섞이듯
그렇게 센강 물결 따라 뒤섞여 흘러가는데
밤 풍경 속 별빛들은
우수수, 그 위로 떨어지누나.
우리의 옛사랑과 웃음소리가
꽃잎처럼 화사하게 떠가는 것을 볼 수 있는,
이제는 단 하나 지상의 도시.
아침에 열어놓은 이층집 창문으로는
바게트 굽는 냄새, 오래된 침향沈香처럼 스며들어오는데
검은 에스프레소와
다디단 마카롱 한 조각에서도
쓰고 단 인생의 의미를
혀끝으로 녹여내 터득해보라는 듯.
정갈한 소식素食으로 이 도시의 옛 전통
오네톰honnête homme을 음미해보는데
저멀리 아침의 대로에는
또각또각 희고 검은 말 위의 기마 순찰대.
이제는 바쁘고 빠른 시간일랑
설렁설렁 바짓가랑이 속으로 흘러가도록
그렇게 내버려두고
서서히 깨어나는 도시 속으로 걸어가야 하는 시간.
아주 느리고 한가하게
기마병의 말발굽 소리처럼 그렇게 또각또각.

—

한 도시에 '러블리하다'는 표현을 쓸 수 있다면, 밤의 아름다움이 낮의 눈부심과 겨룰 만한 곳이 있다면, 미술이 문학과 철학에 기죽지 않는 곳이 있다면, 기가 죽기는커녕 달려오는 군마群馬처럼 지축을 흔드는 곳이 있다면, 시간의 더께가 내려앉아 있지만 이마저 세월의 우아한 입김처럼 느껴지는 곳이 있다면, 그곳은 파리다. 인문과 예술의 벨 에포크 시대에 허다한 철학 담론과 함께 몽마르트르와 물랭루주와 인상주의를 만들어낸 도시. 그러므로 과거이면서 현재인 도시.

그 파리의 문을 잘 열고 들어가는 가장 좋은 방법은 무엇일까. 그냥 뻔한 관광 코스 말고 예술과 문학, 현실과 과거를 퍼즐처럼 엮어놓은 우디 앨런식 〈미드나잇 인 파리〉의 동선을 따라 걸어보는 것은 어떨까. 이제 더이상 세상은 현실의 지도 위를 걷는 것만으로는 설레지 않기 때문이다. 파리에 사는 사람들은 파리에 대해서 글을 쓰거나 말을 하지 못한다고들 한다. 그 아름다움도 살다보면 둔감해질뿐더러 도시의 명암을 극명하게 겪기 때문이라는 것.

그래서 파리에 매혹되어 파리 오마주를 쓰는 사람은 대부분 여행자란다. 왜 아니겠는가. 여행자는 보고 싶은 것만 볼 특권이 있다. 낭만의 안경을 끼고 지나치게 부풀려본다 한들 죄 될 것도 없다. 무엇보다 그

파리 인상

파리의 상징이 된 에펠탑은 특히 밤의 풍경이 더 아름답다.

에게는 돌아갈 집이 있다. 그래서 잠시 머물다 갈 이 매혹적인 도시에 자기만의 색채를 입히는 것이다. 우디 앨런의 경우도 다르지 않았을 테다. 그는 왕년에 '문청'이었을 뿐만 아니라 문학에의 로망은 노년에 이르러도 그를 사로잡고 놓아주지 않는다. 그래서일 것이다. 그의 영화는 대부분 필름 위에 쓴 원고처럼 흘러간다. 장면 전환이 책장을 넘기는 듯한 느낌을 준다. 〈미드나잇 인 파리〉가 특히 그렇다.

영화는 1920년대 문학과 예술을 담아낸 영상 지도다. 다만 공간 여행이면서 동시에 시간 여행의 지도라는 점이 특징. 그 시절의 밤공기가 투명한 알갱이처럼 만져질 정도다.

물론 비슷한 파리 필모그래피는 수없이 많다. 안타까운 사랑의 여로를 따라가는 〈비포 선셋〉은 낡고 오래된 서점 셰익스피어 앤드 컴퍼니에서 시작되고, 〈로스트 인 파리〉는 에펠탑을, 〈아멜리에〉는 카페 레 뒤 물랭과 생마르탱 운하를, 〈쁘띠 아만다〉는 뱅센 공원을, 〈퐁네프의 연인들〉은 물론 퐁뇌프 다리를, 〈물랑루즈〉는 화려함을 극한 물랭루주 극장의 한 시절을 배경으로 한다. 그러나 〈미드나잇 인 파리〉는 어느 한 정지된 배경이 아닌 파리의 구석구석 골목골목을 향해 카메라가 돌아간다. 파리 시간 여행이라는 점이 특징이다. 전반적으로 1920년대를 향한 우디 앨런의 파리 헌정 영화라고 할 수 있다. 파리 근교에 자리한 모네의 지베르니 정원을 비롯해서 베르사유 궁전과 로댕 박물관이 나오는가 하면, 브리스톨 호텔과 생에티엔뒤몽성당과 생투앙 벼룩시장이며 알렉산더 3세 다리뿐 아니라 물랭루주와 셰익스피어 앤드 컴퍼니 서점도 물론 나온다.

파리의 경쾌함과 우울, 소란과 고요, 과거와 현재가 뒤섞이며 돌아간다. 그리고 파블로 피카소, 살바도르 달리, 어니스트 헤밍웨이, 스콧 F.

피츠제럴드 같은 문인들과 화가들이 줄줄이 소환된다. 그러고 보니 맞다. 이 도시를 그토록 풍요롭게 만든 것은 밤하늘의 별 같은 그 이름이다. 사람 없는 건물만 존재하는 도시는 화려할수록 공허한 것. 우디 앨런은 바로 그 점에 착안했을 것이다. 이 아름다운 도시는 뛰어난 화가들과 문인들이 있어서 더 아름다운 것이라고. 이곳이 바로 그 별들이 살다 간 곳이라고. 그러니 떠나간 그 사람들을 지금 다시 불러들여보자고.

파리를 밤의 도시라고 한 글을 본 적이 있다. 그 보석 알갱이 같은 문인들과 화가들이 떠나간 대신 인공조명만이 파리의 밤하늘을 밝히고 있다는 뜻이었을 것이다. 그러니 이 아름다운 도시의 문을 열고 들어가 천천히 걷기에는 우선 우디 앨런식의 시공을 아우르는 지도 속으로 가보는 것이 좋을 듯하다. 도시뿐 아니라 사람까지 보고 만나는 안복眼福을 누릴 수 있기 때문이다.

그렇다. 환상이면서 현실인 파리, 과거이면서 현재인 파리, 파리 필모그래피는 그렇게 도시로 시작되어 사람으로 완성된다. 과거로 시작되어 현재로 진행된다.

더 읽을 거리

파리를 근대 도시로, 파리 개조 사업

파리는 본래 좁은 골목으로 이뤄진 중세 도시였다. 하수 시설이 지하화되지 않아 사람들이 내버린 쓰레기와 각종 오물이 함께 뒤섞여 센강은 악취가 진동할 정도였다. 위생이 엉망이다보니 한 번씩 전염병이 창궐하던 도시에 나폴레옹 3세와 당시 파리 지사였던 오스만 남작이 혁신의 바람을 불러일으켰다. 이들은 1853년부터 1870년까지 파리 개조 사업을 진행해 파리의 근대화를 이뤘다.

파리 개조 사업을 통해 상하수도망을 지하화하고 개선문을 중심으로 넓고 곧게 뻗은 직선 도로를 방사형으로 정비했는데 이 대로가 주변 도시와 연결되면서 자연스럽게 네트워크가 형성되었다. 또한 도심에 크고 작은 녹지를 조성하고 주택이나 복합 상업 단지, 병원, 극장, 은행, 우체국 등 공공 시설을 곳곳에 세워 혁신적으로 파리를 바꿔갔다. 많은 비용이 들었기에 자연히 비난이 뒤따랐고, 시위를 쉽게 진압하기 위한 사업이라는 평도 있었다. 하지만 결과적으로 이로 인해 콜레라 같은 전염병이 사라졌고, 이러한 기반 위에서 파리는 문학과 철학, 건축 그리고 미술 도시로서 명성을 쌓아간다.

모든 '쟁이'들의 도시

재빠르게 사라지는 한 마리 사슴처럼.
나의 말言과 색色은 자꾸 도망을 친다.
바람같이
물살같이
빠져나간다.
무지개는 서둘러 사라지는 희망처럼 지고
소리의 여운도 남기 전에
기차는 멀어지는데
서럽구나.
모든 사라지고 스러지는 것들이여.
아름다움이라는 이름만 남긴 채
무화無化되는 것들이여.
사라진 후에 오래 남은 기억의 쓸쓸함이여.

그러니 이 허무를 이겨내는 일은
뜨거운 김을 피우며
숨이 붙어 있을 때
서로를 아프게 껴안는 일이다.
사는 일의
막막함과 비루함을
그나마 이겨낼 수 있는 일은
누군가의 손을 잡는 일이다.
오후 세시,
적막하게 텅 빈 도시에서
반잔의 식은 커피를 마실 때
문득 추위처럼 엄습하는 고독.
파리, 하고도 생제르맹의 이곳에서
당신도 나처럼
한낮의 이 아린 고독의 습격을 당해보았는가.
왜 그토록 많은 글쟁이, 환쟁이, 풍각쟁이가
밤이면 이곳에 모여들어 취해갔는지를 알 것 같구나.
글이며 소리며 색채로 했던 그 모든 짓거리들.
누구는 망치를 두드려 마른 남자를 만들고
누구는 건반을 두드려 빠져나가는 소리를
한사코 움켜쥐려 했던 것도
외로움에 기대는 바람벽.
모든 사라져가는 것을 붙잡으려는
몸짓이었음을

비로소 알겠다.

그렇게 해서라도 장차 있을

아름답고 슬프고 덧없고 황홀한 것들과의

서투른 작별을 준비하며

서로의 눈빛에 담아

미리 마음의 창에 걸어두려 했음을.

—

인생은 짧고 예술은 길다고? 그것은 살아남은 이들의 슬픈 위안. 정작 그것을 만들어내는 자들에게는 생명이 질 때 그 손짓이며 숨소리도 함께 멎는 것임을 오직 자신만이 안다. 그러니 예술이고 인생이고 간에 무자비한 시간 속에 속절없이 지고 안타깝게 가는 것임은 매한가지다. 주인이 떠나가고 물질로서의 예술품만 동그마니 남겨진들 만든 이의 체온과 호흡이 사라진다면 무슨 소용이 있겠는가. 남겨진 예술은 아름다울지 몰라도 그걸 만든 자들은 대체로 저 홀로 우는 자들이다. 상처와 눈물, 고독과 고통을 비벼넣어 꽃으로 토해내고 싶어하는 자들이다. 그러니 그 빛이 선홍빛으로 타오를수록 외로움도 절절하다고 보면 대충 맞겠다.

물론 이제는 다르다. 한 가객이 내뱉었듯 '이 망할 놈의 현대 미술'도 이제는 불친절하고 황당하고 폭력적일수록 매력적으로 다가온다. 더구나 모든 예술 가치는 재빨리 금융 가치로 환산된다. 따라서 소위 성공한 예술가들은 외로울 새가 없다. 더이상 '고독'이 잘 안 된다. 더구나 현대 미술의 가장 큰 변화는 '예술과 그것이 아닌 것'의 경계마저 모호해진다는 점이다. 미술은 더이상 특별한 재능을 부여받은 자들만의 것이 아니라 누구나 하면 되는 그 무엇이 되었다.

파리라는 도시, 밤에 나가면 검붉은 석류 같다는 생각이 든다. 핏빛 껍질 속에 보이는 말간 연분홍 씨들. 어둠이 오면 일제히 불을 켜서 호사한 시간을 연출하지만 화려하고 견고한 그 외피 안에는 올망졸망 여리고 외로운 석류알 같은 존재들이 모여 있다. 사람들이 예술가라고 이르는 온갖 '쟁이'들…… 환쟁이, 글쟁이, 풍각쟁이 그리고 광대. 겉으로는 화려해 보이지만 속으로 우는 자들이 이 화려한 도성의 한 모퉁이에 모여 있다.

그들은 그 누군가를 위해 언어와 색채, 악보를 만드는 것 같지만 사실은 한결같이 자기 위로의 몸짓일 뿐이다. 외로워서 하는 짓거리일 뿐이다. 언젠가 파리의 어느 화랑에서 스무 살 넘어 유학 왔다가 귀밑머리가 희끗해질 때까지 사십여 년간이나 파리에 눌러앉은 화가 한 사람을 만난 적이 있다. 이 도시의 무엇이 잡아끌길래 삶의 종장에 이를 때까지 돌아가지 않느냐고 묻자 그가 쓸쓸히 웃으며 대답했다. "소매 끝을 잡는 사람은 없습니다. 이 도시에서도 춥고 배고픈 것은 마찬가지이지만 누군가 알아주는 듯한 느낌 때문에 머무는 거죠." 누군가 알아주는 듯한 그 느낌…… 그것이야말로 생의 버팀목이기도 하다. 그러고 보면 허다한 예술가들이 그런 환상과 착시 속에서 사는 게 아닐까. 그런 삶이 서로의 눈짓과 신호로 모여드는 곳이 바로 이 도시다.

이제 백 세를 훌쩍 넘긴 화가 김병기 선생을 삼십여 년 전 파리의 한 호텔에서 우연히 만난 적이 있다. 낙엽이 날리는 거리를 코트 깃을 올리고 걸으며 선생은 옛날을 회상했다. "나는 미국에서 수십 년을 살고 파리에선 그리 오래 머물지 않았는데도 어디에 있든 미국보다 이 도시가 더 그립곤 해요. 그게 바로 파리의 매력입니다." 파리에 갈 때마다 그 어른의 말씀이 떠오르곤 했다.

파리 밤의 소묘

사람들이 예술가라고 이르는 온갖 '쟁이'들……
겉으로는 화려해 보이지만 속으로 우는 자들이 이 화려한 도성의 한 모퉁이에 모여 있다.

도대체 농업 국가였던 프랑스는 어떻게 '아름다움'으로 제국의 신화를 새로 쓰게 된 걸까. '칼'로, '화폐'로, '땅'으로 제국의 역사를 쓴 다른 나라들과 달리 그들은 어떻게 '붓과 팔레트'로 미美의 제국을 일으킨 걸까. 그리고 다른 모든 제국의 역사가 무너져갔는데도 이탈리아를 제치고 근대 이후 사라져가던 '아름다움'의 새로운 제국이 자신들의 땅에서 세워질 것임을 알았을까.

이제 미술 시장도 거대 자본의 흐름을 따라 뉴욕으로 옮겨갔고 미의 트렌드 또한 속속 바뀌어간다. 어제 '아름다운 것들'은 오늘 아름답지 않다. 그런데 불가사의하게도 '어제의 도시'였던 그 파리는 여전히 아름다움의 왕좌를 지키고 있고 미에 관한 한 여전히 '오늘의 도시'이다. 파리는 그 크기가 서울의 육분의 일 정도밖에 안 된다는데도 백삼십여 개 정도의 미술관과 박물관이 포진해 있단다. 실로 불가사의다. 그 도시에서만큼은 '비싸면 좋을 것'이라는 우리 시대의 천박한 상업 논리에 고개를 가로젓는 그들만의 철학이 아직 남아 있다. 변치 않는 미의 에스프리 같은 것. 시와 음악, 영화와 미술이 어우러져 난만하게 꽃피우며 이루어내는 에너지가 있다.

나는 '역마'를 넘어 '쌍마'의 기질을 타고난 사내. 세상을 이리저리 떠돌다보면 그야말로 인생 자체가 노마드임을 절감하게 된다. 그런데 다녀도 다녀도 파리만큼은 아직 배고프다. 돌아서면 다시 그곳이 그립다. 이게 대체 웬 '매직'일까 싶다. 허다한 이방인들이 이 도시에서는 나처럼 아름다움에 허기져 포충망에 걸려 파닥이는 나비 신세가 된다.

무엇이 그토록 이들을 잡아끄는 것일까. 덧없이 흘러가는 인생 속에서 그나마 머물러 서서 바라볼 수 있는, 그 무엇 때문이 아닐까. 사람들이 '예술' 혹은 '예술적인 것'이라고 부르는 그 무엇 말이다.

더 읽을 거리

문학과 철학과 미술의 합창

흔히 프랑스는 화가의 나라, 영국은 작가의 나라, 그리고 독일은 철학자의 나라라고 말한다. 일부분은 맞고 일부분은 틀린 말이다. 특히 프랑스에 대한 얘기가 그렇다. 예상과 달리 프랑스는 화가와 조각가의 나라이면서 시인과 소설가, 극작가의 나라이고 무엇보다 철학자의 나라이기 때문이다.

오랫동안 파리가 세계 미술의 수도였음은 맞지만 들여다보면 그 번성함의 좌우에는 문학과 철학이 있었다. 더구나 놀랍게도 쉽게 만나질 것 같지 않은 미술과 철학이, 감성과 논리의 세계가 자주 극명하게 겹치거나 행복한 동행을 했다. 미술과 문학이 동행했음은 말할 것도 없다. 다른 동네에서는 서로 등을 돌리고 각을 세웠던 것들이 그 도시에서는 어깨동무를 한다. 그리하여 쉼없이 제삼의 물결, 아니 제삼의 파장을 만든다. 그 파장 속에서 서로 다른 영역이 자연스럽게 어우러지며 컬래버레이션을 한다.

이를테면 화가 폴 세잔의 '흐르는 시간을 화면에 멈춰 세울 수 있는가' 같은 생뚱맞은 고민은 사실 철학자 앙리 베르그송의 명제와 관련된다. 그런 면에서 세잔은 철학적 미술가라고 할 수 있고 베르그송은 미술가적 철학자라고 할 수 있다. 두 사람만 겹치는 게 아니다. "실존은 본질에 선행한다"는 장폴 사르트르, '실존'이라는 개념을 정립한 그의 개별자 의식은 뜻밖에도 행동하는 소설가 앙드레 지드의 '방房으로부터의 탈피'와 연결된다.

에드가르 드가, <카페 콩세르>,
종이에 모노타이프와 파스텔, 20.1x41.5cm,
1876~7년, 시카고 아트 인스티튜트.

파리가 아니라 다른 도시였다면 이 같은 이질성이 그토록 잘 조화할 수 있었을까. 밤이면 예술가들은 삼삼오오 카페로 모여들어 장르와 장르를 가로지르며 제삼의 상상력을 꽃피웠다. 감성의 뿌리는 하나이되 표현법만 다른 것인지 한 문장 한다는 문인일수록 그림 실력까지 겸비했다는 점도 흥미롭다. 문인이 그림을 그렸던 경우도 헤아리다보면 두 손가락이 부족할 정도다. 일례로 장 콕토는 그 이름이 붙은 미술관이 생길 정도로 화가로서도 이름을 떨쳤다. 게다가 수많은 시인, 철학가, 소설가 들이 미술 평론이나 미술사에 관한 글을 남겼다. 여기에 철학까지 가담하자 명실공히 '벨 에포크'의 신화가 파리에서 탄생한 것이다.

바람이 분다,
살아야겠다

로트레크, 르누아르, 피카소, 반 고흐를 만나려면
미술관보다 몽마르트르 언덕으로 가자.
아예 르누아르의 '무도회' 현장으로 들어가
'물랭 드 라 갈레트'의 일요 댄스파티를 불러내고
풍차 식당의 바에 앉아
나비 같은 무희들의 팔랑거림을 보자.
화가의 그림이야
그 붓질을 담아낸 것일 뿐이지만
이곳은 아예 그들의 생이 캔버스가 된 곳.
한 호흡, 한 발걸음이 조각처럼 이어지며 생애를 이룬 곳.
아주 조용히 귀를 기울여보면
비틀비틀 늦은 밤
술 취해 취생몽사로 오르내리거나

외로움 속에 앉아서 타는 노을을 보거나
하늘의 별빛을 헤아리던 그들의 숨소리가 들리는 곳.
가난한 삶이 무지개처럼 펼쳐지는 오색 팔레트.
몽마르트르.
세상의 화가, 시인, 조각가가 때때로
연인의 이름을 부르듯
사람들이 그 이름을 부르는 곳.

그 언덕 끝에 희게 빛나는 성당 사크레쾨르.
본디 이곳은 핏빛 주검과 어두움의 땅이었으니
파리코뮌의 총포 소리에 목숨이 꽃잎처럼 떨어지던 곳.
그 주검의 땅 위에 진혼비처럼 세워진 성당은
가난과 실의, 낙담과 절망의 예술가들을 향해서도
손을 내밀었을 것이다.
그대 삶에 지지 말고 다시 일어나
이 계단을 오르고 또 오르라고
숨이 차고 그만 주저앉고 싶을 때도
가야 하는 우리 앞의 계단들.
자기 앞의 생을 향해
끌과 망치를 들어올려
조각을 하고
부서지고 망가져
고울 것도 없는 자화상을
그래도 매만지고

또 매만지며
세워가야 한다고.

몽마르트르.
그 어둡고 아픈 상처 위에
화가들은 빨주노초로 색을 입혀
이제는 햇살 쏟아지는 밝고 환한 풍경화 한 장으로 바꿔버렸다.
그곳을 오르내리던 그 시대의 그들은 떠나갔지만
혹시 알랴.
우리도 그들처럼
이 계단을 오르고 오르다가
마침내 저 환한 성채처럼
팔 벌려 맞아줄 마음의 집 한 채를 만날지.

—

언젠가 들른 광화문의 한 문화 포럼. 수상자 이어령 선생의 짧은 강연이 있었다. 이제껏 그분에게 들은 중 가장 짧은 연설이었지만 번쩍, 하는 섬광이 있었다. 문득 그분과 관련된 기이한 연緣이 하나 생각났다.

열다섯 살 무렵, 나는 고색창연한 역이 바라보이는 고향의 다방에서 전시회를 열었다. 왜 다방이었느냐고? 화랑 같은 것이 있을 턱이 없었기 때문이다. 제목은 〈혹〉. 여자 얼굴을 요상망측하게 그려놓은 그림들이었다. 이 일로 나는 소읍에서 단박에 문제아로 찍혀버렸다. 아버지가 돌아가시고 가장이 된 형은 나를 불러서는 얼굴을 들고 다닐 수가 없을 지경이라고 말했다. 속으로 픽, 웃음이 나왔다. 뭘 그런 걸 가지고, 싶었지만 훗날 〈바보 예수〉를 발표하며 받은 수난은 저리 가라 할 정도였다.

'그림 그리는 일을 때려치워야 할 모양이다' 하다가 손에 잡힌 것이 이어령의 『하나의 나뭇잎이 흔들릴 때』라는 책이었다. 내 기억에 동화출판공사라는 출판사에서 나온 양장본이었다. 짧은 글의 아포리즘을 보고 무슨 화집인 줄 알았다. 그런데 그 책에 실린 삽화들을 보는 순간 반전이 일어났다. '이 정도는 나도 그린다. 죽이 되든 밥이 되든 이 길을 간다.' 반대하는 사랑에 불이 붙듯 이 책은 운명적으로 그렇게 "가라, 네가 가고 싶은 방향으로"라고 말해준 셈이었다.

서두가 너무 길어졌지만 몽마르트르 계단을 오르며 이어령 선생을 생각했던 것은 그날 광화문에서 그가 말한 '시대가 어두울수록 창조는 잉태되고 문화의 힘은 빛난다'는 구절 때문이었다. 몽마르트르가 그렇다. 햇살은 따사롭고 멀리 사크레쾨르성당은 그 햇살에 보석처럼 빛난다. 느리게 돌아가는 풍차, 사람들의 왁자지껄한 소리와 기쁨으로 빛나는 얼굴들. 그러나 그 평화로운 몽마르트르가 음산한 죽음과 살육의 땅이었음을 아는 자 몇이나 될까.

이곳은 한때 1871년의 파리코뮌과 함께 시작된 공산주의의 진지였단다. 온갖 정치 구호가 난무하며 같은 프랑스인끼리 죽고 죽이는 끔찍한 전쟁이 두 달간이나 지속되었다. '문화 국가 프랑스가 설마?' 싶지만 사실이다. 이념은 핏줄보다 강했다. 언덕엔 시체가 산더미처럼 쌓였고, 밤이면 그 시체 썩어가는 냄새가 진동했다. 몽마르트르는 '입 벌린 죽음의 땅' '묘지 없는 공동묘지'였다.

놀랍게도 가장 어둡고 암담했던 그 시절, 폐허와 어둠의 땅 한쪽에서는 새로운 창조의 싹이 움터올랐다. 일군의 화가, 조각가가 이곳으로 몰려왔던 것. 그들이 떼지어왔던 단 하나의 이유는 집세가 싸서였다. 제대로 정신 박힌 사람치고 피비린내 진동했던 그 죽음의 처소에 둥지를 틀 리 없었을 것이다. 화가, 조각가. 그들은 대체로 기가 센 종족이다. 옛날 역전 시골 다방에서 여자 얼굴을 요상하게 그려 파문당하다시피 했던 열다섯 살 소년도 새벽에 찬밥 비벼 먹고 완행열차 타고 서울역에 내려 기어코 화가의 문을 노크하지 않았던가. 멀리 피레네산맥을 넘어서 가방 하나 멘 채 쏘아보는 눈빛 하나 가지고 온 피카소도 몽마르트르로 향했고, 네덜란드의 선교사 출신 반 고흐도 싼 집을 찾아 이곳으로 왔다. 하반신 장애로 멸시받던 로트레크도 물랭루주의 무희에

몽마르트르 풍차

누군가에게 몽마르트르의 붉은 풍차는 피의 역사를 떠올리게 한다.

게는 인기였다. 사람이 풍경이 되고 풍경이 어우러져 다시 사람이 되어 갔다. 난무하는 이념의 깃발과 총성, 분노의 함성과 저마다 부르짖는 정치 구호 속에서는 꿈도 꿀 수 없던 문화의 힘이었다. 진실로 가장 어두운 순간에 창조의 싹이 움트고 문화가 그 꽃봉오리를 맺은 것이다.

정치는 일시적으로 힘이 세다. 그러나 예술은 그 힘이 오래간다.

천천히 몽마르트르를 오르며 광화문을 생각한다. 어두운 서울 하늘을 받치고 선 그 빛의 집 한 채를. 마치 몽마르트르의 핏빛 계단 끝에서 있는 하얀 사크레쾨르성당을 보듯이.

예술가들의 처소, 몽마르트르 언덕

더 읽을 거리

몽마르트르 언덕은 파리 북부의 언덕과 그 남쪽 기슭을 중심으로 하는 번화가를 이른다. 해발 129미터로 파리 시내에서 가장 높은 지역인데 원래 교외였으나 1860년 파리에 편입되었다. 1848년 2월혁명 정치 집회도 여기서 열렸고, 1871년 파리코뮌도 여기서 시작되는 등 역사적 사건의 배경이기도 하였으나 1880년경부터 카바레 등이 들어서면서 환락가로 변했다. 그중 가장 유명한 곳이 1889년 개장한 물랭루주다. '붉은 풍차'라는 뜻의 물랭루주는 처음에는 댄스홀로 개장하나 이후 음악당으로 바뀌어 샹송 가수 미스탱게트를 비롯해 많은 예술가들이 이곳에서 실력을 뽐냈다.

파리 시내와 접근성이 좋은데다가 임대료가 저렴해 가난한 예술가들이 몽마르트르로 몰려들었다. 반 고흐, 로트레크, 피카소, 모딜리아니를 비롯해 많은 화가들이 이곳에서 서로 교류하면서 인상파, 입체파 등이 퍼져갔다. 화가뿐 아니라 에리크 사티, 베를리오즈 같은 음악가나 헤밍웨이 같은 작가들도 이곳에서 예술가로 성장해갔다. 원래는 '순교자의 언덕'이었지만, 이곳을 거쳐간 많은 예술가들 덕분에 현재는 낭만과 아름다움의 대명사처럼 불린다.

사크레쾨르성당

주소: 35 Rue du Chevalier de la Barre, 75018 Paris, 프랑스

홈페이지: http://www.sacre-coeur-montmartre.com/

몽마르트르의 예술 카페,
그곳의 꽃은 밤에만 핀다

검은 이슬처럼
밤이 내린다.
가스등이 켜지는 시간이다.
이제는 이젤 앞에서 일어나 르픽 거리로 가자.
카페 물랭 드 라 갈레트
무희의 물결치는 듯한 옷 주름이
빙빙 돌아가는
물랭루주로 가자.
72도의 독주 압생트를 마시며
가난한 손, 추운 발걸음도 잊으리.
그 열기 속에서 어깨 위의
긴장일랑 내려놓고
내장을 뜨겁게 달구어보자.

그런 다음 사랑과 인생을 이야기하자꾸나.

밤새도록 두들겨패고 사라져버린

그 허깨비 같은 '예술'에 대해서도 말해보자꾸나.

라벨과 에리크 사티가

두들기는 가난한 건반 너머로 빙빙 돌아가는 물결 치마.

흔들리는 불빛

〈장밋빛 인생La vie en rose〉과

〈파리의 하늘 밑Sous Le Ciel De Paris〉이 흘러나오는

밤의 그곳.

어서 일어나

가보자.

거기서만은 그대와 내가 함께 승리자다.

—

"이곳에 와서 그들과 어울리는 동안 나의 시간과 공간 그리고 존재감이 무한 확대되고 열려나감을 느낀다."

보들레르가 말한 이곳은 어디이며 그들은 누구인가. 그 '이곳'은 대체로 피카소, 모딜리아니의 작업실이있던 '세탁선'과 르누아르의 단골 카페 물랭 드 라 갈레트가 있던 르픽 거리, 그리고 몽마르트르 미술관이 있던 코르토 거리, 로트레크의 작업실이 있던 콜랭쿠르 거리 같은 곳이었고 '그들'은 그곳에 모여든 화가, 조각가, 음악가 들이었다. 해가 지고 밤이 내리면 가스등이 켜진 가난한 언덕과 골목의 카페들은 아연 활기로 부풀어올랐고 위트릴로, 부댕, 드가, 로트레크, 반 고흐 같은 화가들은 무도회가 열리는 술집들을 순례하여 소용돌이치는 듯한 무희의 드레스와 독주 압생트 속에서 밤이 이슥하도록 술잔을 맞부딪쳤다. '부딪치고 부딪치라. 그러면 창조의 새 장이 열리리'라는 듯이, 장르와 장르, 경계와 경계를 넘나들며 이렇게 다른 동네 예술가들을 만나는 것이다.

비단 보들레르 같은 시인뿐 아니라 화가, 조각가, 음악가 쪽에서도 문인들을 만나면서 시야가 더 확대됐을 것이다. 피카소는 시인 폴 엘뤼아르를 만나 초현실주의의 선봉장이었던 그로부터 현실 너머의 또다른 현실을 그림으로 그릴 수 있는 단초를 제공받았다. 인생에는 고통의 드라마가 있다며 헌 구두 한 켤레를 남긴 채 죽었던 반 고흐는 연극 연출가 앙토냉 아르토를 만나는데, 십 년 가까이나 정신병원에서 지냈던 아르토가 헌 구두짝을 손에 쥔 채 요양소 침대 밑에서 세상을 떠난 것까지 두 사람 인생의 마지막은 흡사했다. 폴 세잔과 에밀 졸라는 우정과 증오 사이를 오가며 서로의 예술세계에 팽팽한 긴장을 불어넣었고, 드가는 『레오나르도 다빈치 방법 입문』을 읽음으로써 폴 발레리에게 '우아함을 잃지 않는 엄격한 정열'에 대해 배웠을 것이다.

말하자면 각자의 좁은 골목길에서 걸어나와 '광장'에 모임으로써 '시간과 공간'이 확대되며 새롭게 열리는 모습을 확인했던 것. 대체로 그들의 경로란 이렇게 그려진다. 해가 지면 가난한 화가들이 각자의 공방에서 걸어나와 '물랭 드 라 갈레트'나 '라팽 아질'을 거쳐 르픽 거리의 작은 식당에서 요기를 한 후 블랑슈광장을 마주하고 선 붉은 풍차의 집 '물랭루주'로 모인다. 취기가 돈 관객들은 캉캉 춤을 추는 무희를 향해 "더 높이! 더 높이"라고 외친다. 번쩍번쩍 치켜드는 그녀들의 다리를 더 높이 올리라는 것. 그중에서도 가장 많이 들리는 말은 "라 굴뤼! 더 높이!"다. 라 굴뤼는 로트레크의 그림에도 등장하는 물랭루주의 베테랑 무희로 예술가들과 두루 친했다. 물랭루주의 '기록화가'라고 할 수 있을 정도였던 로트레크는 들어올릴 수 없는 자신의 다리 대신 번쩍번쩍 올라가는 무희들의 다리와 현란한 춤, 관객들의 표정들을 놀라운 속도의 필치로 그려나갔다.

그런가 하면 르누아르는 같은 무도회를 그렸지만 〈물랭 드 라 갈레트의 무도회〉처럼 정적이며 우아한 파리지엔의 모습으로 담아냈다. 물랭루주에서마저 고독했던 반 고흐는 홀로 떨어져 무대를 바라보았고

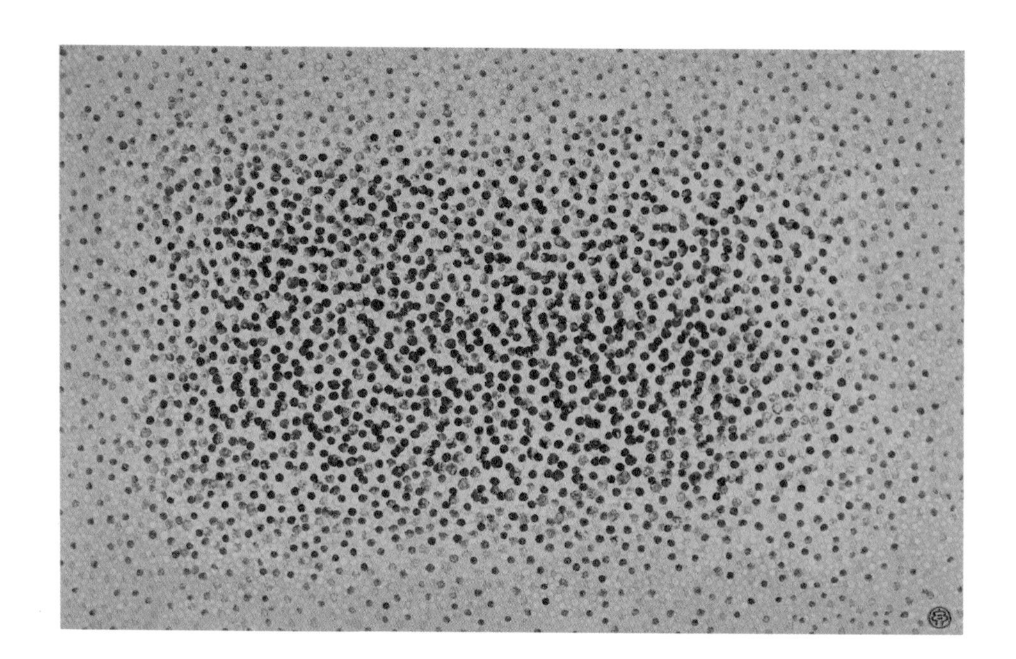

송화분분

장르와 장르, 경계와 경계를 넘나들며 예술가들은 몽마르트르에서 예술가로 성장해갔다.

로트레크는 다시 능숙한 필치로 그의 그런 모습까지 담아냈다. 몽마르트르의 카페나 주점을 담아내는 화가들의 필치는 그야말로 백인백색이어서 반 고흐는 네덜란드의 전원 마을에서 올라온 사람답게 내부의 현란한 모습보다 그 외관을 초록 풍경화로 그려냈다. 물랭루주가 로트레크에게 미술학교였던 것처럼 르누아르에게 물랭 드 라 갈레트는 하나의 스튜디오이기도 했다. 가까이에 작업실을 얻어놓고 출퇴근하다시피 그곳에 와서 사람들의 동선과 섬세한 표정, 그리고 대화하거나 춤추는 모습을 담아냈다고 알려져 있다.

그런가 하면 자유로운 영혼의 시인 랭보가 단골손님이던 카페 라팽 아질에는 늘 반쯤은 취해 있는 화가 위트릴로와 한쪽에서 뭔가를 쓰고 있는 시인 아폴리네르, 그런 그를 그리는 마티스가 있었다. 그 예술 카페들은 종종 화가들의 전시회장이나 음악가들의 공연장으로 바뀌기도 했다. 우디 앨런이 아니더라도 영상으로 재현하여 살려내고 싶은 정경이다.

"내 생애 단 한 번만이라도 파리에서 전시할 수 있다면……"이라고 말했다는 반 고흐도 일군의 동료 화가들과 함께 비록 정식 갤러리는 아니었지만 카페에 그림을 걸 수 있다며 행복해했다. 화가들이 담아낸 몽마르트르의 풍경은 마네의 〈카페에서〉, 반 고흐의 〈카페〉, 피카소의 〈압생트 마시는 사람〉, 위트릴로의 〈카페 라팽 아질〉, 르누아르의 〈물랭 드 라 갈레트의 무도회〉, 로트레크의 〈물랭루주에서〉 〈빈센트 반 고흐의 초상〉 〈물랭가의 응접실〉 〈물랭루주에서의 춤〉 등등 헤아릴 수 없을 정도다. 하나의 거리, 하나의 장소가 이토록이나 사람들의 생애를 붙들었던 경우가 또 있었을까 싶다.

이 문학과 예술이 어우러진 벨 에포크 시대를 살아갔던 그들은 이곳에서 먹고 마시고 일하다가 가까운 몽마르트르 묘원에 묻히기를 바랐다. 그 몽마르트르는 이제 가난하게 살다 별이 된 그들이 밤이면 내려와 꽃으로 피어나는 동네가 됐다.

물랭루주의 기록화가, 툴루즈로트레크

더 읽을 거리

앙리 드 툴루즈로트레크Henri de Toulouse-Lautrec(1864~1901)는 유명 귀족 가문 출신이나 근친혼으로 인해 유전적 결함을 안고 태어났다. 재주 있고 영민했지만 몸이 허약해 열세 살에 사고로 한쪽 다리가, 그다음 해에 다른 쪽 다리가 차례로 골절되면서 하체가 더 자라지 못했다. 이후 나이들며 상체는 어른의 골격으로 발달했지만 하체는 어린아이의 모습으로 남아 늘 지팡이에 의지할 수밖에 없었다. 자연스럽게 집에서 자주 열리던 파티 같은 사교 활동을 피하며 겉돌던 로트레크는 혼자 틀어박혀 그림을 그렸다. 그러다 동물을 생동감 있게 그리던 화가 르네 프랭스코를 어머니에게 소개받아 그에게 그림을 배운다. 대상의 형태나 움직임을 정확히 포착하고 인물의 다양한 표정과 동작을 속필로 그려내는 데 능한 등 재능을 보인다. 이후 레옹 보나, 페르낭 코르몽 등에게 배우며 기술을 익혔다.

아름답고 우아한 그림을 그리길 원했던 부친의 바람과는 달리 로트레크는 파리의 환락가인 피갈 쪽으로 눈을 돌려 카바레의 댄서나 매춘부, 서커스 광대 같은 기층민들의 모습을 많이 담았다. 특히 몽마르트르와 물랭루주의 화려한 밤 풍경을 즐겨 그렸다. 그의 그림은 계층 의식을 보이거나 특정 이념에 치우치기보다는 삶의 기쁨과 환희를 응시하는데 어찌 보면 무희들의 움직임을 신체적 제약을 받는 자신의 해방구로 삼았기 때문이 아니었을까 싶다.

일종의 음악다방인 카페 콩세르 연작으로도 이름을 알렸는데, 폭발적이고 다이내믹한 춤솜씨로 열성팬을 거느리며 '다이너마이트'라는 별명을 얻은 제인 아브릴, 샹송의 기초를 쌓았다는 아리스티드 브뤼앙, 라 굴뤼 같은 실제 인물들을 그린 다음 동시대인이라면 누구든 알아볼 수 있도록 이름까지 그림에 새겨 미술사에 헌정하기도 했다. 빛과 어둠, 그리고 현란한 춤동작을 속도감 있는 필치와 아름다운 색채로 생생하게 잡아낸 로트레크의 화풍은 오늘날 포스터 디자인으로도 손색이 없다.

빛나는 재능에도 불구하고 지팡이에 의지해 뒤뚱거리며 걸었던, 일그러진 양악과 부르튼 입 때문에 제대로 발음을 못했던 그는 사람들을 피해 홀로 지내는 때가 많았다. 그를 차별 없이 받아주었던 것은 댄서들과 사창가의 여인들뿐. 결국 물랭루주에서 예술혼을 태운 로트레크는 알코올 중독으로 인한 정신착란, 매독 등으로 고생하다가 서른여섯 살에 생을 마감한다. 스스로가 피에로이자 무대 속 배우인 듯 살다 간 인생이었다.

툴루즈로트레크,
<물랭루주: 라 굴뤼>,
종이에 다색 석판,
191x117cm, 1891년,
시카고 아트 인스티튜트.

예술가들의 향연

2부

스승은
작업중

스승은 천재를 믿지 않았다.
열감熱感과 잔기침 속에서도
새벽 미명이면 일어나 커튼을 열고
은실을 짠 듯한 그 빛을 맞아들여
날마다
화판 앞으로 옮겨놓고
기도처럼 그렇게
붓의 노동을 시작했다.
그리하여 번식하는 생물처럼
그 세밀한 붓끝에서 살아나는 형태들.
자, 오늘은 보자꾸나.
이 푸른색이 어떻게 저 회색과
만나는지

이 곡선이 어떻게 저 직선을
끌어안는지
지켜보자꾸나.

스승은 누구의 천재도 믿지 않았지만
벽시계만은 믿었다.
시계가 열시를 치면
자신의 화실을 나와 빠른 걸음으로
교실로 들어서고 그 순간
제자가 장차 무슨 꽃을 피울지
그 재능의 냄새를 순간적으로 믿을 수가 있었다.
장차 그 눈길과 손이 닿을 곳을 알고 있었다.
목마른 말 한 마리를
강으로 끌고 가
마음껏 물을 마시게 한 후
초원을 달리게 하는 법을 알고 있었다.

스승은 애초부터 천재를 믿지 않았다.
다만 시계를 믿었을 뿐.
스승은 붓의 노동자.
날마다
기도처럼
그렇게 노동을 시작했다.
은실처럼 드리운

새벽 빛을 받아들여서.

—

미술대학에서 사십 년 가까운 세월을 학생들과 함께 보냈다. 돌이켜보면 그들을 가르쳤다기보다는 물러서서 그들의 도발적인 상상력을 구경했다고 하는 편이 나을 것이다. 지금도 석박사과정 제자들을 지도하고 있지만 세월이 깊어갈수록 마음 저 밑바닥에서 고개를 드는 생각이 있다. '그림이란 게 애초에 가르치거나 배울 수 있기는 할까.'

귀스타브 모로, 화가와 교육자의 길을 모두 잘하기 쉽지 않은데 그이는 성공적으로 이 두 가지를 해낸 사람으로 알려져 있다. 좋은 예술학교 선생이란 언어보다는 실천으로써 삶을 보여주는 일. 그는 제자들에게 삶으로 자신의 성실성과 탐구 정신 그리고 화업 일생을 보여준다. 바로 그런 면에서 확실히 좋은 스승이었다고 할 만하다.

두 부류의 화가가 있다. 하나는 체질로서의 화가. 그는 주로 자신의 내재적 열정과 상상력을 '몸'으로 풀어낸다. 피카소가 여기에 해당될 것이다. 다른 한 부류는 그림으로 생각을 구축한다. 바실리 칸딘스키와 파울 클레, 조르주 브라크를 필두로 하는 일군의 미술가가 여기에 속한다. 그들은 '시각'보다는 '생각과 관념'을 중시해 손으로 풀어내는 '표현적' 요소를 최대한 억제하려고 한다. 귀스타브 모로는, 내 나름의 시각이지만 작품의 성향이 양자를 겸비한 경우가 아닐까 싶다.

사실 비가 오는 날 우산을 받쳐들고 그의 미술관을 찾아가서 드로잉, 판화, 유화 등 방대한 작품을 직접 보기 전까지 그에 대해 별로 아는 게 없었다. 세상의 미술관들에 걸려 있는 그의 작품은 한두 점씩에 불과했고 내 머릿속에서 그의 존재감은 풍문으로 스쳐간 에콜 데 보자르의 좋은 미술 교수 정도였던 것이다. 그런데 그의 삶이 통째로 담긴 듯한 그의 집이자 미술관에 가서야 화가 모로, 교육자 모로의 전모를 보게 되었다. 그간 미술관 순례를 꽤 많이 했지만 모로 미술관처럼 한 예술가의 삶이 통째로 담긴 공간을 체험하기는 쉽지 않았다. 예컨대 전시장에서 작품으로만 만난 경우가 대부분이었기 때문. 삶은 뒤로 숨고 작품만 전면에 나서는 것이다. 그런데 모로 미술관은 육신만 빠져나간 듯 그의 삶의 자취와 흔적으로 가득했다.

귀스타브 모로, 하면 미술사에서는 상징주의 작가로 한두 줄 일별하고 지나간다. 그런데 이 상징주의란 말처럼 애매한 표현도 없다. 도대체 뭘 상징한다는 것인가. 그 상징의 실체는 무엇인가. 내가 보기에 두루뭉술하게 상징주의 화가로 분류되는 상황을 화가 자신이 무척 불편해했을 듯하다. 내가 보기에 그의 작품들은 상징보다는 서사적 리얼리즘에 가까웠다. 신화와 판타지, 역사와 사실이 버무려진 세계였다.

거기에 한결같이 극사실적 묘사와 채색을 취해서 모르긴 해도 제작 자체가 시간과의 싸움이었을 것 같다. 그의 작업실과 살림집을 연결하는 중앙 통로는 어지러울 정도로 위태하게 돌아가는 나선계단이었다. 그는 당시로서는 드물게 장수한 화가였는데 만년의 그가 저 가파르고 좁은 나선형 계단을 어떻게 오르내렸을까 의아할 정도였다. 어쩌면 꼬장꼬장한 성격에 마른 체형이 아니었을까 상상을 해본다. 가운을 입고 삼층 높이의 그 나선계단을 천천히 오르내리는 미술 교수 모로의 모습

교수 화가 귀스타브 모로의 망중한
화가로서, 교육자로서 모로는 자신의 삶을 예술에 바쳤다.

이 절로 그려진다.

이 건물엔 단 한 평의 정원도 없다. 따라서 풀과 나무도 없다. 입구는 비좁고 실내는 광활하다. 무려 세 개 층을 오르내리는 통로는 비상구 같은 중앙의 나선계단이 유일하다. 들어오면 나가기 힘든 구조다. 마치 입체 미술 작품 속 미로 같은 공간인데, 화가는 이 공간에 스스로를 유배시켰던 듯하다. 일단 이 공간에 들어오면 식사와 독서, 잠과 작업이 동시적으로 이루어질 수밖에 없게 되는 그만의 세계. 강의 나가는 일을 제외하고는 이곳에서 책 읽기와 글쓰기와 그림 그리기에 몰입했으리라.

비 오는 날씨 탓이었는지 관람객이 별로 없었다. 서양 미술사에서는 중요한 이름이지만 일반 대중에게는 잘 알려져 있지 않은 까닭이었을 것이다. 그러나 오늘날 이름이 높건 말건, 그가 전 생애를 예술에 바쳤던 것만은 분명한 듯하다. 자기 콘텐츠가 약할수록, 빨대를 밖에 꽂고 호흡할 수밖에 없고, 내적 충만함보다 바깥으로부터의 환호와 박수에 연연하게 된다. 그는 자신의 가슴속에서 솟아오르는 창조의 샘물을 마시며 밖이 아닌 이 심리적 내재 공간에서 그림의 물길을 길어올린 사람이었다.

귀스타브 모로의 회화세계

더 읽을 거리

귀스타브 모로Gustave Moreau(1826~1898)는 파리에서 태어났다. 건축가였던 아버지에게 고전 문화에 대해 배웠으며, 여덟 살 때부터 쉼없이 그림을 그렸다. 왕성한 독서력을 기반으로 신화와 역사, 종교와 사회의 서사 구조에 낭만적 상상력을 곁들인 작품을 주로 발표했으며 1864년 살롱에 <오이디푸스와 스핑크스>를 출품하여 좋은 반응을 얻었다. 이후 <유피테르와 에우로페> <프로메테우스> 등을 살롱에 출품하여 수상하나 비난도 끊이지 않았다. 1883년에는 레지옹 도뇌르 훈장을 받기도 했다.

예술가들이 대부분 전업 예술가로 지내던 시절이었으나 1892년부터 1898년까지 에콜 데 보자르에서 교수로 재직하며 앙리 마티스, 조르주 루오, 알베르 마르케 등 125명의 제자를 가르쳤다. 미술계의 칸트라고 할 만큼 시간을 정확하게 지켰고 강의와 자신의 작업을 철저히 분리해 작가와 교수라는 두 마리 토끼를 모두 잡았다.

파리의 한적한 주택가에 자리한 그의 생가 겸 작업실은 1903년 귀스타브 모로 미술관으로 공개됐다. 귀스타브 모로 미술관은 두 아틀리에를 잇는 나선형 계단이 아름답기로 유명하다. 아버지와 아내가 죽자 모로는 자신의 작품이 흩어질 것을 염려해 개인 미술관을 만들 계획을 세운다. 몇 년간 자택을 개조해 한쪽에는 대형 작품들을 중심으로, 다른 쪽에는 수천 점의 수채화, 수묵화, 파스텔화를 한 장씩 넘겨보게끔 화판에 정리해 전시해뒀다. 대작부터 소품까지 수천 점의 작품뿐 아니라 개인적인 소장품, 가구, 집기 등을 이곳에서 만나볼 수 있다. 귀스타브 모로 미술관의 초대 관장은 그의 제자였던 조르주 루오가 맡았는데 이 외에도 수많은 제자들이 이 미술관의 발전을 위해 나서기도 했다.

귀스타브 모로의 작품뿐 아니라 그 삶이 오롯이 전해졌다.

귀스타브 모로 미술관

주소: 14 Rue Catherine de La Rochefoucauld, 75009 Paris, 프랑스

홈페이지: https://musee-moreau.fr/

에콜 데 보자르,
아름다움의 성채

사랑을 배울 수 있는 것이라면
그림도 조각도 배울 수 있는 걸까.
둥실 떠가는 흰구름을 그릴 수 있는 것이라면
한사코 몸을 빠져나가려드는
마음의 그림자까지도 그려낼 수 있는 것일까.
얼마나 자세히 보고
얼마나 많이 망치를 내리쳐야
차가운 쇳덩어리에 온기가 생겨
저희끼리 엉기며 포옹할 수 있는 걸까.
하지만 사랑의 학교가 없듯이
그림의 학교도
원래부터 없었던 것.
그렇다면 저 세월의 이끼 낀 성채 에콜 데 보자르는

아름다움을 가르치는 집이라기보다는
홀로 먼길을 가는
미의 수행자들을 불러
묵묵히 함께 묵언수행하게 하는
그런 곳인가보다.

—

"저곳이 그 유명한 에콜 데 보자르입니다. 나중 미술사의 별이 된 수많은 미술학도들을 몰라보고 무참히 싹을 잘라버렸던 곳이기도 하죠. 저 오만하게 앉아 있는 건물 품새 좀 보세요. 세잔도, 마티스도 저 학교 입시에서 낙방했고 로댕은 무려 세 번이나 떨어졌죠, 저 학교는 배출한 인재보다 떨어뜨린 거장들이 더 많아서 유명해진 곳이랍니다."

'설마.' 그러나 나를 안내했던 평론가 K는 신나게 떠들어댄다. 저곳에 무슨 억하심정 같은 것은 있을 리 없었는데 굳이 따져본다면 그 역시 한국의 미술대학 입시에서 몇 번씩 실패한 사람이라는 정도였다. 지금 생각해보니 그런 내력으로 에콜 데 보자르 입시로 에둘러 한국 미술 교육과 입시제도까지 싸잡아 공격했을 수도 있겠다 싶다.

어쨌거나 처음 파리에 갔을 때 루브르 박물관보다 먼저 찾은 곳이 에콜 데 보자르, 그리고 이름처럼 결코 거대하지 않았던 몽파르나스의 미술학교 그랑 쇼미에르 아카데미였다. 선생 초년 시절이라 '어떻게 하면 보다 좋은 선생이 될 수 있을까'가 머릿속에 맴돌던 시절이었다. 결국 좋은 선생 되기에는 실패했지만 그 덕에 세상의 유명 예술대학 순례는 꽤나 했던 것 같다.

에콜 데 보자르는 K의 말처럼 수많은 미술학도를 좌절시킬 만큼 그

생명—스무 살의 자화상

그림은 본디 가르칠 수도, 배울 수도 없는 것이라고는 하지만 이 미의 집현전에서 '예술가로서 어떻게 살다 갈까'를 생각해본다.

관문이 높았고 특히 멀리 아시아에서 온 청년들 중에도 허다한 이들이 그 문 앞에서 거절당한 채 그랑 쇼미에르 아카데미 정도쯤에서 수학하고 돌아가곤 했다. 바우하우스가 디자인 교육의 메카였다면 에콜 데 보자르는 소위 순수 미술이라 일컬어지던 회화와 조각 교육의 메카였던 셈인데, 아닌 게 아니라 그 권위나 그 유명세만큼 그곳에서 거절당한 미술학도들이 많아 그들에게는 원망의 성채이기도 했을 터였다.

에콜 데 보자르 정문이 바라보이는 곳에는 지금은 별 다섯 개를 달고 있지만 과거엔 장기 체류자가 많았던 B급 호텔이 하나 있다. 문호 오스카 와일드가 말년에 피신하듯 기숙해 있다가 홀로 죽어갔던 곳이자 아르헨티나 작가 보르헤스가 머물며 글을 썼다는 곳이었다. 두 사람의 팬, 특히 오스카 와일드의 여성 팬들이 이 호텔을 찾아왔다가 그의 명패 붙은 방에서 자고 덤으로 에콜 데 보자르의 전시관까지 둘러보고 간다던데 나는 그 반대였던 셈이다.

오래된 회랑을 걷자 그곳을 거쳐간 숱한 재능들이 에스프리되어 나비처럼 팔랑이며 날아가는 모습이 보인다. 정신이야, 아니야, 손이 먼저고 마음은 그다음이야. 쟁쟁한 미술사가들과 이론가들의 열기 넘치는 강의가 창 저쪽에서 들려오는 것만 같다. 우아하고 심지어 수도원처럼 거룩해 보이기까지 하는 이 아름다움의 학교는 그만큼 전통의 무게 같은 기운이 묵직하게 흐르고 있다. 프랑스 전국에서 아니 유럽에서 아니 전 세계에서 청운의 꿈을 안고 몰려들었을 분주한 발걸음. 한때는 나 또한 이곳에 오고 싶어서 마음으로만 그 높은 담장의 언저리를 배회한 적도 있었다.

그림은 본디 가르칠 수도, 배울 수도 없는 것이라고는 하지만 이 미美의 집현전에서 배우고 나간 수많은 미술가들이 세계 미술사를 수놓았던 것 또한 분명한 사실이다. 어쨌거나 에콜 데 보자르는 명실공히 파리를 미술 수도로 만든 최고의 근대적 교육 기관이었는데 고전에 충실한 기초 교육으로도 이름이 높았다. 일단 학교에 입학하면 이탈리아 거장들의 작품 모사부터 시작하여 엄청난 양의 데생을 해야 했다. 또한 실기뿐 아니라 어학, 철학, 미술사 등의 방대한 인문과 자연과학 커리큘럼을 통과해야 했으며 그런 혹독한 과정을 마친 뒤에야 자기표현을, 그것도 조심스럽게 할 수 있었다 한다. 이는 그 학교의 명교수였던 니콜라 푸생이나 귀스타브 모로의 노선이기도 했다. 그래서 학교 정문의 좌우 두 기둥에는 이 학교의 이념적 초석을 놓았던 푸생의 흉상과 함께 에콜 데 보자르의 아카데미즘을 이끌었던 교장 피에르 푸제의 흉상이 올려져 있었다.

특히 화가로서도 크게 성공했지만 에콜 데 보자르에서 미술 교육자로서 제자들의 추앙을 받았던 귀스타브 모로는 두 가지 재능을 갖춘 사람이었다. 그는 학교에서 돌아오면 수도승처럼 작업실에 틀어박혔다고 알려져 있다. 종교적 낭만주의와 상징주의에 극사실주의까지 넘나들며 선악과 죽음의 문제, 지상과 천상과 사후세계 등 광대한 주제를 다루었고 이를 그대로 학생들에게 전통의 바톤처럼 넘겨주었다. 이곳 가까이 있던 그의 저택이자 화실에 방문했을 때 봤던 그 위태롭게 감아 돌던 실내 계단과 높은 천장의 사면 벽을 위아래 할 것 없이 빼곡하게 채운 그림이며 그것을 제작했던 극세필 붓들이 떠오른다. 그는 걸어서 에콜 데 보자르로 출근했는데, 단 한 번도 지각한 적이 없었다 하니 꽤나 따분하고 멋없는 교수였던 것 같다.

뜻밖에도 그의 교수법은 절대로 지시어를 쓰지 않은 침묵의 교육이었단다. 한 학생의 이젤 뒤에서 오래 지켜보다가 다음 학생에게 가서도 그렇게 한다는 것. 그렇게 옮겨다닌 다음 실기실 한쪽 모퉁이에서 자신도 아주 작은 소품을 늘어놓고 세필로 그리곤 했단다. 에콜 데 보자르의 수업방식이 모두 말 없음의 교육이라고 할 수는 없겠지만, 흔히들 상상하는 것처럼 유창한 언변으로 이어지는 교수 중심 학습은 아니었던 것 같다. 학생들 가슴속에 있는 저마다의 아름다움에 대한 열망과 그 씨앗을 발견하고 이를 싹틔우고 꽃피우기까지 응원 혹은 비평을 하는 방식이지 않았을까 싶다. 예컨대 '여길 이렇게 그리고 저길 이렇게 고쳐라' 하는 교육법이 아니라 스스로 깨닫고 느끼게 함으로써 저마다 발견한 아름다움의 땅으로 나아가도록 유도하는 방식이었다. 이에 부수적으로 엄청난 양의 도서 및 시각 자료를 갖춘 것도 아직까지 세계적 미술 명문 대학으로서의 위상을 지키는 요인이 아닐까 생각된다.

대학 교육 무용론이 나오는 시대다. 재능 있으면 누구라도 그리면 되는 것이지 무슨 언어로 하는 교육이 필요하겠느냐는 것. 평생을 선생으로 지낸 나는 이럴 때 쓸쓸해진다. 그리고 왜 서울에서는 에콜 데 보자르 같은 곳이 안 나오는가 싶고 그게 나 같은 선생 된 자들의 탓이라는 자괴감도 든다. 얼마 전 다시 그 문 앞에 섰다. 사십 년 전과는 달리 이제는 '어떻게 가르칠까'가 아니라 '예술가로서 어떻게 살다 갈까'를 생각하게 된다. 그런 면에서 에콜 데 보자르는 내게 여전히 말 없음으로 가르치는 무언의 예술학교인 셈이다.

더 읽을 거리

미의 집현전, 에콜 데 보자르

화가, 조각가, 건축가 등은 원래 도제학교나 각종 왕립 기관에서 교육을 받았다. 에콜 데 보자르는 1648년 쥘 마자랭 추기경이 설립한 왕립회화조각학교가 전신으로 1816년 왕립건축학교와 합병해 1863년까지 왕립미술학교로 남아 있었으나 이후 황제의 칙령에 의해 독립돼 5년 임기의 교장제로 바뀌었다. 20세기 들어와 건축과 미술 과목이 분리되면서 에콜 데 보자르는 미술 전문 교육기관으로 자리잡게 되었다. 소수 정예로 교육이 이뤄지기 때문에 매년 입학 경쟁이 치열하다. 포트폴리오 제출, 실기고사, 이론고사, 인터뷰 등의 과정을 거쳐 학생들을 선발한다. 총 오 년 과정 중에서 삼 년짜리 단기과정과 오 년짜리 장기과정 중에서 선택할 수 있다.

학교 내에 위치한 교수의 아틀리에, 학교 밖의 자유 교실, 이렇게 학교 안팎의 아틀리에에서 교육을 진행하는 실기 위주의 커리큘럼으로 예술가들을 배출한다. 매년 각종 콩쿠르가 열리는데 19세기에는 로마 유학의 기회가 주어졌던 로마 대상이 특히 유명했다. 앙리 마티스와 조르주 루오, 건축가 장 누벨 등 세계적인 거장들이 이곳 출신이다.

불의 전사,
피카소

에어프랑스.

창밖엔 환한 햇살

활처럼 굽어진 산의 능선은 빠르게 멀어지는데

비행기 좌석 화면에는

마치 침묵의 퍼포먼스처럼

다섯 명의 여자 승무원이 나와

귀엽고 사랑스러운 몸의 언어로

빨주노초 색칠하듯 말 한마디도 없이

승객 주의사항을 알려준다.

예술의 나라, 시각의 도시로 들어가는구나, 하는 실감.

그와 함께, 그 색채 도시의 부족장 같은

한 사내가 떠오른다.

칼춤을 추듯 리비도의 붓을 휘둘러

이 세상 모든 아름다움을 빨아들이고 싶었던 사내.
창을 겨누고 선 투우사처럼
붓 한 자루로 파리를 점령한 그 스페인 남자.
대상을 보면,
그것이 무엇이든 간에
창 대신 붓을 들어올려
마침내 사로잡고 마는 사내.
작달막한 키에 까무잡잡한 피부,
부리부리한 눈으로
사냥감을 찾듯 쏘아보는 눈빛.
1900년의 늦여름,
길고 오랜 완행열차를 타고 꾸불꾸불 피레네를 뒤로한 채
달랑 낡은 가방 하나 들고
몽마르트르 언덕을 오르던, 이 키 작은 이방異方 남자는
스페인에서 가방에 담아온 우울한 블루를 모두 비워내고
그 속을 파리의 쏟아지는 햇빛으로 채웠다지.
그러고는 붓과 색으로 분탕질치듯
우아하고 아담한 도시, 파리를 접수하기 시작했대.
세잔이 응시했던
현대 미술의 지평으로 성큼성큼 걸어나가며
원시와 야생, 생명과 야만으로 가득한 아프리카 대륙인 양
칼처럼 붓을 휘두르다가
질투심 많고 욕심 많고 조금은 상스러운 이 남자.
캔버스의 신사 마티스의 영지까지 넘보며

그렇게 거침없이
자기만의 영토 확장에 나아가다가
마침내 그 눈 들어 세계를 훔쳐보았다네.
자신이 맨 앞에 서서 가고 있는지
쉼없이 뒤를 돌아볼 뿐 아니라
허다한 뮤즈들의 얼굴을
붓 잡은 손으로 감싸안았대.
격정과 희노애락으로 출렁대는 화면은
모두 그 눈빛이 옮겨놓은 천둥과 번개의 사연들.
조용하고 아름다웠던 파리 미술이
스페인 남자 하나로 크게 출렁거리며 뒤틀리고 거칠어지고
아우성과 신음까지 저지르게 될 줄은
파리지엔들은 미처 몰랐을 것.
피카소.
자신의 자취를 이 세상에 참으로 많이도 남겨놓았지.
그 호흡, 그 손맛의 그림들, 조각들이 천지에 널려 있어.
여덟 번씩이나 스스로의 그림세계를 깨버리고
그 숫자만큼이나 다른 여성과
사랑에 빠졌던 이 남자.
올망졸망 예쁜 공작 도시 같은 파리에
칼 대신 붓 들고
우뚝 선 미美의 족장.

—

런던의 한 명품 상가 거리를 걷다가 무심코 호위무사처럼 윤기 자르르 흐르는 까만 양복 차림의 키 큰 흑인이 지켜 선 한 갤러리의 문을 밀고 들어갔다. 실내는 마치 포르셰 자동차 판매장을 방불하게 화려하다. 경호원인 듯싶은 다른 한 사내가 정중하게 맞아준다.

마티스, 브라크, 호안 미로, 칸딘스키…… 미술사의 페이지를 넘기듯 벽에는 화려한 이름을 단 작품들이 걸려 있다. 그중에 어린아이가 그린 듯한 공책 크기의 크레용 그림 두 점이 눈에 들어온다. 그림 아래쪽으로는 아무래도 그림의 규모에 비해 너무 크다 싶은 거친 사인이 보인다. 피카소. 마치, '나 피카소야, 어쩔래' 하고 덤비는 느낌이다.

대체로 유치찬란한 그림처럼 보이는데, 이상하게도 잡아끄는 힘이 있다. 십여 분 만에 해치운 듯, 거친 호흡이 그대로 전해진다. 세상의 모든 미술관에 걸린 그의 그림 중에는 약간 못 그린 듯한 그림이 압도적으로 많다는 얘기를 한 미술사가의 강연회에서 들은 적이 있다. 동서남북으로 미술관과 갤러리를 쏘다녔던 나로서는 고개가 끄덕여지는 대목이었다. 대상을 응시하되 화가 나름으로 허물고 비틀다보니 약간 엉성하고 못 그린 듯한 그림이 된다는 것인데 그런 그림에 더 마음이 가는 이유는 무엇일까. 그 미술사가는 보는 이로 하여금 해석하고 음미할

피카소—불의 전사, 붓의 투우사
붓 한 자루로 파리를 점령한 피카소, 그는 현대 미술계에 있어 미의 족장이다.

여지를 주기 때문이라고 했다. 약간 상투적이기는 했지만 이 또한 수긍이 가는 대목이었다.

그 함부로 그린 듯한 크레용 드로잉 앞에 너무 오래 있었던 까닭이었을까. AI 같은 여인이 서류를 옆에 끼고 와서 느린 영어로 또박또박 설명해준다. 아마 나를 돈 많은 중국인쯤으로, 아는 이름은 피카소밖에 없는 사내로 짐작했던 듯하다. 가격을 물어보니 잠시 기다리라며 계산기를 두드리더니 가격을 말한다. 어림잡아 우리 돈 팔천만 원쯤 되는 액수였다. 그런데 여인이 실수라며 가격을 정정했다. 머릿속으로 다시 계산해보니 팔천만 원이 아닌 팔억 원이었다. 돌아서는 내게 여인은 활짝 웃으며 명함을 건넨다.

"금융 가치와 예술 가치가 일치하는 것은 아니지만……" 옛날에 들었던 한 미술사가의 강의는 이렇게 끝을 맺었다. 그럼에도 불구하고 현대 미술과 돈은 행복한 동행을 하고 있다. 마레 지구에 자리한 피카소 미술관에는 대부분 입체파 경향을 보여주는 작품들이 남아 있다. 그가 명성을 얻은 뒤의 작품들이었지만 황색시대부터, 만년의 춘화와 드로잉과 조각, 도자기 등이 함께 모여 있어서 얼핏 여러 화가들의 합동 전시회처럼 느껴질 정도였다. 가끔은 먹으로 휘두른 듯한 드로잉도 보인다. 장 뒤뷔페의 작품처럼 일정한 굵기의 검은 선이 아닌 선의 강약과 속도가 달라 마치 모필로 그린 유채화 같다. 어쨌든 허다한 작가들이 손보다는 관념을 실타래처럼 풀어내는 시기에 마구 붓으로 그린 페인팅들을 보니 속이 다 후련해질 정도였다.

스페인에서 파리로 와서 '세탁선'이라고 불리는 '바토 라브와르'라는 배처럼 생긴 건물의 작가 공동 스튜디오에 방 한 칸을 빌려 짐을 풀었던 피카소. 그림 그리는 일 외에는 파리 유명 화랑을 돌며 스스로 주기적으로 피카소 그림 있느냐고 묻고 다녔다 한다. 이렇게 시작된 그림과 돈의 동행은 그야말로 평생 지속되었던 셈이다. 미술관 아래층 흰 벽에는 손녀딸쯤으로 보이는 여인과 부스스한 가슴털을 드러낸 노년의 피카소가 해변에 함께 누워 있거나 수영을 하는 영상이 돌아가고 있다.

피카소에게는 신화와 전설이 함께 따라다니는데 판화, 드로잉, 도자기화, 조각, 펜화 등을 합쳐 그 작품 수가 수십만 점에 이른다는 믿기지 않는 이야기도 그중 하나이다. 하긴 세계 어느 미술관을 가도 그의 작품이 있고 프랑스에만도 그의 이름 붙은 미술관이 세 개나 될 정도이니 전혀 터무니없는 말은 아닌 듯하다. 여인과의 사랑에 대한 일화도 많지만 그것이 스캔들이 되기는커녕 그의 신화를 더 강고히 해주고 있으니 알 수 없는 노릇이다. 어쨌든 피카소가 음산한 현대 미술의 한 시기를 분탕질하고 걸어간 문제적 재능인 것만은 확실하다. 구름 뒤에서 번쩍 떠오른 태양처럼.

신화의 한 페이지, 피카소 미술관

패션의 도시 파리. 그 중심엔 수많은 의류 브랜드 매장이 밀집된 마레 지구가 있다. 그곳 한쪽에 바로크식 삼층짜리 저택이 위치하는데 바로 피카소 미술관이다. 아기자기한 주변 매장과 달리 웅장한 분위기를 풍기는 이 미술관은 미술계에서 피카소의 존재처럼 크게 느껴진다. 17세기 중반에 건축된 살레 저택을 1974년부터 십 년간 건축가 롤랑 시무네가 개조해 1985년 피카소 미술관으로 개관했다고 한다.

지하와 일층에는 주로 피카소의 작품이, 이층에는 임시 전시 작품과 판화가 전시되고, 삼층은 도서관, 문서 보관소, 사무실 등으로 사용된다. 조각 작품인 <황소 두상>을 비롯해서 자신의 결혼식에서 영감을 받아 그린 1969년 작품 <입맞춤> 등 삼천 점 이상의 피카소 작품을 소장하고 있다. 피카소의 작품뿐 아니라 그가 보유했던 칸딘스키, 드가, 마티스, 세잔 등의 작품도 함께 만나볼 수 있다.

피카소 미술관
주소: 5 Rue de Thorigny, 75003 Paris, 프랑스
홈페이지: https://www.museepicassoparis.fr/

미라보 다리,
생의 아스라한 저편

미라보 다리 아래 센강은 흐르고
우리들의 사랑도 흘러간다고 했지.

그 미라보 다리에 서다.

시인 기욤 아폴리네르가 이곳에서
연인이었던 화가 마리 로랑생과
마지막 작별을 했대서 유명해진 곳.
그러고 보면 다리는
연결되는 하나의 지점일 뿐 아니라
나뉘는 두 개의 세계.
저 끝과 이 끝은 지척이건만
때로는 이승과 저승처럼

가고 나면 돌아올 수 없는 곳.
사랑의 만남뿐이면 좋으련만
이별의 장소가 더 많이 되는 곳,
돌아는 보아도 되돌아갈 수는 없는 곳.
미라보 다리,
샹송의 노랫말에 남아 있고
우리들 청춘의 페이지 속에 떠도는
사랑과 이별의 서사.
속수무책의 세월을 맞고 보내며
걸어오고 나서는
다시 후회와 아픔으로 뒤돌아보게 되는 지점,
아슴푸레하게 뒤돌아보게 되는 꼭 그만큼의 지점.
그래서 세상의 다리는
너무 크거나 길어서는 안 돼.
흘러간 삶도 사랑도
저만치 뒤돌아서서
바라볼 만큼만 돼야 해.
딱 미라보 다리 정도의 길이로만.

—

오래된 다리에는 오래된 사연이 있다. 그 오래된 다리를 두고 시가 나오고 노래가 나오고 영화가 나오고 그림이 나온다. 대체로 사랑과 이별의 사연이다. 그중 시인들이 즐겨 시로 쓰고 화가들이 화폭에 담은 건 프랑스의 다리들이다. 퐁데자르 다리와 르누아르, 아르장퇴유 철교와 모네, 생베네제 다리와 시냐크, 그리고 랑글루아 다리와 반 고흐, 퐁뇌프 다리와 피사로…… 사진가라고 다르지 않았다.

'예술의 다리'라는 뜻의 퐁데자르 다리는 앙리 카르티에 브레송의 사진 속에서 빛난다. 그는 이 다리 위에서 파이프 담배를 물고 생각에 잠겨 있는 사르트르를 찍었다. 다리 위로 걸어오는 행인이 보이는 이 한 장의 의도된 스냅사진은 훗날 세기의 명작이 되었다. 다리가 시가 되고 노래가 되고 사진이 되고 그림이 되는 순간, 그것은 마음속에 무지갯빛으로 자리잡는다.

미라보 다리. 연인의 이름 같은 그 다리만큼 세상 사람들의 마음에 떠오르는 무지개가 또 있을까. 이는 말할 것도 없이 시인 기욤 아폴리네르와 화가 마리 로랑생의 사랑과 이별의 서사 때문이다. 흐르는 물소리. 그 위로 어디선가 희미하게 들려오는 듯한 연인을 부르는 소리. 그리고 안갯속인 듯 어슴푸레하게 떠오르는 미라보, 그 몽환의 다리는 그

미라보 다리—마리 로랑생과 기욤 아폴리네르의 사랑과 이별을 지켜보다
문학의 힘으로 미라보 다리는 온 세상 연인들의 다리가 됐다.

러나 실제 대면하고 보면 피식 웃음이 나온다.

우선 미라보 다리는 센강의 하류 쪽으로 멀찌감치 비켜나 있어서 눈에 잘 띄지 않을뿐더러 밋밋한 철골 다리다. 파리 만국박람회 직전에 지어져 낭만이나 멋보다는 신기술의 위용을 과시하고 싶었을지도 모른다. 정감 있는 센강의 다른 다리에 비해 폭도 넓고 길이도 이백여 미터에 가까울 만큼 길다. 다리가 몇백 미터가 되면 그때부터는 보행자의 것이 아닌 자동차의 것이 된다. 멋이나 운치를 기대하기도 어렵다. 게다가 지척에 생뚱맞게 자유의여신상이 보인다(뉴욕에 선물로 보낸 바로 그 자유의여신상 원본 조형물이다). 다리 근처에도 미술관, 박물관, 성당 같은 유서 깊은 문화 유적보다는 현대식 건물이 빼곡하게 들어차 파리의 에스프리가 느껴지지 않는다.

그래서 꿈결처럼 '미라보'만 되뇌며 찾아가보면 실망하기 십상이다. 사실 다리는 그 자체보다도 주위 풍경과의 앙상블이 중요하다. 주변 분위기가 아름답고 정감이 있을 때 슬쩍 들어 얹혀진 듯한 다리 또한 그 존재감이 드러나기 때문이다. 그런데 미라보 다리는 흔하디흔한 현대 교량의 모습이었다. 어떤 화가도 미라보 다리를 그리지는 않았다. 그만큼 매력이 없었다는 얘기일 것. 그런데 시인은 여기에 언어의 방점을 찍었다. 그 순간부터 밋밋하던 다리는 색채를 입고 부풀어올랐다. 그 이름을 불러주는 순간 '꽃'이 된 것처럼, 시인이 '미라보'를 되뇌자 이 다리는 온 세상 연인들의 다리가 되었다. 파리 시내를 관통하여 흐르는 센강의 서른일곱 개 다리 중에서도 가장 유명한 다리가 된 것이다.

미라보 다리 아래 센강이 흐른다
　　우리 사랑을 나는 다시

되새겨야만 하는가
기쁨은 언제나 슬픔 뒤에 왔었지

밤이 와도 종이 울려도
세월은 가고 나는 남는다*

마치 수채화를 그리듯 자연과 사랑을 한 작품에 담아 노래하는 '사랑의 시인'으로 알려져 있던 아폴리네르는 「미라보 다리」를 스물일곱 살에 쓰는데, 오 년간 뜨겁게 사랑했던 연인 마리 로랑생과 아픈 결별을 한 때였다. 둘의 이별은 저 유명한 루브르 박물관의 〈모나리자〉 도난 사건이 발단이 된다. 피카소까지 불려가 수사를 받았던 〈모나리자〉 도난 사건은 프랑스 문화 예술사의 흑역사다. 여기에 뜻밖에도 시인인 아폴리네르가 엮인 것이다.

사연의 본말인즉슨 이렇다. 1911년 어느 날, 루브르 박물관에 걸려 있던 〈모나리자〉가 감쪽같이 사라진다. 이에 대대적인 조사가 이뤄지는 과정에서 아폴리네르가 조사를 받는다. 그의 조수인 게리 피에르가 과거 루브르 박물관에서 조각상을 훔쳐 이를 피카소에게 팔아넘긴 전력이 있고 아폴리네르가 "루브르를 불태워야 한다"고 말한 적이 있기 때문이었다. 아폴리네르는 결국 증거불충분으로 풀려나긴 하나 가택 수색까지 당하고 프랑스 전역이 이 문제로 들썩였다.

아폴리네르의 명성은 하루아침에 추락했고, 결국 실망한 연인 로랑생도 결별을 선언하고 떠나버린다. 나중에 무혐의로 밝혀지긴 했지만

* 기욤 아폴리네르, 『알코올』 「미라보 다리」, 황현산 옮김, 열린책들, 2010.

시인의 영혼은 갈기갈기 찢긴 뒤. 그는 도피하듯 파리를 떠나 자원해 전쟁에 뛰어들었고, 전쟁이 끝나고서도 재기하지 못한 채 서른일곱의 나이로 죽고 만다.

마리 로랑생은 어찌되었을까. 재색을 겸비해 파리 사교계의 남자들 마음을 설레게 했던 그녀는 일흔세 살에 숨을 거둔다. 그녀가 했다는 유언. "내게 하얀 드레스를 입히고 가슴에 붉은 장미와 아폴리네르의 시집을 얹어 묻어다오." 못다 한 사랑에 대한 마지막 회한의 표현이었을 것이다.

흘러간 사랑의 아픔, 기욤 아폴리네르

기욤 아폴리네르Guillaume Apollinaire(1880~1918)는 미혼모의 아들로 로마에서 태어났다. 그의 아버지가 누군지를 두고 다양하게 추측했으나 파블로 피카소는 그가 교황의 아들일 거라는 농담을 즐겨 했다. 젊은 시절을 대부분 유럽 곳곳을 여행하며 보내면서 세계주의적 관점과 다양한 문화와 학문에 눈을 떴다. 이십 대 때부터 시, 소설, 희곡 등을 다양하게 썼지만 처음에는 주목받지 못했다. 고달픈 생활을 이어가다가 1907년부터 잡지 기사를 쓰며 생계비를 벌었다. 피카소, 브라크 등과 교류하는 등 새로운 예술을 적극적으로 주도했다.

파격적인 시풍을 자랑하던 기욤 아폴리네르는 1911년 <모나리자> 도난 사건의 범인으로 의심을 받아 감옥에 들어갔다. 일주일 만에 풀려났지만 이 일로 당시 연인이던 마리 로랑생과 사이가 틀어져 헤어졌고 그 아픔을 「미라보 다리」로 남겼다. 이후 1914년 제1차세계대전이 발발하자 자원 입대해 복무하던 중 머리에 크게 상처를 입고 파리로 보내졌다. 수술 후 상처가 회복돼 활동을 재개했으나 당시 파리를 휩쓴 스페인 독감에 걸려 1918년 사망해 페르 라셰즈 묘지에 묻혔다.

예술가를 위한
따뜻한 손 하나

이쯤에서 뛰어내려버릴까.
달 그늘에 잠긴
강물을 바라보며
하룻밤에도 몇 번씩 그런 생각을 하는 사람.
우리는 그를 화가라 부른다.

유리병 하나쯤을 두고
거기 하염없이 눈물을 담아볼까.
때때로 악마의 이빨 같은 건반을 내리치고
요사한 현絃의 줄을 끊어버리고 싶은 사람.
우리는 그를 음악가라 부른다.

만년필을 내리찍고 싶고 자판을 던지고 싶은 사람.

홀로 금지된 노래를 웅얼거리며 외로운 사람.
우리는 그를 시인이라 부른다.

그들에게는 이마를 짚어줄 손이 필요하다.
울고 있는 마음의 아이를 일으켜세워
시들어가는 바로 그 지점에서
다시 꽃피우게 하는
넉넉하고 따뜻한 손 하나가 필요하다.
절망의 끝자락에서
다시 돌아서게 하는
그 손 하나.

—

파리의 가을은 상송과 함께 온다. 쥘리에트 그레코와 이브 몽탕의 가을 노래는 결별한 지난 세월을 뒤돌아보게 한다. 조금 전까지 있던 그 시간, 사람들, 우정, 사랑이 우리 곁을 떠나고 없음을, 그리고 곧 나도 떠나야 하는 것임을 알려준다. 파리의 가을은 그래서 '오래 볼 수 없어서' 더 애틋한 것들에 대한 애증과 그리움의 서사다.

추적추적 가을비가 내리는 파리의 뒷골목을 지나 센강 앞에 선다. 바게트 굽는 냄새가 따라온다. 강 위로 지나간 시대의 얼굴들이 흘러간다. 공자도 흐르는 강 앞에 이르러 문득 눈물지었다던가. "사라져간 사람들은 모두 저렇게 흘러갔다는 말이더냐"라며. 벨 에포크 시대 파리를 수놓았던 이들도 저렇게 흘러갔을 것이다.

친척의 옛집을 찾아가듯 지도 한 장을 손에 들고 플뢰뤼스 거리 27번지를 찾아간다. 그곳에는 아직도 은성한 불빛이 흘러나오고 있을까. 그리고 그 불빛 아래 사람들이 모여 있을까. 그러나 한 골목을 꺾어 돌아 느닷없이 마주한 그 지번의 옛 건물은 무덤덤하게 서 있었지만 거기에 '불기' 같은 것은 없었다. 지나간 시대를 꽃피웠던 사람들은 강물처럼 흘러가고 없었다. 꽃은 지고 바야흐로 늦은 가을이다. 너도 가고 나도 가야지 하는 노랫말 하나.

플뢰뤼스 거리 27번지. 예전에 거기 한 대찬 여자가 살았다. 그리고 사람들이 그곳에 모여들었다. 불빛 아래 모여서 어둠이 바닥까지 닿도록 헤어질 줄 몰랐다. 새벽빛이 부윰해져도 여인은 유유히 사람들 사이를 오가며 그들을 챙겼다. 하나같이 춥고 가난한 시인, 화가, 음악가 들은 그렇게 하루가 멀다 하고 그 여인에게로 모여들었다. 그들에게 와인과 음식을 내어주며 한나절 고픈 이야기들도 하염없이 들어주었다. 시인과 작가에게는 출판비를 대주고 화가에게는 그의 작품을 구입해주었단다.

늦깎이 화가 앙리 마티스에게는 식솔이 많았다. 그가 예술 유목민으로 살기에 파리는 결코 녹록지 않았다. 어쩌다 작품이 한 점 팔리면 눈이 번쩍 뜨일 지경이었다. 하지만 그런 일은 드물었고 결국 그는 화가의 길을 포기하려 하였다. 그즈음 그녀가 나타났다. 생활고를 견디다못한 화가며 시인이 센강의 물살 급한 쪽으로 몸을 던진다는 슬픈 소식이 심심찮게 들려오던 시절이었다.

이 여장부는 무명이던 마티스 그림을 여러 차례 사줌으로써 사라져버릴 뻔했던 세기의 화가를 건져냈다. 스페인에서 올라온 막돼먹은 무명의 사내 파블로 피카소 역시 춥고 배고프기는 마찬가지였다. 더구나 그의 프랑스어 실력은 다섯 살짜리 수준밖에 안 됐다. 그녀는 역시 이 눈빛 강한 스페인 사내를 눈여겨보았다. 그래서 짐짓 그에게 자신의 초상화 하나를 부탁했다. 그러나 피카소가 그린 그녀의 초상화는 그녀를 전혀 닮지 않았을 뿐 아니라 당시 파리 벼룩시장에서 팔던 아프리카 마스크상을 닮은 기괴한 모습이었다. 그녀는 기분 나빠 했을까. 반응은 이랬다. "어떤 화가가 그린 나의 얼굴보다도 피카소의 것이 마음에 든다." 백면서생 같은 마티스보다 야만의 냄새를 폴폴 풍기는 피카소에

20세기 예술인들의 어머니

하나같이 춥고 가난한 예술가들은 하루가 멀다 하고 플뢰뤼스 거리 27번지로 모여들었다.

게 그녀는 더 끌렸다. 이렇게 그녀는 누가 새로운 세기의 문을 열 것인지를 꿰뚫어보는 눈을 갖추고 있었다.

마티스와 피카소뿐 아니라 폴 세잔과 에두아르 마네, 조르주 브라크 같은 화가의 작품을 사들였고 넓은 거실을 그들에게 전시장으로 제공했다. 그곳을 자주 찾은 문인으로 어니스트 헤밍웨이와 프랜시스 스콧 피츠제럴드, 기욤 아폴리네르 같은 이도 있었다. 가난한 음악가 에리크 사티의 연주도 그곳에서 자주 열리곤 했다.

말하자면 그녀는 20세기 예술인들의 어머니였던 셈이고 훗날 거창한 이름을 달고 태어났던 야수파며 입체파 같은 사조가 그의 품에서 꿈틀대며 자라났다. 요새는 '미술 시장의 큰손'이라고 하면 대개 비싼 미술품을 사 모으는 사람 정도로 이해되지만 진정한 큰손이라면 미술가에 대한 애정이 먼저여야 한다. 그런 면에서 거트루드 스타인은 미술계의 원조 큰손이자 컬렉터였다. 미술품의 가치를 금융 가치로만 환산하는 천민자본주의적 생태계 속에서 그 같은 거인의 신화가 새삼 그리워진다.

20세기 예술계의 대모, 거트루드 스타인

거트루드 스타인Gertrude Stein(1874~1946)은 미국 펜실베이니아주 앨러게니의 부유한 가정에서 태어났다. 아버지의 사업으로 이주가 잦아 정규 교육을 받지는 못했지만 친오빠 레오가 하버드대에 가자 이듬해 하버드의 여학교인 래드클리프에 입학해 심리학자 윌리엄 제임스의 제자가 됐다. 졸업 후 오빠를 따라 존스홉킨스의대에 진학하나 흥미를 못 느껴 그만뒀다. 1903년 오빠와 함께 파리 플뢰뤼스 거리 27번지 이층 주택에 자리를 잡았다.

아버지에게 적잖은 재산을 물려받았던 남매는 이곳에서 고갱, 세잔, 마티스, 피카소 등의 작품을 수집했다. 사람들이 이 그림을 보기 위해 시도 때도 없이 몰려들자 토요일 저녁에만 '스타인 살롱'을 열어 예술가들이 모이는 자리를 마련했다. 피카소, 피츠제럴드, 헤밍웨이, 포크너 등이 이곳에서 새로운 문학사조와 미술 작품을 놓고 열띤 토론을 벌였다. 거트루드 스타인은 제1차세계대전 이후 환멸을 느낀 미국의 지식계급 및 예술가 청년들에게 '로스트 제너레이션'(잃어버린 세대)이라는 말을 가장 먼저 사용하기도 했다. 본인도 소설과 시를 썼으나 뛰어난 예술가를 발굴해 후원하고 예술의 장을 만든 벨 에포크 시대의 대모이자 진정한 예술 애호가, 거장을 알아본 거장으로 유명하다.

거트루드 스타인 살롱

주소: 27 Rue de Fleurus, 75006 Paris, 프랑스

카페 라 로통드와
목이 긴 여인

파리하고도 몽파르나스대로.

오래된 미술 아카데미 그랑 쇼미에르로 가는 길의

모퉁이 카페 라 로통드.

여기서부터는 미술사의 한 페이지다.

파리 미술의 벨 에포크에

골목이 빽빽하게

산지사방에서 팔레트 들고 찾아온 발걸음들.

모퉁이 카페 라 로통드는

춥고 배고팠던 그들의 안식처.

쿨럭쿨럭

이탈리아에서 온 얼굴이 창백하고 병약했던 한 사내도

찬바람이 유리창을 때릴 때면

라 로통드 벽난로에서 몸을 녹이다 가곤 했다.

사랑은 온기야.

쿨럭쿨럭,

저것 봐, 눈멀게 타오르는 불길이라고,

낡은 오버 깃을 올리고 들어와

벽난로 가까운 식탁에서

하염없이 먼 곳을 응시하곤 하던 그 사내

어느 날부터 보이지 않더니

그가 앉았던

하얀 바람벽에는

목이 긴 여인의 그림 하나가 걸리게 되었다.

슬픈 전설 같은 그림 속 여인은

그 긴 목을 더 길게 빼어

사라진 사내를 기다리고 있었다.

하루 이틀 사흘,

일 년 이 년 삼 년,

목이 긴 여인의 그림 아래서

사람들은 웃고 떠들며 혹은 떠들고 웃으며

바람이 불고

눈이 내리고

빈 커피잔 위로 낙엽이 날려도

사내는 돌아오지 않았지만

그림 속 여인은 변함없이

드나드는 사람들의 어깨 너머로

검은 오버의 깃을 올리며
쿨럭쿨럭 들어서는
얼굴이 창백한 그 남자를 기다리고 있었단다.
고통을 삭여내
꽃을 피우는 법을 알게 된다면
당신은 가슴 저 밑바닥에서부터 차오르는
슬픔의 빛까지도 그려낼 수 있을 거야.
그러니 돌아와.
다시 돌아와서
저 벽난로의 활활 타오르는 불길 쪽으로 등을 대고 앉아봐.
등을 대고 몸이 녹으면 그때
내 귀에 대고 속삭여줘.
할 수 있어, 할 수 있고말고.
그러면 나는 행복하게 당신의 목을 늘려줄게.
당신을 놓아주지 않던 그 병의 사슬을 끊어줄게.
지금 햇빛이 환하게 쏟아지고
떠났던 사람들이 모두 돌아오고 있어.
그러니 당신도 돌아와.
아직도
목이 긴 여인.

—

라 로통드와 르 돔은 몽파르나스 바뱅 거리에서 서로 마주보고 있는 유서 깊은 카페 겸 레스토랑이다. 라 로통드는 모딜리아니와 그의 아내 잔 에뷔테른이 처음 만난 곳이라서 유명하고, 르 돔은 피카소, 브랑쿠시, 자코메티, 샤갈 등이 떼로 드나든 곳으로 많이 알려져 있다. 그들은 밤이 이슥한 늦은 시각까지 이 두 레스토랑을 번갈아가며 모여서 술 마시고 토론하기 일쑤였단다. 관광객보다는 프랑스 현지인이 많이 찾는다는 이 두 식당. 감자나 생선 요리가 일품이기 때문이라는데 글쎄, 먹어본 결과로는 거기서 거기인 것 같았다.

라 로통드로 말하자면 붉은빛이 가득한 작은 모딜리아니 미술관이라고 하면 맞을 것 같았다. 일층, 이층, 바닥, 의자, 천장 할 것 없이 모두 붉은색으로 꾸며진데다 전등마저 붉은 숄을 달아 다분히 환상적인 분위기였다. 더구나 모딜리아니가 아내 잔을 모델로 그렸다는 목이 긴 여인의 모습이 담긴 복제 미술품이 곳곳에 걸려 있다.

이 모퉁이 식당을 돌아 골목으로 들어가면 그 유명한 아카데미 그랑 쇼미에르가 나온다. 잔도 다녔던 사립 학원으로, 초기에 활동한 한국 현대 미술 화가들도 많이 드나들었던 곳인데 이름과는 달리 자그마한 미술 아카데미였다. 하지만 실기 위주의 교수진이 좋아 일본, 중국, 한

기다리는 여자

모딜리아니와 잔의 애달픈 사랑 이야기가 전해지는 카페 라 로통드에는 잔의 초상화 복제품이 여럿 걸려 있다.

국 등에서 온 화가 지망생들이 누드 데생 등을 배우며 이곳을 파리 진출의 교두보로 삼았다. 그 옛날 유교 문화권에서 온 학생들이 실오라기 하나 걸치지 않은 서양 여인의 나상을 대했을 때 그 기분이 어땠을까 싶다.

문득 저 거리를 어울려 쏘다녔을 젊은 날의 그 미술가들을 떠올린다. 내가 앉은 테이블 위의 벽에 걸린, 목이 긴 여인의 초점 없는 눈도 그대로 햇빛 가득한 거리로 향해 있다. 사람들은 이 여인을 모딜리아니의 여인으로 부른다. 평생 늑막염과 폐병에 시달리며 가난과 싸우다 서른여섯의 나이로 죽어간 남자. 그래서일까. 여인의 얼굴은 정물처럼 차갑고 입가에 감도는 미소 한 가닥도 찾아볼 수가 없다. 우수와 슬픔과 그늘이 복잡하게 드리운 초상이다. 카페 라 로통드 여기저기에는 이런 마르고 목이 긴 여자의 그림이 걸려 있다.

모딜리아니의 아내 잔은 남편이 죽은 후 만삭의 몸으로 투신자살을 한다. 미술가의 비극적 사랑 이야기라면 흔히 조각가 로댕의 여인으로 알려진 카미유 클로델을 떠올리지만, 짧은 생 동안 괴로움의 총량으로 따지자면 잔이 더할 것만 같다. 카미유는 강제로 정신병원에 입원당하며 재능과 신체를 억압당했지만, 잔은 온몸으로 한 남자를 사랑했고 그 사랑이 끝났을 때 뱃속에 그가 남겨둔 씨를 안고 스스로 죽음의 길을 떠났던 것이다. 카미유와 잔은 둘 다 촉망받던 작가였다는 공통점을 지닌다.

세월은 흘러 그 비극의 연사戀事는 이제 카페 라 로통드에서 애틋한 사랑 이야기로 화사하게 다시 피어오른다. 그중에는 간혹 햇살이 살결을 간지럽힐 때 '잔의 영혼이 살갗을 어루만지는 게 아닐까' 하는 이도 있고, 조용한 선율 속에서도 '가만, 저 소리를 들어봐, 쿨럭쿨럭, 화가가 돌아오고 있잖아' 하는 이도 있을 것이다. 이제 카페 라 로통드에 얽힌 슬픔의 기억은 순애의 장소로 바뀌었다. 그곳에 전설처럼 서린 한 남자와 한 여자의 아픈 기억이 쌉싸름한 에스프레소 위에 살짝 얹히게 됐다. 저녁이면 라 로통드의 파스타와 샌드위치로 고픈 배를 채우며 값싼 와인 한 병을 놓고 몇 시간씩 이야기꽃을 피웠을 그 시절의 예술가들. 이제 시대의 공기는 바뀌었지만, 사람은 갔어도 그림은 남아 있다. 목이 길고 휑한 눈망울의 여인은 오늘도 오버의 깃을 올리며 들어서는 한 남자를 기다리고 있다.

비극으로 끝난 사랑, 모딜리아니와 잔

아메데오 모딜리아니Amedeo Modigliani(1884~1920)는 이탈리아 리보르노에서 태어났다. 어린 시절 늑막염과 장티푸스 등을 앓아 제대로 교육을 못 받다가 1898년부터 그림을 배웠다. 피렌체와 베네치아를 거쳐 1906년 파리에 도착해 처음에는 몽마르트르에서, 나중에는 몽파르나스에서 생활했다. 1908년에 전시회에 회화 작품을 출품해 화가로서 처음 이름을 알리나 한동안 조각으로 방향을 틀었다가 1915년경부터 다시 회화에 전념했다. 조각가로서의 경험을 살려 긴 목과 코, 간결한 형태, 긴 타원형 얼굴 등으로 인물을 표현했다.

1917년 몽마르트르에서 잔 에뷔테른을 만나 사랑에 빠졌다. 미술학도였던 잔은 열아홉 살, 모딜리아니는 서른셋이었다. 나이차도 있지만 병약하고 가난한 모딜리아니를 탐탁지 않아 했던 잔의 부모는 둘 사이를 반대하나 그럴수록 둘의 사이는 불탔다. 잔은 폐결핵을 앓던 모딜리아니를 헌신적으로 돌봤고, 모딜리아니는 잔을 모델로 많은 그림을 남겼다. 모딜리아니의 그림은 점점 선이 세련되어지고 색채도 섬세해지나 전위예술이 유행하던 시기라 초상화는 한물간 장르로 취급받았다. 화상들에게 주목받지 못한 채 극심한 경제적 어려움과 건강의 위기 속에서 결혼생활을 이어갔다.

1920년 1월 22일, 겨우 서른여섯의 나이로 모딜리아니는 결핵성 뇌막염으로 세상을 떠났다. 그리고 이틀이 지나 그보다 열네 살 연하였던 잔은 6층 베란다에서 뛰어내려 스스로 목숨을 끊었다. 안타깝게도 이때 잔의 뱃속에는 둘째 아이가 자라고 있었다. 모딜리아니의 묘비에는 "영광을 차지하려는 바로 그 순간에 죽음이 그를 데려가다"라고 적혔는데 그 말처럼 그는 세상을 떠난 뒤에야 주목받았다.

아메데오 모딜리아니,
<세일러 블라우스를 입은 소녀>, 캔버스에 유채, 65.4×46.4cm,
1918년, 메트로폴리탄 미술관

카페 라 로통드

주소: 105 Bd du Montparnasse, 75006 Paris, 프랑스

홈페이지: https://larotonde-montparnasse.fr/

샤갈,
색채로 시를 쓰다

가벼운 것들마다 떠오르게 하자.

떠오르는 일은 좋은 일이니까.

그렇고말고.

그러니 몸도 살이며 뼈일랑 땅에 놓아버리고

영혼의 눈만 떠서 두둥실 떠가보자구.

아직 시가 되지 못한 언어들도

지상에 남겨둔 채

낱개의 말들만 그냥 공중으로 날려보자구.

그러면 낱말들이 저희끼리 모여서

땅의 언어보다 더 아름다운 하늘의 시를 만들 수도 있잖아.

미처 곡이 되지 못한 음표 또한 마찬가지.

하얀 구름과 만나 노래가 되고

미처 그림이 되지 못한 색깔들도

파란 하늘과 만나 그림이 될 거야.

그러니 띄워봐.

빛이 바람과 섞이며

천상의 음악이 되고

그림이 될 때까지

자꾸자꾸 띄워봐.

지상의 꿈은 늘 가난해.

그리고 쉼없이 쫓기지.

하지만 하늘 쪽에서라면

드넓은 잔디밭, 무성한 나무들

사람들이 모두 왈츠를 추며

빠르게 지나가며 볼 수 있지.

땅은 습하고 무겁고 어두워.

그러니 두둥실 떠오르면서 가자구.

살과 뼈는 땅에 두고

영혼의 눈만 떠서 그렇게 떠가보자구.

푸른 공기, 붉은 사랑, 분홍빛 기억 속으로.

〈누워 있는 시인〉도 〈초록색 바이올리니스트〉도 〈양초 세 개〉도 띄워보자구.

띄워서 빠르게 가보자구.

아주 빠르게 지나가는 바람같이.

—

현대인의 영적 구루guru의 한 사람으로 알려진 데이비드 호킨스는 『나의 눈』에서 사진이나 조각 작품을 통해, 그 정지된 하나하나의 프레임으로 완전함을 표현할 수 있다고 말한다. 내게는 그의 책이 모리스 메를로퐁티의 『눈과 마음』 이래 '시각'을 '의식'의 깊은 곳까지 데리고 간 길라잡이로 느껴진다. 그는 부드럽고 온화한 신성神性이 만물에 두루 존재하기 때문에 그 터치를 체험한 사람과 사물마다에 그 신성의 아우라가 깃들어 있다고 보았다. 일찍이 만물에는 지성知性이 있다고 했던 인도의 의학자 디팩 초프라의 견해와도 연결된다.

샤갈의 작품 앞에 서면 『나의 눈』의 구절구절이 떠오른다. 둥둥 떠다니는 사람들뿐 아니라 그 사람들 아래로 조개처럼 엎드려 있는 집들이며 나무들도 신성의 아우라에 반사되고 혹은 둘러싸인 것만 같다. 집들이 말하고 나무는 노래한다. 색채의 낱말이 저희끼리 만나 시가 된다.

그런데 그는 어떻게 빛과 색으로 그런 아우라를 만들어낸 걸까. 그도 그 위대한 분의 '만지심'을 체험했던 것일까. 아닌 게 아니라 사진으로 대하는 모습이지만 샤갈을 보면 얼핏 유대교의 랍비나 가톨릭의 사제 같은 분위기가 풍기기도 한다.

샤갈의 행로를 따라 니스행 열차에 몸을 싣는다. 프랑스에서 가장 좋은 일? 사실은 미술관 순례가 아니라 기차에 타서 창밖을 보는 일이다. 눈앞으로 초원이 빠르게 지나가는데 머릿속으로는 열심히 '토라'를 읽는 유대인 가정의 한 가난한 아이가 보인다. "신을 찬양하라. 그분을 경배하라." 기차를 타고 창 밖으로 스치는 초록 풍경들을 볼 때면 끝없이 펼쳐지는 그 초록의 풍경과 함께 상념이 떠오른다. 바로 이 풍경과 상념을 위해 나는 늘 돈을 지불하고 시간을 내어 여행길에 오르는 것일 터이다. 끝없는 들판과 그 속에 간간히 박힌 프티 프랑스로 불리는 작고 예쁜 도시들. 그 들판과 마을이 해안선을 따라 펼쳐질 때면 풍경은 그림이 된다. 니스는 바로 그렇게, 물과 태양과 초록이 만들어내는 풍경화다.

마르크 샤갈은 러시아의 한 유대인 마을에서 유년을 보낸다. 춥고 가난하고 음산했던 그곳의 기억도 파리에서 떠올렸을 때는 설탕처럼 감미롭게 바뀐다. 〈비텝스크 위에서〉라는 그림을 보라. 유년의 음울한 풍경들이 햇빛으로 눈부시다. 모든 '과거'는 이처럼 '지금' 어디에 서서 바라보느냐에 따라 달라진다. 그래서 그는 프랑스에서의 삶을 늘 고맙고 기쁘게 생각했다. 감사를 잃지 않은 이런 삶의 태도 때문일까. 그의 사진을 보면 늘 시골 성당의 사제와 같은 느낌이 들곤 한다.

니스에 위치한 샤갈의 '성서화' 미술관은 내가 가본 세계의 미술관 중 가장 아늑하고 편안한 곳이라 할 만했다. 세상의 많은 유명 미술관은 건축가의 명패가 붙은 미술가의 무덤이다. 건축가의 이름이 우뚝할수록 미술관은 가라앉고 관객은 주눅든다. 소외감과 불편함도 크다. 그러나 니스에 자리한 샤갈 미술관은 시골 성당이나 유대교 교회당 같은 분위기다. 요컨대 작품의 신성이, 아우라가 그대로 전해져온다. 미술관에 있는 작품이 주로 성화라서 '샤갈의 성화 미술관'으로도 명명되

서커스의 추억, 러시아 기행

춥고 가난했던 러시아에서의 기억을 샤갈은 눈부신 모습으로 담아냈다.

는데 여기 있는 작품들에는 이방인이자 디아스포라인 자신을 품어주고 그 예술세계를 기려준 프랑스와 프랑스인에 대한 헌증의 의미뿐 아니라, 개인적 신앙 고백이 담겨 있기도 하다. 생전에 모두 프랑스에 기증했던 작품들이다.

뿌리 뽑힌 삶을 사는 자는 안다. 어느 곳이든 자신을 받아주고 안아주는 곳이 고향이다. 쫓기는 삶의 역사를 지닌 유대인들은 그래서 세계 어디서건 정착을 위한 뿌리 내림을 시도한다. 샤갈 또한 유대인으로 나서 러시아인으로 살았지만 그 정신적 뿌리는 이스라엘과 러시아에, 육체적 뿌리는 프랑스에 내렸다. 그리고 세계 미술의 수도에서 인정받으면서 그는 행복했다.

어쩌면 샤갈은 시골 학교의 교실 같은 단층의 미술관을 자신이 자란 러시아의 농가 창고처럼 편안해했을지도 모른다. 문을 열고 들어가면 성서 이야기가 펼쳐진다. 창세기부터 신약까지 열두 개의 방에 열두 개의 성서 이야기가 펼쳐진다. 성서의 세계가 눈으로 보고 만져질 듯이 파노라마처럼 펼쳐진다. 예컨대 '샤갈 복음'으로 그려놓은 것이다. 푸른색, 붉은색, 물과 불, 초록과 마을, 모자이크 작가 리노 멜라노와 함께 제작한 환상적인 스테인드글라스도 보인다. 〈하나님의 인간창조〉 〈십계명을 받은 모세〉 〈모세와 불타는 떨기나무〉 〈야곱의 꿈〉 〈십자가 위에서 내려진 그리스도〉……

하지만 그가 그려낸 세계는 신의 위엄 있는 메시지라기보다는 마치 꿈의 왈츠와 같다. 그만큼 감미로운데 그 위에 약간의 유머가 있다. 푸른 공기, 붉은 사랑, 분홍빛 기억을 둥둥 떠가며 그는 〈누워 있는 시인〉 〈초록색 바이올리니스트〉 〈세 개의 양초〉 〈나와 마을〉 같은 것을 그렸다. 이 행복한 늙은 아이는 우리 나이로 아흔아홉 살까지 살며 끝없이 경이로운 눈으로 조국을 떠올리며, 사랑과 이별의 대상들을 떠올리며 고해성사를 하듯이 그림을 그렸다. 크레용으로 도화지를 색칠하는 소년처럼 그렇게 어린아이 같은 눈으로 기억과 세상을 바라보았다. 유랑하는 삶이었지만 행복한 여정이었다.

나이들수록 행복한 그림 앞에 서고 싶어진다. 온기를 전해주는 그림과 대면하고 싶다. 도무지 그린 이의 체온도 맥박도 느껴지지 않는 빨래판 같은 소위 현대 미술 앞에 서면 마음속에서 들려오는 소리가 있다. '이크, 뛰자.' 샤갈풍의 그림이 좋아지는 이유이기도 하다.

더 읽을 거리

마르크 샤갈의 성서, 꿈, 사랑

마르크 샤갈Marc Chagall(1887~1985)은 과거 러시아였던 벨라루스의 비텝스크의 가난한 유대인 집안에서 태어났다. 어린 시절 어렵게 미술 공부를 시작해 이십대 때인 1910년에 파리로 유학을 왔다. 당시 파리는 입체파가 지배하는 분위기였으나 유행을 좇지 않고 다양한 화파의 영향을 받아 자신만의 독창적인 자리를 만들어갔다. 회화만 작업한 게 아니라 일러스트레이터, 도예가, 스테인드글라스 작가, 무대예술가, 태피스트리 작가 등으로 광범위하게 활동했다.

파리에 터를 잡았으나 줄곧 고향을 추억하고 유년을 그리워해 <나와 마을> <생일> 같은 작품을 남겼으며, <기도하는 유대인> <흰 십자가상> 등 기독교적 세계관이나 성경을 주제로 한 작품도 많이 제작했다. 지상의 중력을 벗어난 듯한 인간이나 동물, 특히 연인의 모습을 자주 담으며 환상과 동화, 사실과 초현실 사이를 넘나들었다. 양차 세계대전을 겪으며 전쟁의 참혹함을 누구보다 절절하게 체험했지만, 그의 작품에는 늘 인간에 대한 따뜻함과 영원한 사랑, 그리고 낭만적 상상력의 서사가 가득했다.

행복한 유리병 속의 나부

그대는 아프다.
나도 아프다.
아픈 그대를 사랑하노니
진홍 같은 그 사랑이 슬프구나.
우리는 서로를 바라보며
병病으로 차茶를 나누어 마신다.
아픔으로 사랑을 희망 없음으로 절망을 배우게 될 줄이야.
이 진한 슬픔이 그대에게로 가는
길이 될 줄이야.

그대는 아프다.
나도 아프다.
아픈 그대를 사랑하는 방법은

그대를 그리는 것이다.

내게 주어진 한 가지.

가난한 붓 한 자루로.

—

천지가 연둣빛으로 물들고 분홍 꽃잎이 분분히 날리던 날의 첫 미팅을 잊을 수가 없다. 서울 동숭동 대학로의 한 오래된 이층 찻집에서였는데 오후에 잡혀 있던 미팅에 가기 전 신경 안정제를 한 알 먹어두었다. 그 때까지도 어머니와 누이들을 제외하고는 여자와 별로 이야기를 나누어 본 적이 없었고 시골 출신이라 세련된 여대생 앞에 앉아 주어진 시간을 리드해갈 자신이 없었던 것이다.

시간이 가까워졌지만 신경 안정제는 효과가 없었다. 결국 약국에 들러 한 알을 더 먹고 나서야 약속 장소에 갈 수 있었다. 상대는 아직 여고생 티가 가시지 않았는데 한껏 성장을 하고 있었다. 그녀는 첫눈에 내가 그리 마음에 들지 않은 듯 고양이가 공을 가지고 놀 듯 질문을 쏟아놓았다. 동사무소 직원처럼 가족 사항을 묻는가 하면 커피도 호로록 소리 나게 마시고 고개를 크게 끄덕이는 등 내가 그렸던 분위기와는 전혀 다른 세상이었다. 첫 미팅의 환상이 깨지면서 긴장이 풀리자 걷잡을 수 없이 졸음이 쏟아졌다. 비몽사몽간에 몇 마디가 더 오갔는데 "어머, 이 사람 자고 있어" 하는 소리와 사방에서 와르르 웃음이 터져나왔다. 정신이 번쩍 들어서 도망치듯 그 자리를 빠져나오고 말았다.

대학로 천변에 흐드러지게 핀 개나리꽃 사이를 걷는데 무연히 서러워졌다. 그러던 차에 첫 누드 수업이 주어졌다. 눈앞에 실오라기 하나 걸치지 않은 여성이 포즈를 취하며 앉아 있었다. 이건 신경 안정제로 될 일도 아니었다. 심장은 민망할 정도로 쿵쾅거렸고 시선은 허공에서 길을 잃어 연필 잡은 손과 따로 움직였다. 그때까지만 해도 여성은 거의 늘 문학 작품으로만 만났다. 한결같이 신비했고 순결했으며 우아했다. 그리고 여성과의 사랑은 가슴 시린 그 무엇이었다. 그런데 대낮에 벗은 여인이 내 눈앞에서 눕거나 앉아 있는 것이다. 내 얼굴은 숯불처럼 타올랐고 그림은 갈지자를 그렸다. '이곳은 내가 있을 곳이 아니구나.' 나는 조용히 이젤 앞을 떠났고 다음달에는 신병 훈련소로 가는 열차 안에 있었다.

내게는 이토록 어려웠던 '누드'를 일생의 화두로 삼은 듯한 화가들이 있다. 대단하다는 생각이 든다. 더구나 직업 모델이 아닌 자신의 아내를 대상으로 수십, 수백 점에 이르는 누드 작품을 해낸다는 것은 경이로운 일이 아닐 수 없다. 그런데 그 대상인 아내가 '아픈 사람'인 경우도 있어 더 놀랍다. 아픈 아내를 대상으로 그림을 그린 프랑스 화가 피에르 보나르가 바로 그런 이다.

신은 종종 아픈 삶을 위해 그 곁에서 손을 내밀어줄 한 사람을 세워두는 배려를 한다. 일본 작가 미우라 아야코에겐 늦게 만난 연하의 남편 미우라 미쓰요가 있었는데, 그는 마치 성직을 행하듯 아내를 병간호했다. 의사, 간호사, 신부, 목사가 되어 아픈 아내의 영혼과 육체를 함께 보살폈던 또 한 사람이 바로 화가 피에르 보나르다. 그는 르누아르를 잇는 가장 걸출한 구상 작가의 한 사람으로 평가되고 일생을 생의 기쁨으로 일렁이는 듯한 그림을 많이 그렸다. 그러나 실제의 삶은 반대였다. '예언자'라는 의미의 '나비파'라는 젊은 미술 운동에 가담해서 활

누워 있는 여자

내게는 어렵기만 했던 '누드'를 일생의 화두로 삼은 듯한 화가들이 있다.

동하기도 했지만 무슨 사회적 상상력의 거대 담론을 대상으로 한 운동은 아니었고 가정과 가족을 중심으로 한 온화한 패밀리즘이 담긴 그림들이었다.

그림 속 모습과 화가가 처한 현실은 정반대였다. 그림만 보면 달콤하고 행복하기 그지없는데 실상은 달랐다. 그의 아내는 처음부터 환자였다. 다만 그녀가 아픈 정신의 소유자라는 것을 알지 못한 채 우연히 처음 만난 순간부터 운명적 사랑에 끌려들어간다. 피에르 보나르가 어느 날 횡단보도를 건너다가 맞은편 전차에서 내리는 마르트의 모습을 처음 보고 홀리듯 그녀를 집까지 따라갔다는 이야기가 전해진다. 어쨌든 운명은 스쳐지나칠 뻔했던 두 사람을 하나로 묶었다.

처음 만났을 때 스물네 살이었던 그녀는 자신의 나이가 열일곱 살이라며 뻔한 거짓말을 했다. 이후 그녀는 하나부터 열까지 자신의 모든 것을 가공해냈고 '지금 이곳에서의 현실'이 아닌 '몽롱하고 비현실적인 다른 현실' 속에서 꿈꾸듯 살고 싶어했다.

무엇보다 그녀는 나이들고 늙어간다는 사실을 못 견뎌 했다. 몸매가 망가진다고 아이도 갖지 않겠다고 거부했다. 알 수 없는 것은 그런 그녀에 대한 보나르의 태도였다. 마치 이교도 같은 그녀의 삶의 방식을 받아들였으며 '허언증 환자'가 꾸며낸 것 같은 그 가상현실을 실제 현실로 인정했다. 그리고 천연스럽게 그림으로 담아내었다.

그렇게 수십 년 동안 기이한 동거를 계속했고 화가는 그동안 무려 사백여 점 가까이 그녀를 모델로 그림을 그렸다. 그렇게 그림 속 그녀는 늘 행복했으며 늙지 않는 모습이었다. 심한 강박증과 신경쇠약을 앓던 마르트는 그림에서 조금이라도 '늙음'의 흔적이 발견되면 악을 쓰며 견딜 수 없어했다. 반대로 막 터져나오는 꽃망울처럼 화사하게 그려지면 그렇게 행복해할 수가 없었다. 현실과 그림 사이의 기이한 알고리즘은 그렇게 반평생을 이어졌다.

원래 보나르는 화가가 될 생각 같은 것은 없었다. 법대를 나와 변호사 생활을 하면서 틈틈이 좋아하던 그림을 그렸고 주변에서 잘 그린다는 칭찬을 받자 '정말?' 하면서 뒤늦게 화가의 길로 전향한 사람이었다. 따라서 미술 동네에서 대성하겠다는 식의 야망이 없었다. 유명해지기보다는 행복하고 싶었고 그림도 그 행복을 위한 수단이었던 셈이다.

허구한 날 커튼을 쳐놓고 집안에서만 지내는 아내는 음지식물처럼 점차 생기를 잃으며 늙어갔지만 그림 속 그녀는 변함없이 우아했고 아름다웠다. 그렇게 화장하는 모습, 목욕하는 모습, 커튼을 젖히는 모습, 머리를 매만지는 모습 등 수많은 마르트의 삶 속 단면이 그림으로 남겨졌다.

피에르 보나르의 대표작 〈욕조 속의 누드〉 〈일상생활〉 〈세면대의 거울〉 등이 모두 그녀나 그녀의 삶과 연결됐다. 말하자면 그의 그림은 사랑하는 여인을 위한 일종의 처방약인 셈이었다. 그러다 마르트가 먼저 세상을 떠나자 비로소 보나르는 실내의 인물화에서 풍경화 쪽으로 옮겨갔다. 인물화로는 홀로 남은 자신의 얼굴을 그렸을 뿐이다.

미우라 아야코의 남편 미우라 미쓰요는 질병과 상처의 여정이었던 34년간의 결혼생활을 회상하는 책을 아내가 떠난 다음에 펴냈다. 마치 원숭이가 다른 아픈 원숭이의 상처를 핥아주듯 아내를 돌보았던 그 시간들에 대해 그는 놀랍게도 '행복했노라'고 술회한다. 보나르 역시 병든 아내의 삶에 포박당하다시피 했던 일생이었지만 작품 어디에도 우울이나 불만의 색채가 보이지 않는다. 사랑과 두려움, 행복과 슬픔 중 어떤 것을 선택하여 살아갈지의 결정권을 결코 타인에게 넘겨줄 필요가 없다며 명저인 『사랑은 모든 것의 해답』을 펴낸 제럴드 잼폴스키의 말이 떠오른다. 피에르 보나르의 삶은 행복했을까. 그건 모르겠다. 다만 그가 인생의 두 갈래 길에서 행복이 아닌 두려움이나 슬픔의 방향으로 걸어가지 않은 것만은 분명해 보인다.

행복을 그린 화가, 피에르 보나르

피에르 보나르Pierre Bonnard(1867~1947)는 프랑스 파리 근교 퐁트네오로즈에서 태어났다. 어릴 때부터 캐리커처뿐 아니라 수채화 등에서 재능을 보였으나 법대에 진학해 변호사로 활동했다. 그러면서 아카데미 줄리앙에서 짬짬이 미술 공부를 병행했는데 이 시기에 모리스 드니, 폴 세뤼지에, 에두아르 뷔야르 등과 교류하면서 '나비파Les Nabis'의 일원이 되었다. 고갱의 영향을 받아 강렬한 색채를 사용하는 한편 아르누보 미술이나 일본 판화의 영향을 받아 점차 자신만의 화풍을 만들어갔다. 포스터, 삽화, 연극 무대장치 등 다방면에서 예술적 재능을 발휘했다.

1893년 우연히 마르트 드 멜리니를 만나 1942년에 그녀가 세상을 떠날 때까지 함께하며 그녀의 모습을 사백여 점의 그림으로 남겼다. 누드화뿐 아니라 몸단장하는 모습, 집 안팎의 풍경 등 사적이면서도 친숙한 일상 속 풍경을 담아냈던 보나르의 작품을 '앵티미슴Intimisme'이라고 칭하기도 한다.

노래여,
아픈 노래여

이제야 알겠다.
노래는 달콤한 바람과 햇볕에
저절로 피는 꽃망울이 아니라
속 깊은 울음이 참다 참다
터져나오는 것임을.
슬픔의
둑을 넘어
터져나오는 것임을.
그러기에
울음과 노래는 하나.
둘 다 견딜 수 있을 때까지
견디다가
터져나오는 것이기에

제 살 깎아 내놓은

곡조 붙은 향기.

휘휘 감겨오는 흐느낌.

찌르고 간 무수한 세월의

창끝에서 피는 꽃.

이제야 알겠다.

노래는 봄바람에 날리는 향기가 아니라

쓰라리고 아프고

애절하고 안타까운

삶의 마디마디라는 것을.

그러기에 노래는

참다 참다

더는 참을 수 없을 때

그때 소리 없는 눈물과 함께

저절로 나오는 것임을.

—

저만치 물랭루주가 보인다. 하지만 이제는 휑하고 쓸쓸한 풍경. 키 작은 로트레크도 없고 에디트 피아프의 그 애절한 노래도 들려오지 않는다. 에디트 피아프의 노래가 사라지고 로트레크가 없는 물랭루주는 비어 있다. 물랭루주만이 아니다. 온 파리가 텅 빈 것 같다. 파리의 밤하늘에 울려퍼지던 그 연가가 사라지고 파리의 에스프리를 낳던 그 시대 그 사람들 또한 가버렸다. 이제는 기웃거리는 구경꾼들밖에 없다.

프랑스판 엘레지의 여왕, 파리에 이런 목소리는 두 번 다시 없다고들 했던 그 에디트 피아프는 제1차세계대전중인 1915년 프랑스 외곽 베르빌에서 태어난다. 베르빌 거리의 가수였던, 북아프리카에서 이주해 온 에디트 피아프의 어린 엄마. 그 굴곡진 사연은 시작부터 슬프다. 우리네 식으로 말하자면 판소리 열두 마당으로 풀어도 다 못 할 한 많은 생애였다.

에디트 피아프의 어린 엄마 아네트는 어느 날 그 마을에 들른 서커스단의 잘생긴 곡예사와 눈이 맞아 하룻밤 사랑으로 그만 아이가 생겨버린다. 곡예사는 이미 다른 곳으로 떠난 뒤라 길거리 가수인 아네트는 홀로 딸아이를 낳는다. 불세출의 가인 에디트 피아프는 그렇게 태어났다. 아네트는 어린 딸을 알코올 중독자인 친정어머니에게 맡기고 생계를 위해 이곳저곳 떠돌아다녔다. 이후 어린아이는 사창가 포주인 친할머니에게 보내지는 등 열악한 환경 속에서 어린 시절을 보낸다. 결국 영양실조로 제대로 성장하지 못해 어른이 되어서도 키가 140센티미터 남짓밖에 되지 않았다.

그 발육 부진의 작은 아이는 열네 살 무렵 아빠를 다시 만나 함께 여기저기 떠돌며 노래를 한다. 그러다 다시 아빠와 갈라서고 열다섯 살 무렵부터 홀로 거리에서 노래를 부르고 매춘을 하며 생계를 유지한다. 그렇게 노래 부르던 키 작은 소녀는 배달원이던 루이 뒤퐁이라는 남자와 사랑에 빠져 자신의 엄마가 그러했듯 열일곱 살의 나이에 첫딸 마르셀을 낳는다. 극빈한 삶 속에서 아기가 제대로 자라긴 힘들었을 터. 결국 아이는 두 살도 되지 못해 뇌수막염으로 죽는다. 여기까지만 와도 기가 막히게 박절한 인생사다.

아기가 죽고 나서도 거리에서 노래를 계속했는데 어느 날 그 소녀 앞에 다시 한 남자가 멈춰 선다. 행색은 남루했지만 비상한 소녀의 목소리를 알아봤기 때문. 남자의 이름은 루이 르플레. 파리에서 제르니라는 카바레를 운영하는 사람이었다. 그는 우연히 만난 에디트 피아프를 데리고 파리로 간다. 루이 르플레는 그녀에게 '작은 참새'(모메 피아프)라는 예명도 붙여주고 시그니처가 될 만한 검은 드레스를 입어보라고 권하는 등 본격적인 활동을 지원해준다.

제대로 끼니를 챙겨 먹고 성량을 발휘하면서부터 바야흐로 에디트 피아프의 천재성이 발휘된다. 데뷔 첫해에 두 장의 앨범을 발표하며 인기를 끄나 이듬해 루이 르플레가 에디트 피아프와 알고 지낸 폭력배에게 살해당하자 공범으로 몰려 취조를 받는다. 이후 실의에 빠져 지내다가 레몽 아소의 도움으로 모메 피아프에서 에디트 피아프로 이름을 바

장밋빛 인생

자신을 뒤흔든 사랑이 떠날 때마다 그녀는 아름답고 찬란한 노래로 승화시켰다.

꾸고 기본적인 음악 교육도 받는다. 무대 매너, 발성법 등 레몽 아소가 다듬은 그의 음악성은 작곡가 마르그리트 모노의 선율과 어우러져 빛을 발했고 바야흐로 온 파리에 에디트 피아프라는 이름이 알려진다. 그리고 시인이자 극작가, 소설가이자 화가였던 장 콕토에게까지도 그녀의 천재성이 전해진다.

당시 장 콕토는 파리 문학과 예술계의 총아였다. 그의 눈에 들고 그 재능을 인정받게 되었다는 것은 천금 같은 축복이었다. 장 콕토는 에디트 피아프를 위해 희곡 〈냉담한 미남〉을 쓰는데 이 작품이 흥행하며 '작은 참새'의 인생 행로가 물길을 바꾸기 시작했다. 급기야 진출한 곳이 바로 물랭루주였다. 유명한 환락가인 피갈의 '붉은 장미'였던 물랭루주 무대에 서면서 에디트 피아프는 샹송 가수로서의 삶을 질주하게 된다. 특히 많은 가수들이 목마르게 가사를 받기 원하던 장 콕토의 눈에 들었다는 것은 행운 중 행운이었다.

원래 샹송은 곡보다도 가사, 시성詩性과 적절한 드라마가 엮이며 비로소 '노래'가 되는 것이다. 스무 살 무렵의 그녀는 이미 샹송의 명인이었다. 이때 같은 물랭루주에서 허드렛일을 하던 이탈리아 출신 청년 이브 몽탕이 그녀에게 접근해온다. 늘 채워지지 않은 사랑에 목말랐던 에디트 피아프는 자신도 노래를 부르고 싶다며 찾아온 연하의 청년에게 금방 빠져든다. 무명의 이탈리아 청년은 에디트 피아프의 후원으로 사교계에 이름을 알리고 유명 영화감독을 소개받아 데뷔까지 한다. 말하자면 혈혈단신 무일푼으로 파리로 온 이브 몽탕은 에디트 피아프 덕에 단번에 영화계로 진출한다. 그녀는 잘생긴 그 이탈리아 남자를 너무도 사랑했지만, 영화계에 이름이 알려진 그는 물랭루주의 키 작고 못생긴 연인을 떠난다. 그와의 너무도 황홀하고 짧았던 사랑의 기억을 노래한 것이 바로 직접 작사한 〈장밋빛 인생La vie en Rose〉. 그후 그녀를 뒤흔든 사랑이 떠나갈 때마다 그녀는 노래를 남겼다. 아무리 슬픈 사랑의 기억이라 할지라도 그녀는 아름답고 찬란한 노래로 승화시켰다.

그녀에게는 사랑의 아픔과 이별의 고통을 넘어서는 방법이 노래밖에 없었다. 더구나 자신의 삶 자체를 노래한 것이어서 더 절절했다. 급기야 물랭루주 출신의 이 불운한 가수는 미국에까지 초청을 받아 꿈의 무대인 카네기홀에 서게 된다. 거리에서 노래하던 거지 행색의 어린 소녀가 세기의 디바가 된 것. 그 무렵 에디트 피아프는 다시 운명의 남자를 만나 사랑에 빠진다. 상대는 통산 114전 110승의 프랑스 역사상 전무후무한 기록을 세운 미들급 복싱 챔피언 마르셀 세르당이었다.

같은 프랑스인으로 미국에서 만난 두 사람은 불같은 사랑에 빠져들었다. 공교롭게도 마르셀 세르당은 애 셋 달린 유부남이었다. 하지만 이 년여간 은밀한 사랑을 했던 두 사람의 관계도 예상치 못하게 끝나버린다. 전말은 이렇다. 에디트는 당시 훈련차 파리에 있던 마르셀에게 너무 보고 싶으니 내일 당장 미국으로 와달라고 간청한다. 마르셀이 배로 가겠다고 했지만, 기다릴 수 없으니 당장 비행기를 타달라고 다시 애원했고 마침내 마르셀의 비행기 발권을 확인하고서야 그녀는 행복한 마음으로 잠자리에 든다. 그리고 다음날, 에디트는 미국으로 향하던 에어프랑스 항공기가 추락하여 승객 전원이 사망했다는 소식을 듣게 된다. 연인이 탔던 비행기였다.

충격으로 실어증을 앓고 한동안 두문불출하며 어두운 방에서 홀로 지내던 그녀를 일으킨 건 역시 노래. 저 유명한 〈사랑의 찬가Hymne A L'amour〉였다. "하늘이 무너지고 땅이 꺼진다 해도 그대만 나를 사랑한다면 나는 아무래도 괜찮아요. (…) 죽음이 우리를 갈라놓아도 그대만

나를 좋아해준다면 나는 그대와 있을 거예요……" 비장하기까지 한 그 사랑 노래를 그녀는 장엄 미사곡처럼 승화된 노래로 만들어 절창했다. 하지만 그후 심신이 급격히 무너지면서 술과 담배에 피폐해져간다. 아직 사십대였던 그녀는 마치 칠십 노인처럼 황폐하게 바뀌어버린다.

사랑은 이제 끝난 것일까. 아니었다. 불타버린 땅에 초록 풀이 올라오듯 다시 사랑이 찾아왔다. 1952년 자크 필스라는 남자와 결혼하지만 사 년 만에 파경을 맞는다. 이런 일을 겪은 후 이미 알코올 중독이었던 그녀는 마약에까지 손을 댄다. 입원과 퇴원을 거듭하며 다 죽어가던 그때 다시 스물한 살 연하의 이발사가 노래를 배우고 싶으니 가르쳐달라며 나타났다. 1962년 병상에 있던 그녀는 테오 사라포와 결혼을 한다. 그야말로 '사랑밖에 난 몰라'의 생인 셈이다.

그러나 결혼 일 년여 만에 그녀는 마흔일곱의 나이로 한 많은 이승을 떠나게 된다. 그녀의 죽음 소식에 충격받아 쓰러진 사람이 바로 장 콕토였다. 그는 다시 일어나지 못한 채 에디트 피아프의 사망 다음날 세상을 떠난다. 연달아 이틀 사이에 파리는 불세출의 천재 두 사람을 잃고 만 것. 그리고 운명이었을까. 테오 사라포 역시 그녀의 사망 칠 년 후 교통사고로 세상을 떠난다. 파리 외곽 공동묘지 페르 라셰즈에는 죽음에 이르기까지 사랑을 갈망했던 그녀가 잠들어 있고 그 곁을 결국 마지막 남자 테오 사라포가 지키고 있다. 불세출의 샹송 여왕 에디트 피아프. 그녀의 노래 곁에는 늘 슬픔이, 사랑 곁에는 늘 죽음의 그림자가 있었던 것이다.

끝끝내 사랑을 노래한, 에디트 피아프

20세기 프랑스 최고의 샹송 가수로 불리는 에디트 피아프Edith Piaf(1915~1963)는 유독 사랑의 기쁨과 상실을 담은 노래를 많이 불렀다. 어릴 적 극빈한 삶을 살며 부모에게 제대로 사랑받지 못했기에 연인에게 이러한 결핍을 채우려 했지만 번번이 아픈 상처와 절망만 되돌아왔다.

그럼에도 불구하고 사랑의 송전가를 부르듯 노래했고 그중에서도 <장밋빛 인생>과 <사랑의 찬가>가 절창으로 꼽힌다. 지극히 자전적인 가사를 담은 이 곡들은 사랑의 기쁨과 지독한 상실 그리고 외로움을 누구도 흉내낼 수 없는 호소력 있는 목소리로 전달해 현재까지도 세계인의 사랑을 받고 있다. 에디트 피아프 박물관에 가면 그녀가 입었던 무대 의상을 비롯해 신발, 장신구 등 다양한 유물을 살필 수 있다.

누구보다도 극적인 삶을 살았던 에디트 피아프의 이야기는 여러 편의 영화와 드라마, 뮤지컬 등으로 만들어져 대중의 사랑을 받았다. 특히 2007년작 <라비앙 로즈>가 유명한데 이 영화에서 에디트 피아프 역을 맡은 마리옹 코티야르는 아카데미 여우주연상을 수상하기도 했다.

에디트 피아프 박물관

주소: 5 Rue Crespin du Gast, 75011 Paris, 프랑스

파리에서 망통까지,
밤의 태양

내 나이 열일곱 무렵에
저만큼에서 손짓하는
한 사내를 보았습니다.
파스텔색으로 타오르는 햇살 속에서
꿈결처럼
흔드는 손.
이리로 와보렴.
여기는 언어의 꽃밭이야.
그 꽃잎을 주워서 목걸이를 만들 수도 있고
그림으로 그릴 수도 있지.
조금만 더 나가면 바다란다.
네 귀는 소라 껍데기가 되어 파도 소리를 들을 수도 있지.
그러니 그쪽으로 말고 이쪽으로 와보렴.

푸른색의 실을 따라서 하얀 물줄기를 거스르며
이쪽으로.
구름이 둥둥 떠가는 이곳.
조금은 외롭고 무서워도
휘파람을 불며
이 푸른 길 따라 하얀 물줄기를 거스르며
바람 불어오는 반대쪽으로
여기 나 서 있는 곳으로
그렇게 길을 나설 수는 없겠니?
모든 것이 사라진다 해도
마알갛게 앙금 되어 남아 있는 그것.
눈에 안 보이고 만질 수는 없어도
시로 쓸 수도 있고 그림으로 그릴 수도 있단다.
아주 나중에는
그냥 후, 하고 토해낸 깊은 숨 하나도
얼른 낚아채서
시로도 쓰고 그림으로 그릴 수 있다니까.
그러니 조금은 외롭더라도
답답하고 뻔한 그쪽 길 말고
나 있는 곳으로 와봐.
푸르스름한 길.
하얀 물을 따라서
날벌레는 잉잉거리고
가끔은 독을 잔뜩 머금은 빨간 뱀도 있지만

그래도 여긴 모든 것이 살아 있지.
숨쉬어도 죽어 있는 그쪽 말고
야생의 덩쿨처럼 기묘한 풍경들이 서로 얽혀들며
말을 걸어오는 이곳으로.

내 나이 열일곱 살 무렵에
어디로 가야 하나 서성이던 무렵에
책갈피 속에서
눈은 파랗고 코는 높은 훌쩍 키 큰 깡마른 남자 하나
저만치에서 손을 번쩍 들어올리며
푸른 길 하얀 물줄기 따라
조금은 외롭고 무서워도
그렇게 길을 나서보라고.
이리로 와보라고.

—

그리하여 허위허위 그 길 아닌 길을 나서긴 했지만 진정 그날은 언제일까. 그냥 후, 하고 토해낸 숨결 하나로도 시와 그림을 오색 무지개처럼 허공에 펼쳐놓을 그날이. 말과 색으로 허공에 던져놓고 그냥 황홀하게 바라볼 수 있는 그날이.

정말 그랬다. 내 나이 열일곱 살 무렵에 불쑥 그가 내 앞에 나타났다. 훌쩍 큰 키에(실제로 큰 키는 아니었던 것 같다) 헝클어진 머리, 높은 코와 움푹 들어간 파란 눈. 외계인 같은 그 남자. 그런데 토해내는 말마다 허공에서 빛을 발하며 혹은 금속성 소리를 내며 저희끼리 부딪쳤다.

장 콕토. 시인이자 극작가. 영화감독이자 화가였던 사람. 바야흐로 고등학생이 되어 이리 갈까 저리 갈까 망설이던 그 시절. 친구들은 우르르 법대, 경영대, 의대 쪽으로 몰려가는데, 가슴 저 깊은 데서 아무래도 그 길은 아닌 것 같다고 고개를 저을 무렵 눈에 들어온 것이 닳고 닳아 너덜너덜해지다시피 한 장 콕토 시집이었다. 인천 배다리 헌책방에서 사서 내 책상에 정물처럼 놓여 있던 그 시집에 눈길이 닿는 순간, "이리로 와봐, 나 있는 데로"라며 그 책이 소곤대는 것 같았다. 그 시인이 학교를 싫어하여 때려치웠다는 것도 매력이었다. 차 한 잔을 마시면서 시 한 편을 썼다고 전해지는 그 남자. 그런데 그 시라는 것이 전혀 낯선 이미지의 어휘들을 순간적으로 결합해 제삼의 언어로 탄생시켰대서 뭇 시인 지망생들에게 선망과 좌절을 동시에 안겨주었단다.

그런가 하면 거실이며 침대 머리맡에 화구를 두고 아침에 일어나서 혹은 잠들기 전, 시 쓰기가 지루해지면 역시 차 한 잔의 시간에 쓱쓱 그림을 그렸다는 사람. 그 대충 그린 그림이 또한 수준급이어서 화가들의 질투를 받을 정도였단다. 이렇게 하여 그려진 그림이 수천 점. 저 유명한 『색채론』을 쓴 괴테가 했다는 "좋은 삶? 쓰기보다는 그리는 삶이지"라는 말을 실천한 사람이라고 할 만했다. 어쨌거나 이리 갈까 저리 갈까 망설일 때 불쑥 눈에 들어온 장 콕토 시집. 그후 『성문종합영어』도 『수학의 정석 1』도 짜증나고 지겨운 책일 뿐이었다. 푸르른 나이의 문학 소년을 단박에 사로잡았던 그 마성의 언어가 내뿜는 아우라에 비하면 당시의 필독서였던 참고서들은 내게 '가까이하기엔 너무 먼 그대'였던 셈이다.

장 콕토. 그는 한 예술가의 삶이 얼마나 현란한 스펙트럼으로 펼쳐질 수 있는가를 보여준 주인공이다. 우선 시. 그의 시어들은 지금 보아도 아방가르드이니 당시에는 오죽했겠는가. 한결같이 말에 색이 묻어 있었다. 머리 싸매고 말을 골라내지 않고 그냥 떠오른 것을 토해낸 듯 생명력으로 퍼덕였다.

우리에게는 '윤동주가 사랑한 시인' '에디트 피아프를 끝까지 보살폈던 시인' 정도로 알려져 있지만 그의 재능은 사실 당대의 화가, 시인, 작가, 연극인, 무용가, 영화배우 들의 질시와 사랑을 받을 정도였다. 왜 아니었겠는가. '심장의 불길함' '나의 육체를 무두질해주오' '브라질산 머리핀' '포르투갈산 굴은 바닷속을 걸어온 당나귀의 발굽' '분수 꼭대기에서 춤추는 달걀' '기분좋은 지옥' '치아가 빛나는 흑인' '푸른색은

월광月光

색채의 시인 장 콕토는 푸른색 바다 이미지의 시와 푸른 드로잉을 많이 남겼다.

그 땅에서 온다' 한결같이 낯선 오브제들을 연결해 회화적 이미지로 빚어내는 독특한 수법을 활용했다. 그 비상한 시어들 또한 하나하나가 그림이 된다. '곡예사' '나팔 연습' '소라 껍데기' '일사병' '붉은 길' '황금 시곗줄' '구슬' '칼' '벨벳' '버펄로' '아편'……

그림은 또 어떤가. 인상파와 야수파와 입체파, 초현실주의와 다다이즘 사이를 자유롭게 왕래한다. 어느 한 경향만 파먹어들어가며 평생을 보내는 화가들을 그는 측은하고 따분하게 바라볼 정도였다. 망통에 위치한 장 콕토 미술관에 가면 시인 장 콕토가 동명이인이 아닌가 싶을 정도로 화가 장 콕토의 세계에 빨려들어간다.

그뿐인가? 영화감독 장 콕토. 그가 만든 영화 〈시인의 피〉는 실험영화의 계보를 이루었을 만큼 영화사의 한 페이지를 장식한다. 그의 영화 오르페orphée 3부작 중 첫번째 작품인 〈시인의 피〉는 다분히 자전적인데, 시인은 육체의 붉은 피뿐만 아니라 영혼의 하얀 피도 흘리는 존재임을 명시한다. 게다가 희곡, 뭐니 뭐니 해도 그는 극작가였다. 〈지붕 위의 황소〉는 역시 아방가르드 연극사에서 빼놓을 수 없는 작품이다.

또한 콕토를 말할 때 빼놓을 수 없는 표현이 '사랑과 우정 사이'다. 장 콕토는 수많은 여성 예술가들과 교류한 파리 문화 예술 사교계의 별이었다. 실제로 그는 여성 화가나 무용가, 시인 등을 주제로 한 시를 발표하기도 하는데 화가 마리 로랑생에 대해서는 "입체파와 야수파 사이의 작은 암사슴이여, 그대는 덫에 걸렸다"라고 썼다. 주지하다시피 에디트 피아프의 천재성을 누구보다 먼저 아끼고 사랑했던 사람 역시 그였다. 오죽하면 그녀가 죽었다는 소식을 접하고는 그 충격으로 쓰러져 다음날 숨을 거두었을까.

천재이면서 단 한 번도 천재연하지 않았던 그는, 그러나 주변의 천재를 알아보고 그가 누구이건 사랑하고 아끼며 예찬하였던 사람이었다. 진정한 프랑스의 예술혼이자 그 권화權化였다.

르네상스 예술인, 장 콕토

더 읽을 거리

장 콕토 Jean Cocteau(1889~1963)는 파리 근교 메종라피트에서 태어났다. 부유한 집안 출신으로 어린 시절부터 상류 사교계를 드나들었는데 스무 살에 『알라딘의 램프』라는 시집을 발표하면서 시인으로 첫발을 뗐다. 이후 소설뿐 아니라 평론, 연극, 영화, 그림에 이르기까지 거의 모든 예술 장르를 넘나들었고 여러 예술가와 공동 작업도 활발하게 진행하며 동시대 예술계에 큰 영향을 미쳤다.

오십여 년에 걸친 작품 활동 기간 동안 이십여 편의 시집, 『앙팡 테리블』을 비롯한 여섯 편의 소설, <오르페> <로미오와 줄리엣> <지옥의 기계> <쌍두의 독수리> 등 스무 편의 극작품과 공연 대본을 비롯해 수많은 비평문과 시나리오를 발표했고, 데생 작품도 여럿 남겼다. 시, 음악, 무용의 총화를 꿈꿔 피카소, 음악가 에리크 사티, 평론가 세르게이 디아길레프와 함께 <파라드>라는 음악극을 만들기도 했다. 이 외에도 <시인의 피> <오르페우스> 등 직접 연출한 초현실주의 영화를 통해 베니스 국제 비평가상을 수상하는 등 영화계에서도 인정을 받았다. 칸국제영화제 심사위원장을 맡기도 했는데 그의 드로잉은 현재까지도 영화제 공식 로고로 사용되고 있다. 1955년 아카데미프랑세즈 회원, 1957년 뉴욕 예술문학연구소 명예회원 등으로 선출되었다. 1963년 에디트 피아프의 사망 소식을 듣고 그다음날 세상을 떠났다.

장 콕토 미술관은 프랑스에 모두 두 곳이 있는데 한 곳은 망통의 옛 항구에

지어진 요새 건물에, 다른 한 곳은 그가 1947년부터 말년까지 살았던 파리 근교에 위치한 미이라포레에 있다. 미이라포레에 위치한 장 콕토의 집은 2010년부터 일반에 공개됐다. 이곳에서 그가 남긴 자필 원고, 영화 필름, 회화 작품뿐 아니라 앤디 워홀, 모딜리아니, 피카소 등이 남긴 장 콕토의 초상화나 사진 등을 볼 수 있다.

장 콕토의 집

주소: 15 Rue du Lau, 91490 Milly-la-Forêt, 프랑스

홈페이지: https://www.maisonjeancocteau.com/

철학의 성채가 된
카페 레 되 마고

파리, 생제르맹데프레역의
오래된 카페 하나를
봄, 여름, 가을, 겨울 없이
성지순례하듯 찾는 이들이 있다.
그들은
사르트르와 시몬 드 보부아르의 문화 유전자가
그 오래된 카페의 풍경에 녹아 있다고 믿고 싶은 것이다.
그 집의 의자와 탁자와 찻잔 속에서
그들이 퍼뜨린 언어들이
수만 개의 문화적 '밈'으로 날아다니거나
혹은 살포시 내려앉는다고 믿고 싶은 것이다.
뼈와 살을 지닌 자식을 두지 않은 대신
이 카페 여기저기에

그들의 '정신'을 퍼뜨리고 갔다고 믿고 싶은 것이다.
하기는
그들의 언어와 사상과 이념이
에스프레소 속 각설탕처럼 녹아들지 않았다면
동서남북 세상 곳곳에서 굳이 여기를
찾아오지 않을 것도 같다.
세상천지에 눈길 빼앗는 크고 대단한 것들이 얼마나 많은데
허위허위 이 길가의 오래된 카페 하나를
찾아오겠는가 말이다.
그러니 이곳은
커피 한 잔과 케이크 한 조각으로 위장하고 있지만
두 사람의 문화를 퍼뜨리는 복제 공장이다.
그들의 부부생활은
침실 아닌 이곳에서
체온이 아닌 언어로 이루어졌던 것 같다.
그리하여 태어난 것이 '실존주의'라는 아이, 그리고
『제2의 성』이라는 또다른 아이.
쓰디쓴 에스프레소에
진저리나게 다디단 마카롱 한 조각을 입에 넣고 나서
남자는 "실존은 본질에 우선한다"고 결론 냈고
여자는 "여성은 태어나는 것이 아니라 만들어진다"라고
화답하며 일어섰다지.
그다음에는 카페 앞에서 악수하고
각자 낙엽 속으로 혹은 눈길 속으로 멀어졌대.

오늘도 사방에서 몰려온다.
배낭도 없이 '실존주의'의 산을 오르려 홀로 찾아오는 이도 있고
계약 결혼에 대한 이 세기적 연인의 로망을 좇아
부부인 듯, 연인인 듯 함께 오는 이들.
그들은 그렇게 와서
서로의 눈망울만 바라보거나
이야기를 주고받다가
역시 검고 쓴 에스프레소 한 잔과
진저리나게 다디단 마카롱 한 조각씩 입에 넣고
자리를 뜨지.
사르트르와 시몬 드 보부아르.
어느 행성에서 온 여행자였을까,
이곳에 머무르다 간
두 사람은.

—

사람은 알맞게 죽어야 한다고 하고 내 아버지는 가장 알맞은 때에 죽었다고 장폴 사르트르는 자전적 삶을 담아 쓴 『말』에서 이야기했다. 어디선가 본 것 같은 문장 아닌가? "오늘 엄마가 죽었다. 아니 어제인지도 모르겠다." 알베르 카뮈의 『이방인』의 첫 구절이다. 아버지와 어머니의 죽음에 대해 일상의 사물을 묘사하듯 아무런 감정 없이 시작되는 이 두 작가의 문장에는 장차 펼쳐질 세계와 자아에 대한 대립이 예고된다.

사르트르는 아버지의 죽음 이후 홀로된 엄마 손에서 잠시 길러지다가 외가에서 자랐다. 엄청난 장서가였던 외할아버지의 서재에 아주 어렸을 때 들어갔다가 그만 길을 잃은 적도 있다는데 어쩌면 지식의 감전感電과 미망迷望이 이때 거의 동시에 이루어지지 않았을까 싶다. 외할아버지는 그를 귀족학교에 보내고 지극정성으로 보살피며 키웠지만 사르트르는 『말』에서 그런 외할아버지에 대한 증오감을 여과 없이 드러낸다.

아무 이유 없이 그랬던 것은 아닌 듯하다. 그는 원래 사시에 못생긴 소년이었지만 총명하여 어른들에게 사랑을 받았다. 그러다가 열두 살이 되던 해 엄마가 재혼하면서 파리를 떠나 낯선 지방으로 옮겨가는데

화려한 슬픔
저마다의 상처가 있었던 사르트르와 보부아르 두 사람은 파리에서 자신들만의 사상의 진지를 세웠다.

새 학교에서 한 여자아이를 좋아하게 된다. 그 여자아이만 보면 가슴이 콩닥콩닥했는데 어느 날 그 곁을 지나갈 때 여자아이가 큰 소리로 다른 아이들이 다 들을 정도로 그의 외모를 놀려댄다.

사르트르는 오랫동안 이 사건의 충격에서 벗어나지 못한다. 외할아버지 집에서는 그토록 고귀한 대접을 받았던 자신이 왜 이런 수모를 받는가. 비로소 거울을 보며 자기가 심한 사시에다가 못생긴 얼굴이라는 것을 깨닫게 된다. 외할아버지에 대한 분노와 적개심은, 할아버지가 용모에 대해 자신에게 일언반구 없었다는 데에서 출발한다. 왜 본질은 실존적 상황에 따라 이토록 극과 극으로 바뀌는가. 저 위대한 실존주의의 심리기제는 어쩌면 이때 시작되었는지도 모른다.

상처받지 않은 영혼이 세상에 어디 있으랴마는 상처라면 시몬 드 보부아르 또한 사르트르 못지않았다. 『제2의 성』을 쓴 후 그가 받은 비난과 저주의 화살은 감당하기 어려운 수준이었다. 여성의 육체와 욕구, 성과 일탈, 그리고 자의식에 대해 실존주의적 메스를 가지고 분석해낸 이 책을 두고 세상은 그녀에게 그녀가 성적 욕구 불만족과 불감증에 호색가, 그리고 레즈비언이며 조르주 상드보다 더 사악한 여자라고 악담을 퍼부어댔다. 개방적인 도시인 파리에서마저도 여자의 성 문제는 햇빛 속의 담론이 되어서는 안 되는 그 무엇이었던 것이다. 물론 『제2의 성』은 바티칸 금서 목록에도 오른다.

그녀는 남성 위주로 쓰인 신화와 철학 그리고 역사가 만들어낸 것들 중 결혼제도를 최악으로 뽑았다. 사랑은 자유로워야 하고, 본능과 법과 제도의 감옥에 가둘 수 없는 가치임을 주장하며 성의 해방을 외쳤다. 한 발 더 나아가 모성애도 '마조히스트적인 헌신'이라고 말했는데 사실 그녀는 아이를 병적으로 싫어했고 임신과 출산을 해본 적이 없었다. 당연히 엄마가 되어본 적도 없었다.

그들은 각자 다른 방향에서 걸어와 카페 레 되 마고에서 허다한 날들과 많은 시간을 보냈다. 그러고 보면 이곳이야말로 두 사람만의 견고한 사상의 진지였던 셈이다. "사랑하되 구속하지 않는다"는 결혼 계약서도 혹 이곳에서 작성되지 않았을까. 카페의 노천 의자에 앉아 특별할 것도 없는 에스프레소 한 잔과 케이크 한 조각을 시킨다. 강한 햇빛 때문에 선글라스를 꺼내 쓰지 않을 수가 없다. 실존은 본질에 우선한다는데, 파리 생제르맹데프레역에서의 나의 실존은 어떤 모습일까.

우선은 저 강한 햇빛이 본질이다.

프랑스의 카페 문화

프랑스는 유독 카페에서 문학과 예술, 그리고 사상적 담론의 교류가 자주 이루어졌다. 특히 파리에서 그런 문화의 가로지르기가 많이 진행됐다. 왜 그랬을까?

우선 파리는 거대 도시가 아니다. 생제르맹이나 마레 지구 등 예술가들이 만나는 장소가 정해져 있었다. 그만큼 예술가끼리 스킨십이 쉬웠다. 거기에 일몰과 함께 전혀 다른 얼굴로 바뀌는 파리의 밤 문화 때문에 예술가들이 그렇게 어울리지 않았을까 싶다. 런던은 낮 동안 산책하고 애프터눈티를 곁들여 담소를 나눈 후 저녁이면 각자 집으로 돌아가는 문화인 데 반해 파리는 밤이면 새로운 생기로 살아나는 도시다. 에펠탑 불빛을 신호로 도시는 깨어나고 그 도시의 불빛 아래로 여러 분야의 예술가들이 삼삼오오 모인다.

'쨍강' 하고 와인잔을 부딪는 사이에 장르와 장르의 경계는 허물어지고 도시는 낮과 다른 모습으로 새롭게 꽃폈다. 장폴 사르트르와 시몬 드 보부아르는 물론 볼테르나 몽테스키외 같은 사상가들, 조르주 자크 당통과 막시밀리앙 드 로베르피레르 같은 혁명가들, 피카소와 자코메티 같은 예술가들, 몰리에르나 카뮈, 발자크 같은 문인들이 자주 드나들면서 카페는 새로운 문화 이데올로기와 진보적 지식인들의 처소로 자리매김했다.

가난한 예술가들은 카페에 모여 값이 싸면서도 도수가 70도에 달해 쉽게 취하는 압생트를 찾았다. 압생트는 약쑥을 우린 도수 높은 알코올 음료였는데, 19세기 중반 군대에서 말라리아 치료제로 쓰이다가 때마침 프랑스에 필록세라 해충 사태가 벌어져 와인 값이 폭등하자 대체제로 큰 인기를 끌었다. 빛깔과 높은 도수 때문에 '초록 요정'으로도 불렸는데 너무 독한 탓에 일종의 환각 효과까지 있어 많은 예술가들이 예술적 영감을 얻기 위해 찾았다. 에드가르 드가, 툴루즈로트레크, 피카소 등이 압생트를 소재로 작품을 남겼고, 빈센트 반 고흐의 화풍이 압생트 중독의 부작용인 황시증 때문일 수도 있다는 해석도 있다. 예술가들의 술 압생트, 그리고 예술가들의 공간 카페 덕분에 파리는 예술 도시로 거듭날 수 있었던 게 아닐까.

사르트르와 보부아르가 단골이었다는 카페 레 되 마고 앞에서.

신의 손을 훔쳐보다

창조주께서 흙으로 사람을 빚어내는 모습을 훔쳐본 사내.
그분이 흙덩어리를 들어 주무르신 다음
숨결을 불어넣으시는 모습을,
그리하여 이토록 우아하고 이토록 힘차고
이토록 격정적인 인간들을 만들어내시는 모습을
숨죽여 본 사내.
그분은 분명 빙그레 웃으시며 슬쩍 이 욕심 많은 사내에게
창조의 비밀 한 조각을 보여주셨을 터.
돌로 써내려간 사랑과 인생의 이야기들.
돌로 쓴 육체의 시들,
말하는 돌, 외치는 돌, 속삭이는 돌,
그리고 말 없음의 돌.
시간 속에 소멸해가는

생명과 사연을 낚아채
정지시킨 화면처럼 동작들을
그대로 붙잡아놓다니.
문을 열며 쏟아져 들어오는
그러다가 소리 없이
문을 열고 나가는 시간.
그리고 그 시간 속에 함께 흘러가고 소멸하는 형상들.
재빨리 그 자리에 세워
멈춰 서게 하다니,
애증의 손톱자국까지 그대로 드러내려 하다니.
시간은 허허 웃으며 빗살처럼 그 사이로 빠져나간다.
돌로 시간을 붙잡고
돌로 시간을 막아서며
덧없음으로 영원과 대적하려 든
이 겁없는 사내의 숨가쁜 전쟁.
카미유 클로델도, 발자크도, 빅토르 위고도
정지된 그 상태 그대로
혹은 애절하게 혹은 격정적으로
멈춰 서 있다.
손가락을 대면
정지된 화면이 다시 움직일 듯
그들의 시간, 그들의 시대,
그들의 이야기로 돌아가
분주해질 것만 같다.

로댕,
카라라의 그 하얀 대리석 석산을
다 쪼아내고 싶었던 사람.
돌들로 외치게 하고
돌들로 소곤거리게 하며
돌들로 사랑을 나누게 하고픈
그리하여 차가운 그 돌덩이 속으로
투명한 핏줄과 혈관이 돌게 하고픈
돌의 조련사.

창조주의 손길을 흘낏 엿본 자.

—

로댕 미술관을 찾아가는 날은 온통 하늘이 찌뿌듯했다. 미술관 입구가 얼마 남지 않은 곳에서 집시 여인처럼 한 노파가 낡은 보자기를 둘러쓴 채 애처로운 모습으로 구걸을 하고 있었다.

문득 로댕, 그가 살아 있었다면 가다 말고 그 모습을 응시하지 않았을까 싶었다. 그런 다음 작업실로 들어가 끌과 망치를 들지 않았을지. 그는 그리스 고전에서 시작하여 미켈란젤로라는 큰 산맥을 넘어왔지만 동시에 자신이 발딛고 선 현실의 인간 군상을 삶의 조각으로 빚어내는 데도 능수能手였다. 살아생전 그가 작업장 겸 저택으로 썼던 이 럭셔리한 공간은 이제 그의 문패를 단 미술관이자 동시에 유택遺宅이 돼 있다. 파리 중심가에 위치한 개인 미술관으로는 최고의 위풍을 자랑한다.

파리 빈민가에서 태어나 조각가의 삶을 꿈꾸었으나 삼 년씩이나 에콜 데 보자르 입학시험에 낙방했던 로댕. 서른다섯 살까지 온갖 잡일을 마다치 않으며 생계를 꾸리기에 급급했던 그는 1876년, 평소 그토록 꿈꾸던 이탈리아 여행길에 나선다. 어떤 여행은 한 존재의 전 인격을 흔들어놓는데, 그가 이 경우에 해당됐다. 특히 막막한 벽 앞에 서 있던 허다한 문인, 화가, 음악가 들이 이탈리아 여행에서 출구를 찾곤 했다. 로댕 또한 마찬가지였다. 먼 곳으로부터 온 한 줄기 빛을 만났던 것이다. 여행길에서 그는 고대 조각을 보고 숨막히게 감탄한다. 그와 더불어 '인체 조각은 이미 그리스시대에 완성됐구나' 하는 절망감도 맛봤을 터다.

그러나 로댕의 드라마는 바로 그 희망과 절망의 교차점에서 출발한다. 우아한 신들의 그리스를 보다 생동감 있는 새로운 인간들의 그리스로 빚어내고, 숭고한 미켈란젤로를 보다 격정적이고 리비도를 분출하는 새로운 미켈란젤로로 만들기 시작한다. 신성뿐 아니라 내면에서 울부짖는 짐승과 에로스의 본능까지 분출시키려 한 것. 에콜 데 보자르로부터 번번이 재능 없다고 문전박대당했던 시절에는 그저 일평생 이탈리아 카라라 지방의 석수장이가 돼 돌만 쪼아낼 수 있다면 더이상 원이 없겠다고 생각했을지도 몰랐을 사람. 중년 이후 시작한 질주로 로댕은 마침내 문화 권력이 되기에 이른다.

살아생전 그는 유난히도 지금 미술관이 된 이 저택을 욕망했다고 한다. 결핍투성이였던 어린 날에 대한 보상심리 때문이었을까. 그는 길고 지루하게 파리시와 협상을 해가며 이 터에 집착했다고 전해진다.

자신의 조각을 시에 대량 기증하는 대가로 유서 깊은 이 저택을 자신의 미술관으로 양도받은 그는 조수들과 함께 이 집에서 망치질을 해대는데 그 가운데에는 훗날 연인이 되는 카미유 클로델도 있었다.

웬만한 궁전 같은 위용을 자랑하는 로댕 미술관은 실내뿐 아니라 야외 조각장으로도 훌륭했다. 들어가자마자 오른편에 〈생각하는 사람〉이 있고 중앙의 본채를 지나 정원을 돌아나오면 마지막에 〈지옥의 문〉이 자리한다. 섬찟하다. 생각하고 생각한 인간이 당도한 것이 지옥의 문 앞인 것이다.

실내에는 미묘하게도 인물 전기傳記라고 할 만큼 다양한 인물과 조상

로댕 미술관

신의 손 로댕이 빚은 육체의 소리가 들려오는 듯하다.

이 생생한 순간을 연출하고 있다. 마치 로댕이 쓴 위인전을 보는 것 같다. 그중에서도 발자크와 빅토르 위고와 카미유 클로델을 담은 작품들이 생생하게 다가온다. 에로스와 광기, 따뜻함과 비정함, 절규와 숭고가 함께 살아 숨쉰다. 몸을 찢고 비틀고 다시 빚으며 때로는 장엄하게, 때로는 삶과 죽음을 희롱하며 오만불손하게 육체의 시를 썼구나 싶다. 비로소 그의 〈생각하는 사람〉이 왜 그토록 근육질 남자로 빚어졌는지 이해되었다. '생각하는 자'라면 적어도 '반가사유상' 정도의 내면화된 비육질非肉質의 사람이었을 텐데 말이다. 그런 면에서 그는 생각하기보다는 빚어내는 자였다. 어쨌거나 그는 신이 그에게 폭풍처럼 몰아준 재능을 유감없이 쓰고 간 사내인 것 같다. 하지만 모르긴 해도 그는 "주여 감사합니다"라는 고백과 함께 눈감지는 않았을 것 같다. 오히려 "제게 좀더 시간을 주소서"라고 부르짖었을 것만 같다. 그의 작품들이 그렇게 말해주고 있었다.

로댕의 마지막 작업실, 비롱 저택

현재 로댕 미술관으로 사용중인 비롱 저택은 1727년에서 1737년 사이에 세워진 건물로 주인이 여러 번 바뀌어 공작부인의 저택, 수도원, 여학생 기숙학교 등으로 사용됐었다. 한때 앙리 마티스, 장 콕토, 라이너 마리아 릴케, 이사도라 덩컨 등 당대 유명한 예술가들이 이곳을 작업실로 삼았다. 장 콕토는 이곳을 두고 "페로의 동화에 나올 법한 곳"이라고 썼는데, 루이 15세의 궁정 건축가를 역임하였던 앙주 자크 가브리엘이 설계한 것으로도 유명하다.

로댕은 1908년 릴케의 소개로 이 비롱 저택을 알게 돼 객실 네 개를 작업실로 빌리면서 이 장소에 매혹됐다. 1909년 프랑스 정부가 이 저택의 철거를 고려하자 로댕은 이곳을 로댕 미술관으로 사용한다면 자신의 모든 컬렉션을 정부에 기증하겠다고 제안하며 막아선다. 여러 예술가들의 지원과 언론의 협력 등 부단한 노력 끝에 로댕의 제안이 1916년 의회에서 통과된다. 하지만 로댕은 로댕 미술관의 개관을 보지 못한 채 1917년 세상을 떠난다.

1919년 개관한 로댕 미술관은 정원과 이층에 걸친 내부 전시실로 이루어져 있다. <생각하는 사람> <지옥의 문> 등 그의 대표작이 정원에서 자연과 함께 어우러져 있다. 또한 실내 전시실에는 그가 수집한 회화 작품이나 유물, 직접 사용하던 의자, 소파 등의 가구 등이 그의 작품과 함께 남아 있다. 여기에 더해 카미유 클로델의 작품도 만날 수 있다.

미국 필라델피아에도 로댕 미술관이 있으나 로댕이 걸어다녔던 울창한 정원과 실제 그가 죽기 전까지 작업했던 장소라는 사실만으로도 이곳을 관람하는 상당한 의미가 있다.

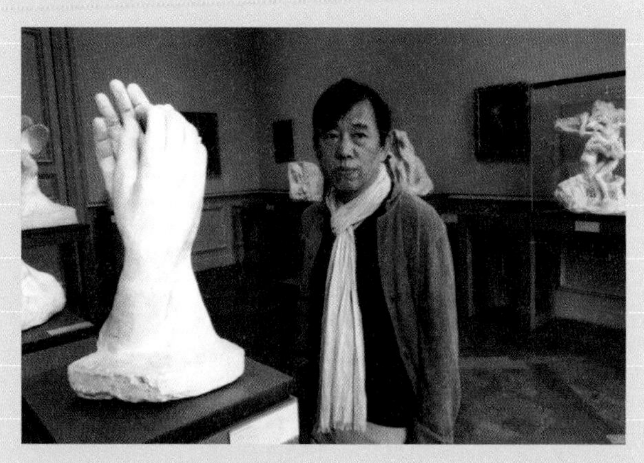

로댕이 솜씨 좋게 돌로 써내려간 시를 만났던 로댕 미술관에서.

로댕 미술관

주소: 77 Rue de Varenne, 75007 Paris, 프랑스

홈페이지: https://www.musee-rodin.fr/

사랑아
나는 통곡한다

한 남자를 사랑했네.

스스로 도려내는 심장.

그가 치켜올린 끌과 망치까지도

쓰다듬고 애무했네.

누가 말했을까.

사랑은 빛이라고.

어둠을 쪼아내는 소리라고.

하지만 사랑은 내게

가슴에 올려놓인 불덩어리.

심장을 동여맨 쇠줄.

어두움의 심연.

이제는 벗어나고파.

도망가고파.

초승달이 떠오르고
그가 돌아오는 소리가 들려.
쿵쿵 계단을 올라오는 소리.
난폭한 저 발걸음 소리.
그는 늘 사람들의 환호와
열광 속에 있고
나는 마른 가지에서 피는 꽃.
갈라진 땅에서마저
더는 물을 빨아올릴 수도 없어.
한밤중 달빛에 의지해
홀로 피는 꽃.
그래도 그는 내 손을 잡아주지 않아.

그가 돌아오고 있어.
초승달이 떠오르고
거칠게 문을 여는 소리.
내 가슴을 함부로 짓밟고
쿵쿵 지나가는 소리.
어디선가는 어두운 밤하늘에 짖는
승냥이 울음소리.

한 남자를 사랑했네.
어둠 속의 한줄기 빛처럼
내 몸의 뼈와 살처럼 사랑했지만

그는 내게 검은 구름.

슬픔의 눈물.

그래도 나는 그가 돌아오는 시간을 기다려.

아니야, 나는 그가 멀어지기만을 기다려.

그의 상승과 나의 하강 사이에 서 있는 나.

비껴가는 눈길.

차디찬 손.

이것이 사랑일까.

이제 나는 나의 길을 가고 싶어.

그의 화염이 닿지 않는 곳으로.

그의 망치 소리가 들리지 않는 곳으로.

죽음처럼 깊디깊은

그곳으로.

—

생루이섬의 센강변. 대각선 방향으로 시테섬 쪽 노트르담성당이 보이는 평화롭고 한적한 주택가. 사층짜리 아파트형 석조건물 벽에 카미유 클로델의 옛집을 알리는 동판이 붙어 있다. 하마터면 그대로 지나쳐버릴 뻔했다. 강을 사이에 두고 맞은편에는 유람선 바토무슈가 모형 배처럼 햇빛에 반짝인다. 그녀가 생애의 마지막 십여 년 동안을 살며 작업했다는 집이다. 그러다 바로 이곳에서 강제로 정신병원 차량에 태워져 입원하게 된다.

이자벨 아자니가 열연한 영화 〈카미유 클로델〉에서 그녀는 앰뷸런스 뒤창으로 멀어지는 집을 안타깝게 바라본다. 그리고 그렇게 실려간 그녀는 다시 이 집에 돌아오지 못한다. 로댕 미술관에 갔을 때 조각으로 만난 카미유 클로델의 모습이 이자벨 아자니의 얼굴과 겹쳐지곤 했는데 지금 바로 저 건물에서도 카미유 클로델 아닌 이자벨 아자니가, 아니 이자벨 아자니 아닌 카미유 클로델이 걸어나오는 것만 같다. 그만큼 영화 속 한 장면으로 성큼 들어와 있는 느낌이다. 그녀가 영화 속에서 석양의 센강을 바라보곤 했던 유리창을 올려다본다. 지금은 두꺼운 커튼이 드리워져 있다. 걷거나 조깅을 하는 사람들만 가끔 보이고 강 쪽 나무에서는 유난히 선명하게 새소리가 들려올 뿐, 적막한 곳이다.

빛나는 재능을 타고났지만 운명적으로 한 남자를 아프고 쓰라리게 사랑해 그 때문에 그 오랜 세월을 유폐된 채 지내야 했던 슬픈 사랑의 주인공, 카미유 클로델. 로댕이라는 거대한 화염의 불길에 타버린 음지식물. 은둔과 비운의 카미유 클로델을 생각하다보면 문득 지구 반대편의 또 한 여인이 생각난다. 바로 치명적인 사랑으로 심신이 만신창이가 되었던 멕시코의 화가 프리다 칼로다. 오귀스트 로댕과 카미유 클로델, 디에고 리베라와 프리다 칼로. 이들은 모두 똑같은 길을 가는 운명의 동반자이자 사랑과 증오의 폭풍 속을 걸어간 존재들이었다. 재능을 타고났지만 사랑을 갈구하다가 시들어가던 여인들이었다.

카미유 클로델은 그 미모와 재능이 백합처럼 눈부시던 이십대 초반에 오귀스트 로댕의 제작 조수로 들어간다. 이미 로댕은 당대의 스타 중 스타였다. 디에고 리베라와 마찬가지로 로댕은 문화 예술의 아이콘이었고 정관계, 재계에 걸쳐 인맥 또한 두터웠다. 영화 〈카미유 클로델〉은 로댕의 전성기 시절 허다한 작품들이 사실은 그녀의 손을 거쳐 나온 것임을 시사하는데 이는 사실 많은 미술사가들이 인정하는 바이기도 하다. 오히려 재능으로 말하면 그녀가 로댕보다 한 수 위였다는 평가도 있다. 어쨌거나 조수는 조수. 그녀는 십오 년의 세월 동안 그 재능을 로댕을 위해 바쳤다. 사랑의 갈망도 함께.

로댕 또한 그녀를 한때 열렬히 사랑했고 그 재능을 높이 샀지만 점점 그 이름이 높아지면서 그에게는 조수들이 늘어났다. 그중에는 옛날의 카미유 클로델처럼 미모와 재능을 겸비한, 여인들도 있었다. 결혼도 연애도 안 한 채 로댕만을 바라보며 혼신을 다해 달려왔던 그녀는 차츰 감당할 수 없는 상실감과 박탈감을 느꼈고 잠재적 정신질환 징후를 보이기 시작했다. 파리의 내로라하는 보수적 중산층 가정에서 자란 그녀

헝클어지다

대저 사랑이란 무엇일까.
왜 인간은 나무와 꽃처럼, 사랑의 햇빛, 사랑의 물이 닿지 않으면 시들고 마는 것일까.

는 작가로 활동하는 남동생 폴에게 로댕과 결별한 후 황폐해져가는 자신을 편지로 호소한다.

하지만 원래부터 조각가의 길을 마땅찮아 했던 폴과 그 부친은 급기야 그녀를 정신병원에 입원시키기로 작정하는데 여기에 로댕이 일정 부분 영향을 끼쳤으리라는 것을 영화는 시사한다. 파리 교외 정신병원에 입원해 있는 동안 상태는 많이 호전되었지만 누구도 그녀의 퇴원을 주선하지 않는다. 누나를 만나고 돌아가면서 영화 속에서 담당의와 동생 폴이 나눈 대화.

"서른 살이 되던 해 누나는 로댕이 자신과 결혼할 의사가 없다는 것을 알고 이성을 잃고 말았어요. 하늘이 무너지는 듯했죠. 그후로 지금까지 제정신으로 살고 있지 않아요." 이런 저주 같은 대사도 나온다. "예술가, 정말 최악의 직업이에요. 특히 천재에게는 불운하고 위험하고 너무도 가혹한 직업이에요." 은연중 그는 누나가 천재성을 타고났다는, 그래서 더 불운하고 가혹한 운명의 길을 걷게 된 것이라고 혼잣말처럼 말한다.

"아무것도 할 수 없어서 또 편지를 씁니다…… 당신이 지금 이곳에 있다고 생각하고 싶어 아무것도 입지 않은 채 누워 있습니다. 하지만 눈떠보면 모든 것이 변해버립니다……" 로댕과 헤어진 후에도 한시도 그의 미망에서 벗어나지 못한 그녀는 사랑의 운명에 포박돼 퍼덕인 한 마리 나비였다. 첫사랑이었고 자신을 불태워 얻고 싶었던 사랑이었지만 로댕에게는 또다른 뮤즈들, 예컨대 그웬 존이나 클레르 드 슈아죌 같은 여인들이 있었다. 카미유 클로델이 영감의 원천이었고 한때 그녀를 뜨겁게 사랑했었지만 분방하고 불같은 성격의 로댕은 한 여인에게 묶이는 일을 한사코 싫어했다. 가장 큰 비극은 그런 로댕 외의 어떤 남자도 카미유 클로델에게서 로댕의 빈자리를 채울 수 없었다는 점이었다.

로댕 미술관에 가면 한때 연인이었고, 모델이었으며, 그의 손과 심장이었던 카미유 클로델의 모습이 돌조각으로 나온다. 그중에는 다른 방향을 보고 있는 로댕을 향해 갈망의 몸짓을 보내는 듯한 모습도 있다. 〈작별〉 〈챙이 없는 모자를 쓴 카미유 클로델〉. 장차 다가올 두 사람의 슬픈 운명을 예감했을까. 조각으로 빚어진 두 남녀의 시선은 아슬아슬 비껴가며 서로 다른 착지를 향하고 있었다.

카미유 클로델과 오귀스트 로댕, 그 사랑과 이별의 서사

더 읽을 거리

카미유 클로델Camille Claudel(1864~1943)은 프랑스 북동부 페르 앙 타르드누아에서 태어났다. 열세 살 때 조각의 기초를 처음 배웠고 열여덟 살 때부터 작품활동을 시작했다. 스무 살 때 마흔네 살의 로댕을 처음 만났는데 지성미와 청순함, 우아함에 조각가로서의 재능까지 갖춘 그녀에게 로댕은 단번에 사로잡혔다. 곧 그의 작업실 조수로 들어가 <지옥의 문> <칼레의 시민> 등의 작품을 함께 작업했다. 스물네 살이라는 나이차를 뛰어넘어 둘은 열정적으로 사랑하게 됐다.

카미유 클로델은 혼신을 다해 로댕의 작업을 도우며 아내 자리를 차지하길 내심 기대했지만 분방한 성격의 로댕은 번번이 그 기대를 저버렸다. 당대 최고의 예술가로 부와 명성을 얻은 로댕 주변에는 늘 많은 권력자들과 여인들이 있었고 젊은 여성들과의 염문도 끊이지 않았다. 로댕의 사랑을 갈망하다 지친 그녀는 결국 독자적인 조각가의 길을 걷는다. 하지만 여성 조각가로 성공하기 힘든 시대라 많은 시련과 좌절을 겪었을 뿐 아니라 로댕만 바라보다가 혼기를 놓치고 대중의 입방아에 오르내리는 카미유 클로델을 가족들도 고까워했다.

로댕을 향한 배신감, 예술가로서의 불안감 등으로 우울증과 피해망상에 시달리다가 1913년 가족의 요청으로 정신병원에 입원했고 그렇게 반강제로 들어간 병원에서 무려 삼십여 년을 갇혀 지내다가 생을 마감했다.

카미유 클로델의 이야기는 1988년에 이자벨 아자니 주연으로, 2013년에 쥘리에트 비노슈 주연으로 영화화되었다. 이 작품으로 이자벨 아자니는 1989년 베를린국제영화제에서 여자연기자상을 수상하기도 했다.

금방이라도 카미유 클로델이 걸어나올 것만 같던 옛집 앞에서.

카미유 클로델의 최후 거주지이자 작업장

주소: 19 Quai de Bourbon, 75004 Paris, 프랑스

미안해요,
예수보다 일 년이나 더 살았군요

왜 아프고 약한 것들 쪽으로 먼저 눈이 가는가.
울 힘도 없이 구겨진 삶이 먼저 보이는가.
왜 다리를 절뚝이며 숲으로 가는 새가
창공을 나는 새보다 먼저 보이며
광부의 더러운 손이
길고 고운 피아니스트의 손보다
더 아름답게 보이는 걸까.
왜 그러는 걸까, 그녀는.

영혼의 정원에는 왜
늘 작고 연약한 풀들만이 자라고 있는 걸까.
왜 늘 손에 쥔 빛나는 것들마다 놓아버리고 싶고
심지어 살아 있다는 것마저 미안해지는 걸까.

숨쉬고 있음으로 남을 다치게 하지는 않을까
혹 그런 생각에까지 이르는 걸까.
그녀는 왜
도대체 왜 그러는 길까.

사람들의 환호와 갈채 속에 있을 때보다
왜 홀로 저녁놀을 마주하며 낮은 데로 쏠리는
그 빛을 바라볼 때 더 편안해지는 걸까.
왜 울고 있는 이의 가슴으로
흐르는 빛 하나가 보이는 것이며
그 곁에서 함께 울고 싶어지는 것일까,
왜 그러는 걸까, 그녀는.

—

『파리는 날마다 축제』. 헤밍웨이는 세상을 뜨기 몇 년 전부터 이런 회고록을 썼다. 너무 높은 명성과 너무 많은 재물로 오히려 공허하고 우울했던 그는 가난하지만 행복했던 파리 시절을 '축제'로 회상했다.

하지만 정말일까. 그 도시는 축제만 있고 고통과 절망은 아예 없는 것일까. 그렇게 몽롱한 꿈의 도시처럼 허공에 떠 있는 걸까. 천만의 말씀이다. 한 기록에 의하면 파리시의 고통 지수는 행복 지수 못지않게 높다. 노숙자, 부랑자도 많고 예술 도시답게 걸인 연주자며 길거리 화가도 많다. 특히 식민지배를 했던 알제리나 튀니지, 모로코 등지에서 식솔을 데리고 무작정 상경한 이방인들에게 파리는 일자리 구하기가 하늘의 별 따기만큼이나 어려운 도시다.

그래서 일찍부터 일부 상류층, 지식인층 사람들은 그 기층민들의 비참한 삶을 보듬지 않고서는 파리가 결코 축제의 도시가 될 수 없을 뿐 아니라 크게 흔들릴 수밖에 없다고 자각한다. '노블레스 오블리주'가 생겨난 까닭일 수 있겠다. 높은 사회적 신분에 따른 혜택을 받는 대신 이를 약자에게 되돌려주어야 한다는 의식이 생겨났고 파리에 모여드는 식민지 사람들이나 이교도들을 파리 시민으로 인정하고 관용의 정신으로 품어야 한다는 '톨레랑스'를 갖게 된다. 적대와 갈등으로 유혈 낭자

한 혁명을 겪고 난 후에 내린 결론이었다. 유대감과 동지애의 '프라테르니테'(박애)로 가야 한다는 무언의 규약이 생겨난 것이다.

어쨌든 이러한 의식을 뒷받침한 것이 철학이었다. 프랑스 철학은 그래서 다분히 삶의 철학이자 실제적이다. 그리고 사르트르부터 앙리 레비까지 철학적 명제는 가끔 정치와 닿으면서 테제 혹은 안티테제로서 힘을 발휘한다. 문학 또한 귀족과 노동자의 세계를 오가며 양쪽의 가치관을 함께 떠받드는 쪽이 유난히 많았다. 대표적인 것이 오노레 드 발자크나 빅토르 위고, 알베르 카뮈, 앙드레 지드 같은 사람들일 것이다. 그와 함께 작가 자신은 호화로운 삶을 누리면서도 심정적으로만 동조하는 프랑스형 '오렌지 좌파' 지식인들이 유난히 많았다. 그렇게 하여 이탈리아식 천국을 향한 종교적 사랑보다는 실제적 삶을 사랑과 유대의 끈으로 묶어 파리를 일견 '축제의 도시'로 보이게 했을 것이다.

그 파리는 시각예술의 도시이자 동시에 여성의 도시이기도 했다. 밀라노가 이탈리아 패션의 본류라고는 해도 멀리 로마시대부터 이어져왔다는 우월적 남성미의 전통이 현대에까지 남아 있는 것과는 비교된다. 밀라노에는 여성복점보다 남성복점이 두세 배나 많고 백화점도 거의 모두가 남성복부터 시작돼 여성복의 순서로 올라간다.

파리는 어떤가. 압도적으로 여성복 매장이나 액세서리점이 많고 열에 한두 개 정도 남성복점이 있을까 말까다. 그 파리에 와서 카페에서 다리를 꼬고 앉아 담배를 피우는 여성을 대했을 때 백 년 전 화가 나혜석 같은 사람이 얼마나 놀랐을까 짐작하고도 남을 만하다. 그녀가 살았던 조국은 여성의 복숭아뼈만 보여도 망측하다고 비난받던 사회였기 때문이다. 한낮에 시시덕거리며 맨다리를 드러낸 젊은 여자가 남자와 맞담배질을 하는 일은 상상할 수조차 없었을 것이다.

그 힘센 여성의 도시 파리의 지성계에서는 시몬이라는 같은 이름을 가진 두 힘센 여자가 특히 유명했다. 여성은 두 번 태어난다고 선언했던 시몬 드 보부아르. 그는 사르트르와의 계약 결혼으로 유명했고, "결혼은 여성의 희생을 강요할 뿐이고 미친 짓이며 장차 팍세(계약 동거)로 전환함이 맞다"고 하여 파리 젊은이들의 결혼과 출산율을 현저히 떨어뜨리는 데 기여한다. 그 대찬 여자는 정신은 사르트르에게서, 육체는 연하의 연인에게서 취하며 오래 살았다.

그에 반해 또 한 명의 시몬인 시몬 베유는 미모, 지성, 천재성을 함께 타고난 여자였지만 그 가는 길이 판이했다. 보부아르와 파리 고등사범학교의 동기생이었지만 보부아르가 사르트르와 함께 군중의 시선 속에 있는 것을 즐겼다면 베유는 실천적 사회 철학자였다. 그는 자신이 내세우는 주장과 스스로의 삶이 일치하는가를 평생 냉철하게 관찰했다. 평생이라 해야 기껏 서른네 해의 짧은 삶이었을 뿐이지만. 부유한 의사 집안에 머리 좋고 미모도 타고났지만 일찍부터 사회주의와 노동, 계급 같은 것을 연구 주제로 삼으면서 위장취업이 아닌 전문 노동자로서 들판과 공장에서 노동자들과 함께했다. 그녀에게 좋은 가문과 빛나는 학벌은 오히려 콤플렉스로 작용했던 것 같다. 그녀는 여행을 통해 비좁은 파리를 벗어나 세계관의 확충도 시도했다. 예컨대 자기가 사는 삶의 골목길에서 나와 다양한 사람들이 모인 광장에 서려 했던 것이다. 이탈리아 여행을 갔다가 아시시에서 신적 영감에 도취했고 자신의 사회주의적 관점을 이에 접속시킨다. 우파니샤드의 고대 인도철학에도 심취하고 뉴욕 여행 후에는 또다시 그녀의 사회철학 노선이 경제 자본주의와 악수하는 등 다양한 문명과 세계관을 체험한다.

가장 인간적인 문명은 육체 노동을 최고의 가치로 여기는 문명이라

가시관을 쓴 여자

아프고 약한 존재들 쪽으로 걸어가 그들의 손을 잡았던 시몬 베유.

며 그녀는 노동을 신성시했고 입으로만 떠들고 머리로만 사유하는 철학을 폄훼했다. 신성한 육체의 노동과 함께하지 않으면 마음대로 날뛰는 정신은 제어되지 않을 뿐 아니라 해악이 된다는 신념을 가졌다.

그러나 정작 허약한 육체를 타고났던 그녀는 결국 그 광대한 지식을 육체로 감내하지 못한 채 노동자들과 열악한 환경에서 함께하다가 폐결핵과 영양실조로 요양원에서 생을 마감한다. 공장에서 노동자들과 함께 빵을 먹고 희미한 주점에서 그들과 밤늦도록 어울려 술잔을 주고받았지만 병약한 그녀의 육체는 그들의 억센 힘과 어울리기에는 역부족이었다. 계곡에 핀 한 송이 청초한 수선화 같은 짧은 삶은 그렇게 '축제의 도시' 아닌 '고통의 도시' 파리의 그늘진 곳에서 지게 된다.

차고 맑은 지성, 시몬 베유

시몬 베유Simone Weil(1909~1943)는 파리에서 태어났다. '파리의 여자 체 게바라'라 할 만한 시몬 베유는 겨우 서른네 해였지만 누구보다 뜨겁게 살았다. 고등사범학교에 수석으로 입학해 철학을 전공한 뒤 학생들을 가르쳤으나 시위를 하거나 가난한 사람보다 더 많이 먹기를 거부하거나 좌익 잡지에 글을 쓰는 등 이런저런 문제를 일으켜 여러 학교를 옮겨다녔다. 사회주의 및 노동 운동에 관심을 가져 농사를 짓거나 공장에서 일하는 등 노동자들과 함께 지내기도 했다. 1936년에는 스페인내전에 참전하기 위해 무정부주의자 부대로 가나 뜨거운 기름에 화상을 입어 즉시 귀국 조치됐다. 1942년에는 런던의 프랑스 레지스탕스에서 일했는데 결핵과 영양실조로 쇠약해져 결국 애시포드 요양원에서 세상을 떠났다.

부유한 의사의 딸로 태어났지만 약자와 함께해야 한다는 투철한 사상을 실천으로 옮겼던 그녀의 글은 몇몇 잡지 기고문을 제외하고 대부분 사후에 『중력과 은총』 『억압과 자유』 『신을 기다리며』 『뿌리내림』 등으로 출간되었다.

어머니 혹은
신의 산을 바라보는 자

어머니
나는 끝내 당신의 방을 떠나오지 못합니다.
당신은 신의 피를 데워서
나를 덮히려 하셨지요.
고해성사하기 좋은 어머니의 방.
창은 하늘 쪽으로 단 하나.
그 하늘 멀리에
걸쳐 있는 사다리가 보이느냐고,
구름 속에 걸쳐 있는
그 야곱의 사다리.
한사코
어머니는 내게
보이느냐,

구름 속의 저 사다리.
천창天窓에서 눈을 떼지 말고
네가 장차 오를
그 하늘의 사다리를 바라보렴.
부디 네 방이 식지 않고
신의 온도로 펄펄 끓게 하렴.

하지만 어머니,
당신의 아들은 이제
당신의 늑골 사이에서 잠드는
종달새가 아니랍니다.
나는 이제 어머니의 집을 떠나
대양을 건너
북아프리카에서
이탈리아 반도까지 불어오는
세찬 바람에 실려가려 합니다.
그렇게 세상을 떠돌다
아주 나중에 먼길을 돌아서
늙은 우체부처럼 달리는 기관차들과
사람들과 그리고 사연들을
가죽 행낭에 가득 담아올게요.

그러니 어머니,
그때도 아직 마른 꽃잎 같은

어머니가 고향집을 지키시며
야곱의 저 구름 속에 걸쳐 있는
사다리가 보이느냐고 물으신다면
이제 나는 사다리뿐 아니라
속삭이는 그분의 소리까지 들려온다 할게요.

하지만 어머니 그건,
길고 오랜 아들의 방황이 있고 난
아주 먼 나중 일일 거예요.

—

세상의 모든 아들딸은 어머니 혹은 아버지의 집을 떠나고 싶어한다. 설사 집을 지키고 있는 아들이라 할지라도 떠나지 못함을 아쉬워할 뿐이다. 추석을 맞아 고향집을 찾아가는 긴 자동차 행렬을 텔레비전으로 바라보며, 문득 고향이란 '어머니'의 다른 말임을 깨닫게 된다. 그것은 근원으로 되돌아가려는 욕망과도 같다. 여기 평생 마음으로 어머니의 고향집을 맴돈 한 남자가 있다.

프랑스 문단의 지존이라는 앙드레 지드. 세상을 정처 없이 헤맸지만 돌아오는 지점은 매양 어머니의 방이었다. 나는 여행자로 다니다가 뜻밖의 장소에서 그 앙드레 지드의 흔적과 마주치곤 했다.

북아프리카 튀니지의 튀니스 근교에 위치한 바닷가 카페 데나트(돗자리라는 뜻)에 갔을 때 그 벽에 시몬 드 보부아르, 알베르 카뮈, 앙투안 드 생텍쥐페리와 함께 앙드레 지드의 사진이 붙어 있었다. 종업원이 꺼내놓은 낡은 방명록에는 퇴색한 그의 서명이 남아 있었다. 바다가 내려다보이는 곳에 자리한 그 전통 카페에 앙드레 지드가 단골손님으로 왔다는 것은 뜻밖이었다. 그는 아프리카 여행을 통해 오랫동안 굴레였던 종교적 인습에서 벗어나 다양하고 새로운 체험을 하게 되었다는 기록이 나온다.

다양하고도 낯선 체험. 그중에는 동성애까지 있었는데 엄격한 프로테스탄트 가정에서 자랐던 그로서는 실로 파격적인 일탈이었다. 아프리카의 붉은 토양이며 작열하는 태양과 만나면서 그는 비로소 벌거벗은 대지와 인간의 숨소리를 들을 수 있었노라고 고백한다. 자의식이 안개처럼 덮인 자신만의 방에서 비로소 걸어나왔노라면서 자신의 책 『지상의 양식』 서문에서도 모쪼록 이 책을 읽는 사람이 어디 처했든간에 그 특정한 공간과 생각에서 벗어나 밖으로 나가기를 바란다고 말한다. 성장통을 겪는다 해도 그렇게 자기만의 방에서 나와야 한다는 것이었다.

2020년 봄, 이탈리아 아말피의 작은 해안 도시 라벨로의 한적한 마을을 산책하던 때였다. 쇠창살에 거미줄이 쳐진 어느 오래된 집 담벼락에 '앙드레 지드가 머물며 『배덕자』를 쓴 곳'이라는 푸른 문자판이 붙어 있었다. 집은 낡았고 문자판은 녹슬어 있었다. 파리를 떠나 바다가 내려다보이는 이 산꼭대기 한적한 마을의 방 한 칸을 빌려 그는 자신을 유폐해 글 노동을 했던 것이다. 그의 이력을 보면 1902년 무렵 파리에서 홀연히 종적을 감추고 이탈리아 바닷가 산마을로 숨어들었다고 하는데, 라벨로의 산마을을 걷다가 그가 숨어 지내던, 풀더미 속에 자리한 집을 보고 가슴이 뛰었다. 바그너가 머물며 곡을 썼다는 훨씬 규모가 크고 아름다운 저택도 근처에 있었지만 지드의 글 감옥은 은밀하고 작은 단독주택이었다. 부근에는 변변한 식당도 없고 십여 분 거리에 야채가게 하나가 있을 뿐이라 식사는 어떻게 해결했을까 싶게 외지고 적막한 곳이었다. 하지만 그렇게 지리적으로는 멀리 떠나온 듯했지만 첫번째도 두번째도 결국 그는 결국 어머니에게로 정신적 귀환을 한다.

세번째 만남은 노르망디에 가다가 들렀던 숲속 고성 샹티이에서였

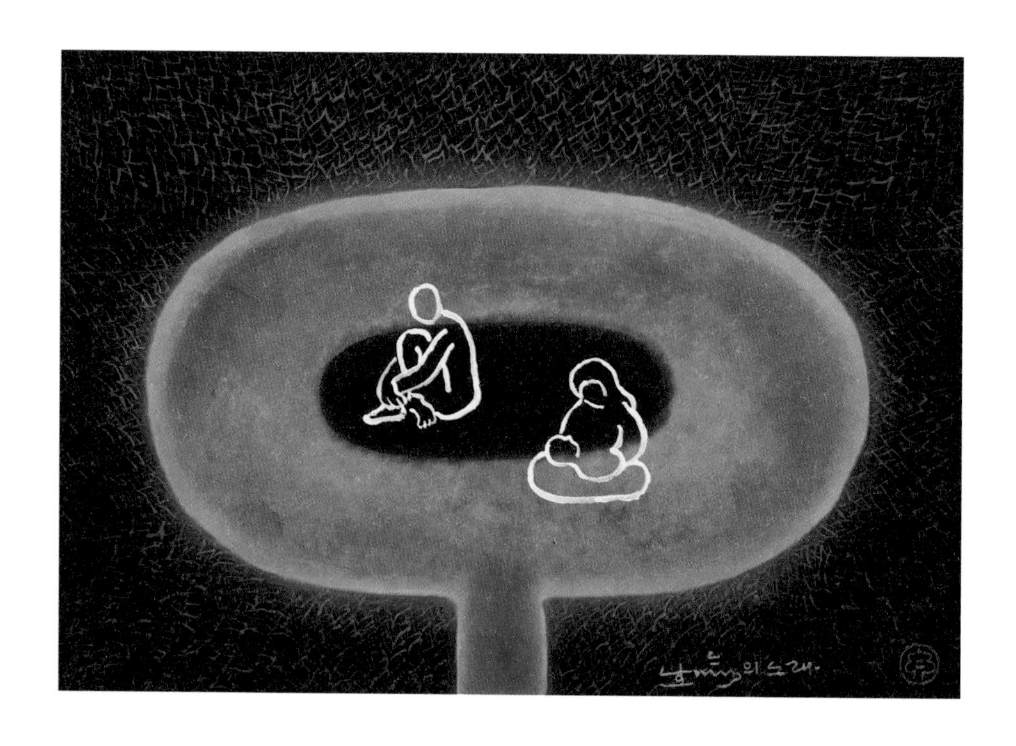

어머니의 방

결국 헤매고 헤매다 어머니의 성경으로 돌아왔다.

다. 엄청난 미술품을 컬렉션으로 갖춘 이 숲속 성에도 앙드레 지드가 왔었다는 사실을 알게 되었다. 이력을 보니 그는 노르망디 라로크 자치구의 시장까지 지냈단다. 게다가 이십오 년 동안이나 별거했던 그의 아내 역시 노르망디의 한 작은 마을에 따로 머물다 생을 마쳤다고 했다.

앙드레 지드 하면 프랑스의 문화 권력이라고 할 만큼 그는 문인과 독자층 양쪽에 막강한 영향력을 끼쳤다. 뿐만 아니라 그는 누구보다 날카로운 눈을 가진 비평가이기도 했는데 한때는 도스토옙스키를 비롯한 외국 문학에까지 비평의 스펙트럼을 넓히고 있었다. 그의 힘은 왕성한 저술에서 나왔다. 시, 소설, 희곡, 비평 등 전방위로 글을 썼고 뒤에는 백만 독자가 있었다. 평생을 독신자처럼 결혼생활을 유지하면서 엄청난 양의 작품을 쏟아냈고 출간 때마다 비난과 갈채의 가운데로 걸어가곤 했지만 오불관언했고 마침내 1947년에 노벨 문학상을 받는다. 하지만 이 문학적 위인의 내면에는 자라지 않은 '어른 아이'가 있었다. 엄격한 어머니의 프로테스탄트 교육에 반발해 외출과 돌아옴의 연속이었다. 그리고 이런 자전적 이야기를 소설의 형식으로 담아냈다.

허다한 문학 소년들이 그러하듯 나 역시 중고등학교 시절 앙드레 지드와 헤르만 헤세라는 두 문을 통과해야 했다. 특히 『좁은 문』을 읽으며 작가가 육친처럼 다가오는 느낌을 받곤 했다. 그는 열한 살 때 아버지와 사별한 후 그야말로 독실한 외골수 프로테스탄트였던 홀어머니 아래에서 기독교적 세계관을 교육받았는데 나 역시 열한 살에 아버지를 여의고 어머니에게 손목이 잡혀 교회를 드나들었기 때문이다. 육체적 욕망의 자아와 청교도적 삶의 가르침 속에서 방황하던 『좁은 문』의 제롬과 알리사는 우리 시대 젊은이의 초상이기도 했고 동시에 동방의 시골 소년이었던 나의 초상이기도 했다.

외삼촌의 딸인 알리사와 그 옛날 교회에서 들었던, "좁은 문으로 들어가기를 힘쓰라. 멸망으로 인도하는 문은 크고 그 길이 넓어 들어가는 자가 많으나, 생명으로 인도하는 문은 좁고 길이 협착하여 찾는 이가 적음이라"는 「마태복음」 속 성경의 말씀. 그 구절은 평생 앙드레 지드의 문학적 딜레마와 족쇄의 알고리즘이 된다.

'인습의 방에서 나와라, 그리하여 떠나라'고 선동했던 앙드레 지드는 『좁은 문』의 제롬과 다른 이름의 다중 인격이었다. 사랑하는 연상의 사촌누나에게 사랑을 고백하고 하나되기를 원했지만 『좁은 문』으로 들어가기 위해서는 지상의 육肉적 사랑이 아니라 하나님 안에서의 영靈적 사랑으로 승화시켜야 한다는 고뇌에 시달렸다.

『배덕자』에 이르러 그의 방향 없는 저항은 절정에 이르지만 『돌아온 탕아』나 『한 알의 밀알이 죽지 않으면』 『사울』 같은 작품에는 "주님 손 들고 옵니다" 같은 직설적인 간증 형태의 자기 포기적 신앙 고백이 담겨 있다. 결국 헤매고 헤매다 어머니의 성경으로 돌아온 것이다. 그가 소년 시절부터 장년에 이르기까지 줄곧 일기를 쓰며 자아와 세계의 갈등을 기술했던 것(나중 『일기』로 출간된다)도 수많은 질문과 회의를 처리할 가상 공간이 필요했기 때문으로 보인다.

그는 『좁은 문』에서처럼 연상의 사촌누이와 결혼하지만 성경의 율법을 비좁게 해석한 아내 마들렌 덕에 평생 동침하지 않으며 기이한 백색白色 결혼생활을 이어갔다. 두 사람은 종교적 도덕률과 육체적 본능 사이에서 갈등하던 십대 때의 그 고뇌의 덫을 결국 평생 벗어나지 못했던 것이다.

그런 면에서 앙드레 지드의 거의 모든 작품은 열세 살부터 쓴 일기의 연장선상에 놓인다. 그래서 어느 것 하나 자전적이지 않은 작품이 없다. 그가 "『위폐범들』만이 나의 유일무이한 소설"이라고 불렀던 것도 다른 모든 작품을 자신의 자의식적 일기장이라고 여겼기 때문인 듯하다. 아이의 일기장인 『앙드레 발테르의 수첩』 『좁은 문』에서 어른의 일기장인 『지상의 양식』 『한 알의 밀알이 죽지 않으면』 『사울』로 그 제목만 바뀌었을 뿐이었다. 결국 그는 뛰쳐나왔던 어린 시절의 그 어머니의 방으로 지친 노인이 되어 다시 돌아갔다.

앙드레 지드의 자전적 글쓰기

앙드레 지드André Gide(1869~1951)는 파리 법과대학 교수인 아버지와 유복한 사업가 집안 출신의 어머니 사이에서 태어났다. 열한 살 때 아버지가 세상을 떠나자 홀어머니에게 엄격한 프로테스탄트 교육을 받으며 자랐다. 하지만 이 때문에 자기혐오와 죄의식을 갖게 됐고 이런 고뇌는 그의 소설에도 잘 반영되었다. 1893년 북아프리카를 여행하며 처음 동성애를 경험하는데 이를 계기로 그동안의 도덕적, 종교적 구속과 금기에서 벗어났다. 1895년에 어릴 적부터 흠모해온 외사촌누나 마들렌 롱도와 결혼하나 정신적 관계에 국한된 결혼생활을 하다가 결국 이십 년 넘게 떨어져 지냈다.

1891년 『앙드레 발테르의 수기』로 문단에 데뷔해 『지상의 양식』 『배덕자』 『좁은 문』 『전원교향곡』 『도스토옙스키』 『위폐범들』 『일기』 등 소설뿐 아니라 시, 희곡, 비평, 산문 등 다양한 글을 발표했다. 북아프리카, 콩고, 러시아 등의 여행기뿐 아니라 공산주의나 식민주의에 대한 글을 쓰는 등 마지막까지도 왕성하게 활동했다. "진리에 대한 두려움 없는 사랑과 예리한 통찰을 통해 인간의 문제와 상황을 포괄적이고 예술적으로 제시했다"는 평을 받으며 1947년 노벨문학상을 수상했다. 1951년 폐렴으로 세상을 떠났다.

불로뉴숲과 시간 여행

시간의 풀어헤쳐진
머리칼이 사방으로 날리는구나.
그 흐느낌과 웃음 사이로 낙엽은 진다.
시간은 강처럼 흐르고
바람처럼 불어가는 것이라고 생각했는데,
아주 부드럽고 천천히 그렇게
가는 듯 마는 듯
눈치채지 못하게
흐르는 것이라고 생각했는데,
삶의 어느 굽이를 완만하게 돌아서면서부터는
갑자기 급하고 강하고 사납게 할퀴고 가는구나.
여기저기 나뒹구는 시간의 파편들.
소용돌이치며 빨아들이는 물살.

무정한 세월의 강 저편에서 그 소용돌이를,
시간의 내장을 들여다본다.
거기 내가 잃어버린 시간도 있을까.
삐죽 내민 기억들이 보인다.
떠나보내고 잃어버린 푸르스름한 과거 속에서
낯설게 다가오는
잃어버린 시간.

—

불로뉴숲을 터벅터벅 걸어가는 아이가 보인다. 창백한 그 얼굴에는 슬픔이 어려 있다. 그렇게 잃어버린 시간을 찾아서 길을 떠나는 아이는 백발을 휘날리며 지친 걸음으로 불로뉴숲을 다시 찾아온다.

순전히 내 생각인데 대양의 저편에 가브리엘 가르시아 마르케스의 『백 년 동안의 고독』이라는 깃발 하나가 펄럭이고 있다면 이편에는 『잃어버린 시간을 찾아서』라는 다른 깃발 하나가 펄럭이고 있다. 그런데 바다를 마주하며 펄럭이는 문학의 두 깃발은 흡사 에드거 앨런 포의 「황금벌레」처럼 작고 사소한 이야기에서부터 서사의 막이 열린다는 공통점이 있다.

작고 사소한 이야기. 모든 길고 감동적인 이야기, 그리하여 신화가 되는 이야기는 대부분 이렇게 작고 사소하게 출발한다. 일곱 개의 이야기로 구성된 대하소설 『잃어버린 시간을 찾아서』 역시 홍차 한 잔에서부터 장강대하 같은 서사의 실타래로 풀려나간다. 하지만 마르케스의 소설이 마치 전설과 신화의 곳간을 뒤지며 몽상과 환상을 좇아가는 데 반해 『잃어버린 시간을 찾아서』는 몽상과 환상이라는 점에서는 비슷하지만 철저하게 지식과 이성을 이정표 삼아 길을 찾아간다. 거의 전문가 수준의 인문학적 혹은 미술사적 지식을 바탕에 두지 않고서는 독해가

쉽지 않다. 마르케스의 소설이 구전과 설화로 이어오던 땅의 이야기를 박물학, 서지학으로 엮어 하늘로 띄운 것이었다면 『잃어버린 시간을 찾아서』는 그야말로 그 환상적인 시간 박물관, 미술관을 지식의 나침반으로 찾아가는 이정표다. 거의 폭력에 가까울 만큼 군데군데 문학, 철학, 음악, 미술사에 관한 지식을 총동원하며 이어지는 일종의 철학 소설이자 음악 소설이며 미술 소설이다. 실로 전에 없던 형식이어서 다분히 읽기에 짜증날 정도다. 누가 프랑스인 아니랄까봐 미술사 지식을 총동원할 뿐 아니라 문장의 회화화를 부단히 시도한다.

이런 사조는 사실 마르셀 프루스트에게만 국한된 것은 아니다. 독일 문학이 철학적 서사 구조를 중시하는 데 반해 프랑스 문학은 문장의 시각화가 두드러진다. 사실 시나 소설, 희곡 등 장르를 불문하고 교양으로서의 미술이 작품에서 튀어나오곤 한다. 『잃어버린 시간을 찾아서』는 그런 면이 유난히 두드러져서 서사 구조 자체가 미술로 시작해서 철학으로 끝난다. 마르셀 프루스트는 유년 시절 불로뉴숲 근처에서 살았고 그 숲의 기억은 평생 그의 문학세계에 영향을 미친다. 지금 그곳에는 루이뷔통재단 미술관이 서 있다. 어쩌면 그 옛날 이 숲에서 머나먼 곳으로 떠나고 싶어했던 소년의 갈망이 형상화된 듯 미술관은 강 위에 떠 있는 돛단배 한 척을 연상시킨다. 마르셀 프루스트에게 문학이 업보 같은 것이었다면 미술은 늘 갈증과 그리움의 그 무엇이었는데 기이한 인연이라 할 만하다.

어렸을 적 그는 가끔씩 그 울창한 숲길에서 길을 잃고 헤맸다. 그리고 어쩌면 숲에서의 그 아름답고 두렵고 그러면서도 가슴 두근거렸던 의도적 길 잃기가 그로 하여금 시간과 기억의 미궁을 찾아가는 대작을 낳게 했을지도 모른다. 왜냐하면 『스완네 집 쪽으로』와 2부 『꽃핀 소녀들의 그늘에서』는 거의 어릴 적 들었던 이야기와 장소에 상상력을 섞어 만든 것이기 때문이다. 이에 비해 3부 『게르망트 쪽』부터 4부 『소돔과 고모라』, 5부 『갇힌 여인』, 그리고 6부 『사라진 알베르틴』 마지막 7부의 『되찾은 시간』은 결국 1부와 2부의 출발지로 되돌아오는 시간의 뫼비우스의 띠를 타는 것과 마찬가지다.

중년 남자가 나른한 오후에 마들렌 한 조각을 홍차에 곁들여 베어 문다. 시간의 과거와 현재는 그 차 한 잔과 과자 한 조각의 미각과 섞이면서 바람처럼 풀려나간다. 하지만 회상의 실타래인 이 대작의 1권을 모든 출판사에서 퇴짜놓자 프루스트는 깊은 실망을 한다. 당시 앙드레 지드가 추천하면 프랑스 최고의 출판사 갈리마르에서 책을 내는 행운이 주어지곤 했는데 지드도 처음에 이 골치 아프게 길고 난삽한, 일종의 글로 그린 풍경화 같은, 철학책 같은 무명 작가의 작품을 시큰둥해하며 추천을 거절했다고 한다. 그래서 1권은 자비로 출간된다. 이후 프루스트가 공쿠르상을 받으면서 지드가 작품을 다시 읽고 그제야 재평가하게 된다. 이때부터 프루스트는 그야말로 '자고 나니' 유명해진 인사가 된다. 이후 『잃어버린 시간을 찾아서』는 눈부신 조명을 받으며 미술과 음악과 철학을 소설에 망라한 통섭적 지식인의 책으로 자리잡고 소설을 제대로 읽기 위한 별도의 책이 나올 정도로 고급 독자들을 사로잡는다.

예컨대 소설이란 한 사람의 상상력이 만들어낸 허구이다. 일종의 거짓말 지어내기라고 폄훼했던 사람들도 인문학적이고 현학적이며 예술사를 담은 듯한 이 소설만은 상찬해 마지않았다. 버지니아 울프는 "내가 다시 뭔가를 더 써야 할까 회의가 든다. 프루스트가 이미 『잃어버린 시간을 찾아서』를 써버렸지 않은가"라고 했고 문학의 철인이자 계관시

파리 불로뉴숲과 마르셀 프루스트
병약했던 프루스트에게 불로뉴숲에서 보낸 어린 시절이 문학적 영감을 주지 않았을까.

인이었던 T. S 엘리엇도 "금세기의 책으로 두 권을 꼽겠다. 하나는 『율리시스』이고 다른 하나는 말할 것도 없이 『잃어버린 시간을 찾아서』이다"라고 극찬할 정도였다.

어려서부터 병약한데다가 감성이 풍부했던 프루스트는 성인이 되어서도 그 상태 그대로였다. 강한 자외선과 거리의 소음, 심지어 진한 향수 냄새에까지 민감하게 반응해 급기야 코르크로 밀폐된 방에서 침대에 누운 채 몇천 쪽에 이르는 그 방대한 양의 글을 썼다고 한다. 사지가 부자유했던 물리학자 스티븐 호킹이 수십 년을 의자에서 먹고 자며 우주이론에 대한 새로운 저서를 낸 것만큼이나 대단한 업적이라 아니할 수 없다. 더구나 미술, 음악, 연극, 철학, 그리고 오페라 같은 공연예술에 대해서까지 전문적이고 해박한 지식을 끝없이 늘어놓아 쓰는 쪽도 읽는 쪽도 그의 글은 일종의 고행과 같다. 어쩌면 소년 시절 이래 병약한 육체 때문에 움츠러들었던 자아를 그 소설로 활짝 펴며 세상에 일종의 도전과 승리를 함께 선언한 것이 아니었을까 싶다.

후세 사람들은 흔히 '기억의 철학자'로 불리는 앙리 베르그송과의 관계 때문에 그가 과거, 현재, 미래가 겹치는 특유의 글쓰기 방식을 시도했을 것이라고들 추정한다. 확실히 그는 소르본대학 시절 천재 철학자로 알려진 베르그송의 강의를 듣기도 했고 두 사람은 외가 쪽으로 친척이기도 해 시간과 기억 이론에 많이 경도되었던 것으로 보인다. 특히 베르그송의 『인간의식에 직접 주어진 것들에 관한 시론』이 그의 의식과 시제時制 소설 기법에 영향을 미치지 않았을까 싶다.

불로뉴숲에 갈 때마다 파리를 만든 이들의 지혜에 내심 감탄하게 된다. 이 도시에 불로뉴라는 허파가 없었다면 파리는 자칫 건물들의 도시가 될 뻔했다. 한밤중 숲에서 불빛이 은성하게 펼쳐진 파리 시내를 바라볼라치면 묘한 안도감 같은 것이 든다. 알 수 없는 크고 부드러운 힘 속에 들어와 있는 듯해서이다. 아마 오래된 숲의 기운 때문이리라. 어쩌면 소년 프루스트도 이런 기이한 안도감을 느끼지 않았을까.

소설에 나오는 화가 엘스티르, 음악가 뱅퇴유, 작가 베르고트 등은 한결같이 병약한 몸으로 근근히 삶을 유지해가는 인물로 그려진다. 그 등장인물들은 어쩌면 어려서부터 골골했던 작가 자신의 분열된 자화상이 아닐까 싶다. 문학적 감수성이 유난히 풍부했던 소년이었지만 그는 또래들과 함께 뛰어놀기보다는 숲에서 홀로 지내는 시간이 많았다고 한다. 어쩌면 나뭇잎이 햇빛에 반짝이는 정오 무렵부터 어스름 저녁이 오는 시간까지 숲에 머물면서 아주 희미하게나마 시간에 대한 특별한 의식 같은 게 생기지 않았을까. 그렇게 자라서 청년이 된 그는 자신을 위로해주던 적막한 숲 대신 글쓰기라는 새로운 안식처를 알게 된다. 예컨대 예술이 도피처가 되고 방어벽이 된 것이다.

프랑스인 아버지와 유대인 어머니 사이에서 태어난 그는 어린 시절부터 신경성 천식을 앓아 몸이 좋지 않았고 그의 어머니는 병약한 맏아들인 그에게 특별한 사랑과 정성을 쏟았다. 소년 프루스트에게 세상에서 가장 슬픈 일은 무엇이냐고 물었을 때 "엄마와 헤어지는 것"이라고 대답할 만큼 모자간에 강한 애착관계를 보였다. 안전하고 따뜻한 어머니라는 세계와 분리되면서 맞닥뜨린 세계가 그에게는 춥고 위험하고 폭력적인 그 무엇으로 비친 듯하다. 그런 면에서 결국 『잃어버린 시간을 찾아서』는 숲을 넘어서, 어머니라는 근원을 찾아 헤매는 한 유약한 어른 아이의 몽상 일지 같은 것이 아니었을까 생각해본다.

마르셀 프루스트와 『잃어버린 시간을 찾아서』

마르셀 프루스트Marcel Proust(1871~1922)는 어려서부터 몸이 약했으나 중등학교 때부터 학교 문예지에 글을 발표하며 일찍이 재능을 보였다. 파리 법과대학 및 정지학 전문학교에 등록하나 학업에는 별 흥미를 느끼지 못해 소르본대에서 앙리 베르그송의 철학 강의를 듣거나 사교계를 드나들며 젊은 시절을 보냈다. 1895년부터 『잃어버린 시간을 찾아서』의 토대가 되는 자전적 소설 『장 상퇴유』를 집필했고, 1896년 첫 책 『쾌락과 나날』을 출간했다. 1905년 어머니가 세상을 떠나자 실의에 빠졌고, 1909년부터 칩거하며 본격적으로 『잃어버린 시간을 찾아서』를 집필했다.

시간과 의식의 흐름을 서사 구조로 한 『잃어버린 시간을 찾아서』는 총 7부작이다. 장장 14년 동안 집필한 이 작품은 '20세기 최고의 소설'로 꼽히며 많은 소설가, 비평가, 철학자에게 영향을 끼쳤다. 유년기의 추억에서부터 사랑과 질투와 욕망, 상실과 죽음, 정치, 역사 등 총체적인 삶의 모습뿐 아니라 발자크, 플로베르, 보들레르 같은 문학가, 페르메이르, 렘브란트, 모네, 르누아르 같은 화가, 바그너, 드뷔시, 생상스 같은 음악가 등 문화와 예술, 사회 풍속 전반에 걸친 성찰을 담았다.

숲속의
흰 돛단배 한 척

파리의 서쪽 불로뉴숲.
한가한 구름 아래로
조용히 떠가는 하얀 배 한 척.
열두 개의 우윳빛 패널은 바람을 머금고 떠가는데
사실은 멈춰 있는 미술관이란다.
집을 해체하여 집을 만든다는 구순 영감님 프랭크 게리는
불로뉴숲 북쪽에 바람 부는 방향 따라
움직이는 듯, 머물러 있는 듯
그렇게 집 한 채를 지었다.
그 옛날 마르셀 프루스트가 뛰어놀았다는
숲속 어린이공원 옆에
낭만적 상상력에 꿈을 불어넣어
건축가는 집뿐 아니라 물길까지 낸 셈이다.

루이뷔통의 깨진 향수 조각이라고도 불린다는 그 집 한 채.
하얀 물고기가 수면을 차오르는 듯
날개 접은 흰 새의 무리가 모여 앉은 듯
움직일 듯 움직임 없는 그 집.
바람 아래의 고요.
햇빛이 좋은 날은 눈부시고
비가 오는 날은 그 빗소리를 들을 수 있는 곳.
사시사철 자연 속에 슬몃 끼어들면서
함께 살며 자연이 되고 싶은 집 한 채.
모던과 베리모던을 한 바퀴 빙 돌아
하늘이 숭숭 뚫린 원시로 다시 돌아와서
잠시 머물다가
반짝이며 흘러가는
배가 된 미술관.

—

몇 해 전 중국 최대 규모의 현대 미술관이라는 진르今日 미술관에서 초대전을 가진 적이 있다. '시황제'로 불린다는 시진핑 주석에게 선물한 작은 그림 하나가 인연이 되어 성사된 전시였다. 층고가 가장 높은 곳이 무려 17미터에 달하는데다가 운동장처럼 큰 전시장이라 두 층 전시관을 채우느라 땀깨나 흘렸었다. 그런데 전시 일정 중간에 춘절(음력설)이 끼어 있었다. 중국에서의 춘절은 그야말로 명절 중의 명절임을 그때 실감했다. 노랑, 빨강 옷을 차려입은 사람들이 미술관으로 줄지어 들어서는 것이었다. 그때 '아하, 중국에서 설은 미술관 가는 날이구나' 하는 인상이 새겨졌다. 그만큼 중국에서는 아직 현대 미술관 나들이가 낯설다는 얘기도 될 것이다. 그런데 요즘 파리에서는 시 외곽에 세워진 한 미술관이 화제란다. 그 건물을 보러 일부러 파리에 가는 이가 있을 정도라고 했다. 도대체 어떤 곳이길래?

루이뷔통재단 미술관. 집을 해체하여 다시 짓는다는 해체주의의 거장 프랭크 게리의 만년작이라고 해서 더 화제다. 그는 이미 파격적인 조형미를 선보인 구겐하임 빌바오 미술관으로 명성을 날린 바 있다. 그러고 보면 이미 우리 시대의 건축가는 차츰 설치 미술가와 구분이 모호해지는 것 같다. 미술관 안 전시 작품보다 미술관을 누가 설계했는가를 더 따지는 것을 보아도 알 수 있다. 은빛 물고기떼를 닮은 입체주의의 이 거대한 루이뷔통재단 미술관은 층이 구분되지 않는 사층 높이로 삼천여 명의 인력과 천삼백억 원 이상의 비용이 투입되어 육 년여간 지어졌단다. 미래주의의 조각으로 불리기도 한단다.

처음에는 개선문 근처의 루이뷔통 옛 미술관을 찾아갔다. 그러나 수위가 약도를 그려주며 미술관이 불로뉴숲 북편으로 이전해갔다고 했다. 미술관이 들어선 불로뉴숲 북쪽은 마르셀 프루스트의 숲으로도 알려진 곳. 어린 시절 이 숲에서 자랐던 그는 훗날 『잃어버린 시간을 찾아서』 연작을 썼다. 그는 예술을 신의 은총이라 생각했던 사람으로 예술을 통해서만 현실의 비루함을 벗고 구원에 이를 수 있다고 생각할 정도였다. 베르그송의 영향을 받아 '변화하는 현실에 속하는 것은 모두가 허상이며, 변화하지 않는 지속에 속하는 것은 예술뿐'이라고 했던 예술지상주의자였다. 루이뷔통재단 미술관은 어찌 보면 이 숲에 어린 프루스트의 혼이 불러서 들어선 것인지도 모르겠다.

루이뷔통 제국을 일으킨 아르노 회장은 어느 날 아침 잠에서 깨어 숲속 미술관 한 채를 떠올린다. 그는 전복적 사고로 이름난 CEO였다. 임원회의에서 처음 어떤 안을 제시했을 때 모두 반기를 들면 속으로 '이건 되겠구나' 하며 저지른다는 인물이다. 어쨌거나 그날 비행기를 타고 대륙을 건넌 아르노 회장은 노건축가 프랭크 게리를 만난다. 그리고 두 사람은 의기투합하여 지금까지 없던 미술관을 구상한다.

프랭크 게리. 알다시피 '왜 집은 기둥과 지붕으로만 이루어져야 하는가'라는 질문을 던졌던 사람이다. 질문의 끝에서 그는 집을 허물어 집을 짓는다는 자신만의 알고리즘을 완성하고, 평론가들은 재빨리 그의 집짓기에 '해체주의'라는 명패 하나를 달아준다.

루이뷔통 미술관

하늘을 나는 새 한 마리처럼 혹은 유유히 떠가는 흰 배처럼.

미술관은 대체로 사람들로 북적대는 곳에 세워지기 마련이다. 그러나 아르노는 전원형 미술관을 꿈꾸었다. 꾸불꾸불 불편하게 찾아가는 미술관, 시각예술뿐 아니라 콘서트홀까지 갖춘, 그리하여 건축과 미술, 음악과 자연이 함께 어우러지는 예술생태학적 건물을 꿈꾼 것이다.

미국으로 프랭크 게리를 찾아가 이 생각을 말했을 때 노건축가는 머릿속으로 생애의 방점을 찍을 대작을 구상했다. 당장 초음속 항공기를 만드는 데 쓰이는 첨단 기술이 동원되었고 무려 서른 개가 넘는 기술 특허의 과정을 거쳤다. 레오나르도 다빈치 이래 예술이 이토록 긴밀하게 공학과 연결된 적이 있었을까 싶을 정도였다. 가까이서 미술관을 바라보며 벌린 입을 다물 수가 없었다. '도대체 공중에 매달린 것 같은 수많은 은빛 조각에 어떻게 미술품을 걸 수 있다는 말인가'가 첫번째 의문이었다. 그러나 입구로 들어서면서부터 '미술품을 건다'는 루틴에서부터 벗어나고 있음을 알게 되었다. 이를테면 개관전으로 출품된 올라푸르 엘리아손의 작품 〈콘택트Contact〉는 전시가 끝나고도 건물 앞 인공 폭포와 그대로 연결되어 건축의 한 부분으로 자리잡았다.

노란 기둥을 따라 걷다보면 빛이 쏟아지는 수변으로 이어지고 물소리가 들려온다. 인공과 생태, 소리와 빛이 자연스럽게 어우러지는 귀착지에 서게 되는 것이다. 파리시의 까다로운 건축 규정을 피하기 위해서였다는 설도 있지만 기존의 층간 구분이 사라져버린 것도 건축의 특징이다. 사층이지만 여러 개의 기묘한 중간층으로 구성되어 얼핏 보면 일층처럼 여겨진다. 천장이 무려 오십 개나 되는 일층인 셈이다. 건물을 돌다보면, '꼭꼭 숨어라 머리카락 보일라' 하는 숨바꼭질이 생각난다. 갑자기 천공을 향해 휑하게 뚫린 공간이 나타나는가 하면 그 하늘을 수백 개의 투명 우산으로 떠받치고 있는 듯한 형상들도 보인다.

멀리서 보면 거대한 배 한 척 같은데 가까이서 보면 대여섯 개의 하얀 배가 정박한 모습. 이쯤 되면 '다음'을 생각하게 된다. 요다음 만날 미술관은 대체 어떤 형태일까. 어쩌면 지상을 떠나 허공에 매달린 비행접시 같은 건물 하나를 보게 될지도 모르겠다. 그럴 때 나같이 평생 그리고 칠해온 환쟁이가 설 곳은 어디일까.

최첨단 기술의 총체, 루이뷔통재단 미술관

루이뷔통재단 미술관은 2008년 착공해 2014년 10월 파리 외곽의 불로뉴숲 북쪽 끝자락에 개관했다. 장소 선정을 두고 난항을 겪었으나 55년 후 파리시에 무상으로 귀속한다는 조건으로 불로뉴숲 아클리마타시옹 정원 끝 쪽에 세워졌다. LVMH 회장 겸 CEO 베르나르 아르노는 "파리에 예술과 문화를 위한 특별한 공간을 선사하면서 대담함과 감성도 보여주고 싶다"며 프랭크 게리에게 설계를 맡겼다. 이 건물은 열두 개의 돛을 형상화했는데 구부러진 외관을 구현하기 위해 특수 강화유리를 삼천 개 이상 제작했고, 섬유 강화 콘크리트를 사용하는 등 최첨단 과학 기술을 총동원했다.

박물관 면적만 천 평 이상인 이 미술관은 총 열한 개의 전시실과 레스토랑, 기프트숍, 서점, 대강당 등으로 구성되어 있다. 20세기 이후 현대 미술 작품을 중심으로 상설전과 기획전 등이 열리는데 장미셸 바스키아, 에곤 실레 등의 작품이 전시됐다. 미술 작품만 관람하는 게 아니라 콘서트, 공연, 컨퍼런스, 무용 등 다양한 문화 행사도 함께 즐길 수 있다.

루이뷔통재단 미술관
주소: 8 Av. du Mahatma Gandhi, 75016 Paris, 프랑스
홈페이지: https://www.fondationlouisvuitton.fr/fr

빛과 어둠의 도시

3부

숨소리까지 들린다

생제르맹데프레성당 가까이
적절한 뒷골목에 숨어 있는 작고 아담한 미술관.
화가가 떠난 지 아득한 세월이건만
그 세월 위로
바람이 불고
꽃이 피고
다시 지고
다시 피고
늙은 화실은 그의 숨소리까지 들리는 듯하다.
자욱한 문향文香
어제인 듯 쓴 그 필적에서 묻어나는
오래된 냄새들.
여기서 띄웠을까.

〈단테의 배〉.
『신곡』과의 만남 이후로
문학이 색채가 되고
형태가 되었다는 화가.
그래서 문자를 뭉개어 그려낸 그림은
늘 글과 그림 사이를 서성인다.
문학가가 되고 싶었던 것일까.
가지 않는 길에 대한 목마름이었을까.
〈사르다나팔루스의 죽음〉.
시가 된 그림이었고말고
바이런의 시극을 바탕으로 한 이 작품은 또 어떻고.
그 화려함과 허망함
들숨과 날숨을 문자 아닌 색채로 그려내다니.
그러다 화가는 마침내 한판 죽음의 축제까지 벌였지.
문학을 정부貞婦처럼 가까이 숨겨두다가
모욕과 친해지기를 무수한 세월.
그래도 절망의 끝자락에서
빅토르 위고는 그의 손을 들어주었어.
눈을 감은 후에는 다시
보들레르가
그 이름을 관에서 꺼내주었고.
문학으로 고통받고 문학에 빚진 자
결국 문학으로 살아나서
〈민중을 이끄는 자유의 여신〉을 그렸다네.

곧 뒤따라올 인상주의에

나를 딛고 가라며

모든 무거움과 고통을 내어주고

어둠 속에서

환한 빛의 길 하나를 내어준 사람.

—

반 고흐, 고갱, 세잔, 드가…… 인상파로 가기 위해서는 들라크루아라는 빛과 색채의 다리 하나를 건너야 한다. 낭만주의의 거목이자 루브르를 떠받치고 있는 거장 중 하나인 외젠 들라크루아 하면 누구라도 먼저 떠올리는 그림이 있다. 화폭 정중앙에 한 손으로 붉은 깃발을 든, 우리로 하면 유관순 열사쯤 되는 〈민중을 이끄는 자유의 여신〉이다.

하늘하늘한 치마를 입은 여인이 가슴을 드러낸 채 혁명군을 진두지휘하는 난센스 같은 그림. 여인은 뒤따르는 남자들을 사선으로 내리깔고 바라보는데 그 몸 또한 웬만한 남자들이 곁에 오기도 어려울 만큼 우람하고 풍만하다.

그래서 이 작품은 발표 당시는 물론이고 후세의 비평가들과 화가들에게도 두고두고 빈축을 사고 논란의 대상이 되었다. 위대한 민중 혁명을 비틀고 희화화했다, 누드를 그리다가 중간에 혁명으로 바꾸었다, 옷매무새마저 제대로 갖춰 입지 않은 무례한 맨발의 서민층 여인이 남성과 주류 사회를 사정없이 밟아버렸다 같은 비난이 우박처럼 쏟아졌다. 한 정신과 의사는 이 그림에는 혁명에 대한 비전보다 부권적 모성에 대한 소년적 갈망이 숨어 있다고 말한 바도 있다.

그런 모든 논란과 시비를 예상해서였을까. 화가는 그리스시대도 아

풍만한 여신

문학과 역사, 서사, 낭만적 상상력을 아우르는 작품 활동을 했던 들라크루아의 대표작 <민중을 이끄는 자유의 여신>을 패러디했다.

닌데 난데없이 여인에게 '여신'이라는 칭호를 부여하며 빠져나간다. 어쨌거나 누구라도 그 앞에 서면 '혁명이 피 한 방울 없이 이토록 우아한 형체와 아름다운 색채로 연출될 수도 있구나' 싶을 것이다.

들라크루아가 생전 화실 겸 자택으로 썼던 집은 생제르맹데프레성당과 가까운 한적한 주택가에 있다. 그의 자취와 흔적이 그대로인, 마치 고가구를 보관하듯 세월을 보자기로 덮어놓은 듯한 집이다. 오래된 귀족의 저택 같은, 그러나 그리 크지는 않은 규모의 본채와 구름다리로 건너는 별채, 그리고 그 별채 뒤의 이백여 평쯤 되어 보이는 후원으로 이루어져 있다. 정원에는 키 큰 나무 세 그루와 화가가 내려와서 쉬었음 직한 벤치, 그리고 장미가 가득한 작은 화단이 있다. 어쩐지 단아한 품새가 화가의 집이라기보다는 문인이나 피아노 소리 들려오는 음악가의 집 같다고 느껴진다.

그는 평생 독신으로 살면서 이 집에서 오천여 점을 헤아리는 작품을 남겼다고 한다. 드로잉과 자필 원고의 양 또한 엄청나다는데 그 많은 작품과 스케치며 원고는 다 어디로 갔을까 싶게 그의 이름이 붙은 미술관에 전시된 작품 수는 그리 많지 않다.

그런데도 그의 그림에는 한결같이 서사가 있고, 시나 소설을 읽는 것 같은 얼개가 있다. 분명히 하나의 장면인데 마치 정지된 화면처럼 보이지 않은 이야기들이 거기 숨어 있다. 흥미로운 일이다. 그래서 사람들은 그를 '그림으로 글을 쓰는 화가'라고 불렀을 것이다. 또하나, 그의 그림은 현실의 단면을 그리면서 동시에 그 현실 너머의 꿈꾸는 듯한 세계를 담고 있다. 사실 그는 종교를 주제로 많은 작품을 그렸기에 실제 그가 생활했던 시기보다 훨씬 더 이전 시대의 작가로 느껴지는 일이 많다.

미술사에서는 긴가민가 아득하게 멀었던 그 이름, 들라크루아가 이 집에 와서야 비로소 어제 떠난 사람처럼 생생하다. 관람객으로 붐비는 피카소 미술관에 비해 그의 집은 한산하다못해 적막함까지 들 정도다. 그 고요하고 정적인 공기가 작품 분위기를 훨씬 더 맑고 잔잔하게 전해준다.

미술관에 작업실과 함께 도서관을 거느린 거의 유일한 작가. 읽고 그리는 노동이 세끼 밥 먹는 것 같았던 작가. 현실과 이상 사이에, 문학과 미술의 중간 지대에 서 있었던 그는, 자신을 낭만주의 화가로 분류하는 것을 끔찍이 싫어했다 한다. 낭만주의란 현실을 떠나 구름 위에 있는 것처럼 몽롱한 상태라고 느꼈던 듯싶다.

자신이 얼마나 철저하게 현실에 기초하여 사생했는가를 사람들이 잘 몰라준다고 생각했기에 자신을 어물쩍 낭만이라는 이름으로 띄워버리자 거부감을 느꼈던 것. 아닌 게 아니라 들라크루아 미술관에는 설마 그의 작품이랴 싶을 만큼 손과 팔의 근육이며 형태를 정밀하게 묘사한 드로잉이 많이 나온다. 게다가 개, 고양이, 호랑이 등을 정밀하게 그린, 동물도감에나 나옴 직한 사실적인 그림들도 보인다.

그만큼 이 아틀리에에서는 작가의 손놀림과 호흡까지 생생하게 전해진다. 당대 최고의 인기 화가였다는 들라크루아. 그림은 물론 그 박학다식함으로 젊은 작가들의 우상이었다는 그는 이 아틀리에를 나가 큰 거리만 가면 금방 사람들에게 에워싸일 정도였단다. 그런 면에서 그는 홀로였지만 결코 외롭지 않은 사람이었다. 그 예술과 인문의 벨 에포크 시대가 눈에 그려진다.

문학적 상상력, 외젠 들라크루아

더 읽을 거리

외젠 들라크루아 Eugène Delacroix(1798~1863)는 예술을 사랑하는 집안 분위기 덕에 어려서부터 음악과 연극 등에 관심을 가졌다. 1822년 <단테의 베>를 파리 살롱전에 출품하며 데뷔했다. 대표적인 낭만파 화가로 꼽히나 1830년 7월의 파리항쟁을 묘사한 <민중을 이끄는 자유의 여신>을 비롯해 <사르다나팔루스의 죽음> <키오스섬의 학살> <천사와 씨름하는 야곱> 등 초기 고전주의 작품부터 바로크적 특징이나 낭만주의적 요소를 담은 작품까지 두루 아우르면서 인상파, 신인상파, 상징파 등 후대 예술가에게 많은 영향을 끼쳤다. 1855년에 레지옹 도뇌르 훈장을 받았고, 일곱 번의 시도 끝에 1857년 아카데미프랑세즈 회원도 되었다. 1863년 폐렴이 악화되어 세상을 떠났다.

파리 생제르맹데프레 주택가에 위치한 들라크루아 미술관은 외젠 들라크루아의 옛집을 수리해 1932년 문을 열었다. 그는 이 집을 무척 아껴서 유명을 달리할 때까지 이곳을 떠나지 않았다고 한다. 들라크루아의 그림, 판화, 글뿐 아니라 소장품도 함께 남아 있다. 또한 그의 방대한 장서 또한 살펴볼 수 있어 문학적 서사를 구현해냈던 작가의 체취를 생생하게 느낄 수 있다.

들라크루아 미술관

주소: 6 Rue de Furstemberg, 75006 Paris, 프랑스

홈페이지: http://www.musee-delacroix.fr/fr/

발자크,
문학의 피카소

새벽이 열리고 또다시
비굴한 하루가 시작되는구나.
곧 빚쟁이가 쾅쾅 문을 두드리겠지.
결코 두꺼운 커튼을 열지 않으리.
나를 내몰아온
시간이여 세월이여,
오늘도 부디 내 손목에 힘을 다오.
나는 문학의 사생아.
뗏목처럼 엮어진 낱말을 타고
석양을 건너 여기 물가에까지 떠내려왔다.
하지만 이제 나는 나를 불길 속에
던질 것이다.
장작 되어 활활 타오르는 내 정신을

지켜볼 것이다.
그리고 지지 않을 것이다.
비웃는 눈길과
비난하는 손가락에
결코 무릎 꿇지 않을 것이다.
하지만 이기기 위해서도 아니다.
다만 지지 않기 위해 쓸 뿐.
표류하다 떠내려온
나의 문학이여.
삶이여.
호랑이 눈으로 쏘아보며
내 앞에 밀려온 어둠과 싸워내기를.
자, 오늘도 전투다.
나의 칼은 나의 펜.

—

흔히 발자크를 위대하다고 말한다. 아리송해진다. 그 위대성의 정체는 무엇일까. 설마 소문난 대식가라고 해서 붙여진 위대胃大는 아니겠지. 사실 발자크의 출발은 위대성과는 거리가 멀었다. 처음부터 결손가정 출신이었다 해도 과언이 아닐 정도로 사랑 결핍증을 앓았다. 그는 자신이 태어나기도 전부터 어머니가 자신을 미워했다고 믿었을 뿐만 아니라 모든 불행의 원인이 어머니였다고 증언한다. 거의 결딴나다시피 했던 모자관계는 그가 작가의 길로 들어서면서부터 상황이 더 심해진다. 그런데 역설적이게도 어머니의 그 격렬한 반대가 문학을 향해 타오르는 그의 열정에 기름을 붓는다. 반대하는 사랑에 불이 붙듯, 어머니가 가로막아선 문학의 길이었기에 더 맹렬히 타올랐다는 얘기다. 이처럼 어린 시절부터 드리운 무의식의 어두운 그림자는 평생 그를 따라다녔던 듯하다. 강박적 글쓰기와 여인들의 사랑에 대한 집착과 갈망, 그리고 인정에의 목마름 같은 것이 그를 문학적 성취 쪽으로 휘몰아갔다.

어쨌든 발자크는 위인, 큰 작가로 일컬어진다. 내 나름대로의 결론은 프랑스에서의 위대성은 자신의 예술적 천분을 십분 발휘한 경우는 물론, 그 생애 자체가 불꽃처럼 타오를 때 그렇게 지칭하는 것이 아닐까 짐작해본다. 여기 물론 도덕성은 배제된다. 갈지자를 걷더라도 발화점만 크고 선명하면 된다. 그 점에서라면 발자크는 위대하고말고다.

그는 여러 면에서 피카소와 닮았다. 재능은 차치하고서라도 엄청난 에너지와 열정, 여성과의 끝없는 염문 그리고 그것이 창작으로 연결된다는 점까지 그렇다. 다만 피카소는 그 열정과 에너지를 평생에 걸쳐 분배해가며 쓸 줄 알았던 영리함이 있었던 데 반해 발자크는 폭풍처럼 휘몰아치며 글을 쓰고 쉰한 살의 나이로 떠났다는 점, 그리고 젊은 날에는 똑같이 가난했지만 피카소는 명성과 함께 억만장자가 되었는데 발자크는 우레와 같은 명성은 얻었지만 죽을 때까지 빚에 시달리며 살았다는 점 정도가 달랐다.

그런데 피카소의 장수와 발자크의 단명을 좀 다른 각도에서 바라보게 된다. (당시 평균수명으로 미뤄보면 발자크가 꼭 단명했다고 할 순 없지만……) 즉 서로 다른 장르라는 관점에서 보게 된다. 한마디로 문학은 쪼아대는 장르이고 미술은 풀어헤치는 장르다. 특히 피카소형型 미술가는 더욱 그렇다. 그는 견딜 수 없이 터져나오는 에너지를 사정하듯 선과 색으로 끝없이 방출한다. 허다한 역사가들이 피카소의 여성과의 스캔들마저 창작의 변곡점으로 연결시키는 것도, 여성과 창작을 향해 터져나오는 열정의 근원이 비슷해서가 아닐까 싶다. 그런 면에서 그의 작업은 육肉적인 것이다. 왜 이렇게 그렸는가 하고 누구도 시비 걸 수 없는 지극히 주관적인 세계에서 이루어진다. 그렇게 해서 피카소는 도자기 판화, 드로잉을 포함해 생애 동안 무려 사만여 점의 작품을 쏟아낸다. 실로 경이로운 기록이었다. 그중에는 물론 '이것이 진짜 피카소?' 싶은 타작품도 많이 보이고 동어반복적인 패턴도 나오지만 일단 '전설'이 돼버린 후로 사람들은 그것마저 '자기 심화'라고 추켜세웠다.

발자크의 경우는 어땠는가. 역시 황소 같은 힘을 가졌지만 마치 하루

The Eyes of Tiger
우레 같은 명성은 얻었지만 죽을 때까지 빚에 시달렸던 발자크.

종일 좁쌀알 개수를 세듯 문자와 씨름해야 했다. 비슷한 문장이나 내용이 나오면 비평가들은 벌떼같이 달려들어 '자기 복제'라며 비판했다. 물론 자기 심화니 자기 복제니 하는 용어는 오늘날에 쓰는 말이지만 비슷한 언어로 추켜세우거나 깎아내렸다는 점은 같다. 더구나 문학은 언어라는 약속된 체계 안에서 이루어지는 엄정한 객관의 세계다. 우선 비문이 나오면 안 된다. 사적 비전을 문자를 통해 공적으로 공감, 소통시켜야 한다. 다분히 비육非肉적이다. 이 부분이 어긋나면 실패한 문학이 되고 지나치면 상업 문학이 된다. 그래서 발자크 같은 에너지 발산형 예술가가 좁쌀을 세듯 하루종일 문자와 씨름한다는 것은 자기를 소진시키는 일이기도 했다.

물론 두 사람 모두 해방구는 여성과의 사랑이었다. 하지만 이 부분에서도 서로 달랐다. 발자크는 끝없이 구애했지만 피카소는 무명 시절의 첫 전시회 명이었던 "나는 피카소다"처럼 여성 위에 군림하고 여성을 끌어당기는 스타일이었다. 피카소는 그 나이 육십이 넘어 이십대 초반의 프랑수아즈 질로를 만나는데 그녀 외에는 피카소를 먼저 떠난 여인이 없었을 정도였다.

그러나 여인과 사랑에 빠질 때마다 창작세계가 요동쳤다는 점에서만은 두 사람이 같았다. 발자크는 처음에는 로르 디 베르니 부인이라는 이웃에 사는 어머니뻘 여인에게 빠져들었다. 그녀를 만나면서 비로소 상업 문학에서 벗어날 수 있었다. 그러다가 나폴레옹시대 장군 쥐노의 미망인 다브랑테스 공작부인을 만나 필명이 아닌 자신의 이름으로 처음 작품을 출간해 이름을 알리고 파리의 고급 사교계에 입문한다. 여동생을 통해 쥘마 카로 부인과 친분을 맺고 익명으로 『결혼 생리학』을 발표하기도 한다. 초기에 가장 크게 히트한 『나귀 가죽』이 연결고리가 되어 이미 쇼팽의 연인이었던 조르주 상드와 교류하기도 했다. 또한 카스트리 공작부인의 마음을 얻으려 애쓰다 버림받고 휘몰아 쓴 작품이 『랑제 공작부인』이었다. 이후 몇몇 여자와 결혼을 모색하나 모두 실패하고 훗날 정식 결혼하게 될 한스카 부인과 1832년부터 서신을 주고받는데 이 시기에 쓴 소설이 백 편이 넘는 그의 소설 중에서도 대표작으로 일컬어지는 『외제니 그랑데』다. 그 외에도 비스콘티 백작부인 등 많은 여인들과 얽힌다.

그는 평론가나 독자보다도 유독 여인의 인정과 사랑에 목말랐다. 어머니로부터 성장기에 사랑과 인정을 받지 못한 것에 대한 보상 심리가 발동되었으리라고 후세 사가들은 입을 모은다. 그런데 발자크의 사랑의 행로를 들여다보면 유부녀, 그것도 지위와 재력을 함께 가진 여자들이 많았다는 점을 발견하게 된다. 자신을 경제적으로 후원해줄 것이라는 기대감 때문이었다 한다. 이중 로르 드 베르니 부인에게는 출자를 받아 함께 인쇄업을 시작하기도 했다.

피카소는 어땠는가. 역시 여인과의 사랑과 이별과 애증이 작품세계의 메인스트림이 되었다는 것은 세상이 다 아는 사실이다. 가난한 시절에 만났던 페르난드 올리비에는 육감적인데다 묘한 백치미를 가졌는데 그녀의 모습을 〈아비뇽의 여인들〉 등으로 그리기도 했고 이름을 넣은 작품도 남겼다. 또다른 여인 에바 구엘 역시 그 이름을 딴 작품을 남겼는데 형태를 단순화해 화려하게 그렸다. 러시아 무용가 올가 코흘로바는 정식으로 결혼한 첫 아내였는데 역시 그녀를 연상케 하는 여러 점의 작품을 남긴다. 마리 테레즈 월터는 피카소가 마흔다섯 살 때 만난 열일곱 살 소녀였다. 〈꿈〉은 그녀를 모델로 했는데 그때는 막 초현실적 경향으로 그림이 바뀌어가던 무렵이었다. 다섯번째 여인 도라 마르와는 종종 다투고 불화했는데 큐비즘적 경향으로 제작한 〈우는 여자〉는 그런 상황을 그린 것. 이후 여섯번째 여인 프랑수아즈 질로와 일곱번째 여인 자클린 로크까지 피카소는 '창조적 파괴'라고 불릴 만큼 자신의 세계를 부수고 새로 짓는 데 명수였다. 그만큼 자신만만해서 한 스타일의 그림이 사람들에게 익숙해질 만하면 한 여인에게서 다른 여인으로 옮겨가듯 낯설고 다른 양식을 만들어냈다. 죽자사자 한 가지만 그려대야 성공한다는 요즘 미술의 논리와는 사뭇 다르다. 스스로 창살을 만들고 그 안에 틀어박혀 "뻔하면 죽는다"고 한 발짝도 앞으로 내딛지 않으려 하는 스타일이 아니었다. 피카소 미술관에 가면 마치 대여섯 명의 화가 작품을 모아놓은 것 같아 당혹스러울 정도로 그 기법이 다양하다.

발자크 역시 어느 한 스타일에만 만족하지 못하는 문학적 대식가였다. 『나귀 가죽』 같은 철학 소설, 『불로장생의 영약』 같은 환상 소설, 『골짜기의 백합』처럼 서정시 같은 작품, 『고리오 영감』이나 『외제니 그랑데』 같은 심상적 사실주의 계열의 작품 등 전방위적으로 썼다.

뿐만 아니라 소설이 철학적인 가치에 도달할 수 있다고 믿은 그는 소설과 철학의 경계에 선 듯한 몇 편의 작품을 쓰기도 했으며 계층과 개인의 문제를 다루며 소위 사회주의 리얼리즘적 경향의 작품도 집필했다. 나쁘게 말하면 종잡을 수 없었고 좋게 말하면 그 역시 끝없이 자기 집을 부수고 새로 짓는 창조적 파괴를 계속했던 셈이다. 게다가 손대지 않은 분야가 없을 정도였다. 소설가가 기본 명패였지만 시인, 극작가, 문예 비평가, 저널리스트에 무대예술가까지 겸했으며 다른 한편으로는 여러 사업을 전전한 사업가이기도 했다. (사업은 모조리 실패했다.) 하지만 이 문학적 탐식자는 안타깝게 단 한 번도 여유롭게 글을 쓰지 못했다. 장생구시長生久視. 옛 중국의 대학자가 지적했던 그 말을 실천했던 들, 아마도 발자크는 그 재능과 몰아치는 힘으로 미루어 역사에 남을 명작들을 더 많이 남겼을 것이다. 아쉬운 대목이다.

사실주의의 대가, 오노레 드 발자크

오노레 드 발자크Honoré de Balzac(1799~1850)는 소설가, 극작가, 시인, 무대예술가 등 다양하게 활동했는데 오라스 드 생토뱅, 로르 훈 등 다양한 필명으로도 글을 썼다. 원래 평민 출신이었지만 귀족으로 보이기 위해 이름에 늘 '드de'를 넣었다고 한다. 소르본대에서 법률을 공부했지만 집안의 기대와는 달리 작가의 길을 택하지만 데뷔작인 운문 비극 『크롬웰』은 전혀 반응을 얻지 못했다. 그럼에도 불구하고 평생 작가로 살기로 결심하면서 심지어 나폴레옹 동상에 "그가 칼로 시작한 일을 나는 펜으로 완성할 것이다"라는 낙서를 남겼다고 한다.

소설, 시, 희곡, 평론 등에 걸쳐 방대한 작업을 했는데 『외제니 그랑데』 『고리오 영감』 『나귀 가죽』 등이 문학사에 길이 남을 작품으로 꼽힌다. 빚에 쪼들리며 글을 쓰느라 독한 커피를 계속 마셨는데 그가 카페인 중독 때문에 사망했다는 견해도 있다.

빚쟁이를 피하기 위해 뒷문이 따로 있었다는 파리 레누아르 거리 47번지에 위치한 '발자크 저택'에 가면 그의 원고며 가구, 사진, 초상화 등을 볼 수 있다.

발자크 저택
주소: 47 Rue Raynouard, 75016 Paris, 프랑스
홈페이지: https://www.maisondebalzac.paris.fr/

상처 입은 노트르담

저물녘
파리의 센강에 가면
나 같은 역마직성驛馬直星 타고난 사내를 태우고 떠날
바토무슈가 대기하고 있지.
석양의 바토무슈,
강이 좁고 물길 짧아 아쉽지만
그래도 환한 주황색 불빛에 잠겨
사는 일의 고단함을 잠시나마 내려놓을 수 있잖아.
이 세상 모든 아름다운 풍경 속에는
소멸의 슬픔도 함께 녹아 있다지만
이 배를 타고 하나둘 불이 켜지는
도시의 야경을 바라보며 가는 동안만큼은
설혹 슬픔이 있더라도

아슴한 먼빛으로 일렁일 뿐
슬픔주의보까지 내릴 일은 없겠지.
저만큼
상처난 몸체를 동여매고 있는 것 같은
노트르담.
마치 십자가상의 그이처럼,
건물에 사람의 형상이 겹친다.
가시면류관 쓰고 어두워오는 허공을 향해
엘리 엘리
입술을 달싹이는 모양으로
칭칭 동여매인 채 먼 곳을 보고 있는 건물.

무릇 교회와 성당이란
상처 입고 고난받은 사람들이 오는 곳.
온 땅에 어둠이 임하려는 골고다의 그 시간에
그분도 피투성이로 우리를 내려다보지 않았는가.
그러니 너무 곱고 우아하게 치장할 일만은 아니다.
요란한 평화와 아름다움으로 꾸밀 일도 없겠다.
오히려 조금쯤 거룩한 슬픔의 빛이 스며들게 하는 편이 낫다.
저 집에서 사람들은
다시 눈물이 없는 곳
다시 이별이 없고 아픔이 없는 곳을 그리지만
아직까지는 아니야.
이 지상의 시간엔

간혹 무욕無欲한 웃음의 시간도 있겠지만
그보다는 어두움과 상실과 아픔이 끝없이 이어지나니
유독 교회나 성당만이
고운 모양과
흠모할 만한 아름다움으로 치장될 수는 없으리.
바토무슈는 강을 미끄러지고
어느새 멀리 건물들은 꽃처럼 불을 달았는데
나는 그렇게 아픈 성당 앞을 지나친다.

문득 고개를 드니 허공으로부터 내리는
기이한 빛 하나.
천년의 세월 동안 사람들의 드나드는 발아래
숨죽여 울고 간 울음들이
아래로 아래로만 앙금되어 가라앉았던 울음들이
어느새 강물과 섞이며
빛처럼 흘러나오는 것이리.
그때 어디서 온 것일까.
메마른 가슴 위로
툭,
떨어지는
눈물 한 방울.

—

〈노트르담의 꼽추〉를 영화로 처음 보았을 때가 언제였던가. 콰지모도를 연기했던 앤서니 퀸은 아직도 그 음성이며 몸 연기가 어제인 듯 생생한데 에스메랄다 역의 여배우는 그 이름이 가물가물하다. 내게는 노트르담이 빅토르 위고의 원작보다는 앤서니 퀸 주연의 〈노트르담의 꼽추〉 영상으로 더 선명하게 남아 있다. 아마 노트르담은 세계인의 가슴 속에 그렇게 저마다의 추억 속에서 자기 동네 성당처럼 자리잡고 있었을 것이다.

파리에 올 때마다 흘깃 보면 성당은 그 자리에 안개 속 정물처럼 서 있었고 지나온 천년처럼 앞으로의 천년도 하나의 풍경으로 언제까지나 그렇게 무심히 서 있을 것만 같았다. 그러던 성당이 어느 날 불타올랐다. 세계는 위대한 인격이 당한 것 같은 상실과 경악의 슬픔으로 오열했다.

『파리의 노트르담』을 썼던 빅토르 위고가 죽었을 때도 온 파리가 비처럼 내리는 슬픔에 젖었다고 했는데, 성당이 불타오르는 장면도 마치 모든 사람의 마음을 시신이 화장되어 타오르는 모습을 보는 듯한 슬픔에 젖어들게 했다.

그러고 보니 노트르담은 건물이었지만 동시에 숨쉬는 생명체였다.

노트르담성당—불탄 노트르담과 그리스도
누군가에게는 관광 명소, 누군가에게는 자신만의 골고다였던 노트르담성당.

너무나 긴 세월 동안 사람들의 바람과 슬픔이 투사되어 하나의 인격체처럼 되어버렸음을 미처 몰랐던 것이다. 늘 관광객의 발길이 이어지는 곳이었지만 그 와중에도 몇몇 사람들은 기도하곤 했다. 가끔은 등을 들썩이며 흐느껴 우는 사람들도 있었다. 그들에게는 노트르담이 관광 명소가 아닌 자신만의 골고다였을 것이다. 아니면 어릴 적 떠나왔던 어머니의 품속이거나.

『눈과 마음』을 쓴 메를로 퐁티는 사물이 안으로 들어와서 나를 만든다고 한 바 있다. 시각이 접수하여 대뇌에 전달한 사물의 특정한 이미지가 내면화되면서 자아를 형성해간다는 뜻인데 이는 비단 청소년기뿐 아니라 평생에 걸쳐 자신도 모르게 일어나는 일이다. 노트르담성당도 사람들의 마음에 들어와 그렇게 자리했던 게 아닐까. 파리 사람들뿐 아닌 세계인에게 조용한 형념화形念化 과정을 일으켰던 것이다.

성당이어서 더 그랬겠지만 만약에 에펠탑이 무너져내렸다 해도 비슷한 상실의 아픔을 일으켰을 것이다. 시간 속에 존재했던 모든 것은 사라짐과 함께 상실의 아픔과 슬픔을 동반한다. 이것이 여리고 여린 인간이 사는 동네의 풍경이다. 나이 먹는 탓일까. 요즈음에는 오래 보였다가 사라져간 것들에 부쩍 마음이 시려온다. 사람뿐 아니라 무너져가는 오래된 건물과 지는 꽃 한 송이에까지 눈길이 간다. 있다가 없는 것, 보이다가 안 보이는 것을 견딜 수 없다 했던 정현종의 「견딜 수 없네」라는 시가 떠오른다.

늘 보이다 안 보이게 된 노트르담의 한쪽, 있다가 없어져버린 그 한쪽. 그와 함께 지워져버린 시간의 그림자. 화사한 젊은 날의 기억들. 노트르담은 앞으로 몇 년 동안은 접근이 금지된 채 동여맨 모습으로 저렇게 서 있을 것이다. 사람들은 삼삼오오 그 모습을 배경으로 사진을 찍는다. 상실도 기념할 거리가 되는 것이다. 바토무슈는 빠르게 강을 미끄러져가고, 돌아보니 성당은 어느새 희미하다.

나는 또 한번 형상이 있는 모든 것들이 언젠가는 사라진다는 이치를 배운다. "메멘토 모리(죽음을 기억하라)"는 수도원에서만 행해지는 인사가 아니다. 일상 속, 그윽한 눈빛 속에서 연약한 존재들끼리 서로 나누어야 할 연민의 언어다.

불타버린 노트르담성당

프랑스 고딕 건축 양식의 걸작으로 평가받는 노트르담성당은 센강 시테섬에 자리한다. 1163년에 착공해 180여 년 후인 1345년에 완공되었다. 프랑스혁명 때 심하게 파손돼 철거 위기에 처했으나 1831년 빅토르 위고의 소설 『파리의 노트르담』에 배경으로 등장해 큰 관심을 끌어 1844년부터 대대적인 보수공사가 진행됐다. 나폴레옹의 대관식, 파리 해방을 감사하는 국민 예배, 대통령들의 장례식 등 프랑스 역사의 한 페이지를 장식한 공간이기도 했다.

직사각형으로 된 두 개의 탑, 뾰족한 첨탑, 화려한 스테인드글라스와 장미창, 웅장한 파이프오르간 등으로 구성되어 있어 볼거리도 많지만 빅토르 위고의 『파리의 노트르담』이 영화나 뮤지컬 등으로 재탄생해 하루 삼만 명의 관광객들이 찾을 정도로 파리를 상징하는 역사 유적지였다. 꾸준히 보수와 복구 작업을 진행해오던 중 2019년 4월 15일, 노트르담 지붕에 화재가 발생해 꼭대기 첨탑이 무너져내렸고 나무 지붕은 삼분의 일만 남을 정도로 크게 불탔다. 프랑스 정부는 하계올림픽을 개최하는 2024년까지 노트르담 재건 공사를 마무리할 계획이다.

노트르담성당
주소: 6 Parvis Notre-Dame - Pl. Jean-Paul II, 75004 Paris, 프랑스
홈페이지: https://www.notredamedeparis.fr/

건지섬과 보주광장 그 사이에서

나 이제 가려 하네.
무지개 뜨는 곳으로.
외롭고 쓸쓸한 건지섬의 세월에
스스로 사면령을 내리려 하네.
검은 여름
폭풍우 속을 걸어나와
사람들의 동네로 가려 하네.
질풍과 노도의 세월.
바람 부는 저녁마다
나는 홀로였다네.
노트르담의 곱사등이처럼
내 삶도 활처럼 휘어진 채
그렇게 휘어진 등으로 걸어온 세월.

이제 나는 나를 사면시키려 하네.
생의 마디마디마다 온 힘을
쏟아놓으며 피워보려 했던 꿈.
그 움켜진 손도
놓아버리려 하네.
나를 쓸고 지나간
그 바람의 세월을 잊고
나는 이제 길 떠나려 하네.
저 언덕 너머 무지개 뜨는 곳으로.

—

문호文豪라고 하면 우선 몇 사람이 생각난다. 톨스토이, 셰익스피어, 발자크 그리고 빅토르 위고. 그런데 문학의 작위 같은 '문호'라는 수식어와 함께 빅토르 위고의 이름 앞에는 '위대한'이라는 또하나의 수식어가 붙는다. 프랑스인들은 빅토르 위고를 두고 위대한 시인, 위대한 극작가, 위대한 소설가, 위대한 혁명가, 위대한 인생이라고 그리고 위대한 프랑스의 자산이라고 이야기한다.

그 위대한, 빅토르 위고의 아우라는 세기를 두고 계속되는데 그래서일까, 파리는 뭐니 뭐니 해도 그의 정신적 영지 같은 느낌으로 다가온다. 그 파리성의 성주, 위고의 아우라를 로댕 미술관의 위고 초상 조각에서도 만났다. 오버코트에 얼굴을 숨긴 발자크 기념 조각과 함께 로댕의 손끝에서 빚어져 나온 빅토르 위고의 얼굴은 차디찬 돌 속에서도 뜨거운 기염을 토하고 있었다.

물론 그가 추방돼 살았던 건지섬은 오늘날 위고 덕분에 먹고산다고 해도 과언이 아닐 만큼 사람들을 불러모은다. 그렇다. 그만큼 천둥과 번개의 삶을 산 문인이 또 있었던가. 귀족 계급부터 노동자에 이르기까지 그만큼 넓은 스펙트럼으로 사람들의 팬덤이 된 사람이 또 있었던가. 삶 자체가 소설보다 더 소설적이고 연극보다 더 연극적인 작가가 있었던가. 그토록 수많은 조각가, 화가, 사진가의 예술 작품 속 피사체와 오브제가 되었던 문인이 또 있었던가. 위고처럼 머나먼 섬으로 추방되었던 문인이 또 있을까. 그리고 그 바람 부는 섬에서 『레미제라블』 같은 불세출의 대작을 건져올린 작가가 또 있었던가. 잘 생각이 나지 않는다.

그런데 그 위대한 위고를 전혀 다른 쪽에서 조명해보면 어떤 모습일까. 여전히 그의 위대성은 훼손되지 않은 것일까. 그는 정치적 관점이 상황에 따라 크게 출렁거렸던, 갈지자를 걸어갔던 정치인이었다. 카멜레온처럼 수시로 그리고 태연하게 그 입장을 바꾸기도 했다. 친정부 쪽이었다가 반정부 인사로 바뀌는가 하면 왕당파 쪽이었다가 파리코뮌의 지지자로 몰리기도 했다. 그래서 왕왕 대중의 열광과 비난 사이에서 파도를 탔다.

여인과의 염문사 또한 현란하고 다채롭다. 본처 아델 푸셰와의 사이에서 자녀를 넷이나 두었지만 갓 서른 살 넘어 만난 여배우 쥘리에트 드루에와 기나긴 불륜을 이어갔고 그 외에도 수없이 많은 여인들과 말년까지도 염문을 뿌렸다. 유독 거의 반세기 동안 쥘리에트 드루에는 조강지처처럼 그의 곁을 지켰다. 1851년 나폴레옹 3세의 쿠데타를 반대했다는 이유로 반정부 인사로 찍혀 벨기에로 망명했을 때도 그녀와 동행했다. 뿐만 아니라 『레미제라블』의 초고를 정리하는 등 물심양면으로 그의 곁을 지켰다.

그러다가 1845년에 터진 것이 당대의 여배우 레오니 당트와의 간통사건. 바로 직전에 왕실로부터 자작 작위를 받아 화려하게 재기하나 싶었지만 눈멀고 중독된 사랑이 그의 발목을 잡았다. 불세출의 대문호는 간통 혐의로 체포되어 수감되기에 이른다. 그는 아름다운 여인을 사랑

빅토르 위고—프랑스의 정신

삶의 궁벽함, 진실, 그 속에 처한 사람들의 눈물 등을 기록한 빅토르 위고.

한 것이 왜 그토록 큰 죄가 되느냐며 한탄하였다. 비극은 늘 홀로 오지 않는 법. 그 몇 년 전에 가장 사랑하던 딸 레오폴딘이 익사하는 참척의 아픔도 겪었던 터라 남달리 기가 센 빅토르 위고도 출옥 후 한동안 칩거에 들어가 십 년간 작품을 발표하지 않기도 했다.

그런데 이 모든 도덕적, 인간적 결함이 오히려 매력으로 작용하는 기이한 반전이라니. 아무래도 그가 워낙 문학적으로 큰 승리를 거뒀기 때문이었을 터였다. 스무 살 무렵에 쓴 첫 시집 『송가와 다른 시들』로 문단의 주목을 받았던 그는 이십대 중후반에 연달아 희곡 『크롬웰』과 시집 『동방 시집』 같은 문제작을 발표하며 이미 하나의 문학적 산맥이 되었고 맙소사, 그 나이 이십대 중반에 레지옹 도뇌르 훈장까지 받았다. 특이한 것은 그가 시인이나 소설가보다는 한사코 극작가로 더 알려지기를 원했다는 점. 이는 당시의 흐름이기도 했는데 같은 문학 쪽이라 해도 소설보다는 희곡을 훨씬 품위 있고 수준 높은 장르로 생각하던 통념 때문이었다. 지식인들 사이에서 소설을 마치 산만하게 지껄이는 잡담 같은 것으로 여기면서 희곡은 걸러내고 다듬어진 문장세계가 배우의 억양과 행동을 통해 보다 차원 높게 펼쳐지는 장르라고 보는 흐름이 있었던 것이다.

우리가 뛰어난 소설가로 알고 있는 발자크나 스탕달도 사실은 극작가로서의 입지가 쉽지 않아지자 소설가로 '셀프 디스'한 경우였다고 할 정도였다. 위고는 그러나 가장 나중 빼어 든 '소설'이라는 카드로 급기야 『파리의 노트르담』을 썼고 무려 십육 년에 걸쳐 쓴 『레미제라블』을 망명지 건지섬에서 발표해 역사상 가장 위대한 소설의 반열에 올려놓았다.

그는 왜 스스로 비루하다 여겼던 소설가의 길을 가게 되었을까. 이는 삶의 터전이 바뀌어버린 일과도 밀접하게 관련될 듯하다. 희곡은 공연을 전제로 쓰이는 도시적인 문학이다. 무대, 조명, 분장, 무엇보다 배우와 극장과 자본이 필요하다. 그러나 그의 망명지였던 건지섬은 황량하고 쓸쓸했으며 춥고 가난했다. 도시의 화려한 불빛과 환호와 같은 문학 외적인 모임을 기대할 수 없는 처지였다. 무엇보다 삶의 비참함, 남루함에 대해 쓴 『레미제라블』에는 다분히 자전적 요소가 많다. 빅토르 위고는 "1861년 6월 30일 아침 여덟시 반. 창문 너머로 비쳐드는 아침 햇살을 받으며 마침내 『레미제라블』을 끝냈다네. 이제는 죽어도 좋아"라고 친구에게 편지를 썼단다. 『레미제라블』을 쓰면서 비로소 가장 낮은 곳으로 내몰린 그의 눈에 삶의 궁벽함과 진실 그리고 그 속에 처한 사람들의 눈물과 따뜻한 가슴이 들어왔다. 그는 이것을 소설의 형식에 담아 필생의 기록으로 남겨야 한다고 생각했던 듯하다.

감옥에 투옥되었던 장발장의 삶, 선과 악, 빛과 어둠을 한몸에 담은 소설 속 그의 이야기는 작가 자신의 이야기에 그대로 오버랩됐다. 단테가 시로 지옥을 상상했다면 현실의 지옥으로 소설을 만들려고 했다던 빅토르 위고. 화려한 파리의 사교계로부터 머나먼 섬으로 떠나와서 쓴 이 작품. 어쩌면 신은 그에게 육신의 유배를 통해 문학의 성공을 보상으로 주고 싶었는지 모른다.

위고는 마레 지구 보주광장 근처에서 살았다. 마레는 프랑스어로 '늪'이라는 뜻. 시테섬과 가까운 습지여서 유래된 말이라지만 지금은 하얀색과 회색 건물들로 구획되어 있다. 위고가 십육 년을 살았던 집도 그 보주광장의 고급 주택가에 있었다. 건물의 아래층에는 상가가 있고 그가 살던 공간은 마호가니빛 고풍스러운 색채와 냄새가 그대로 배어 있다. 『레미제라블』을 그린 그림, 그리고 중국 도자기며 흉상, 가구, 책자 들이 소박하게 전시되어 있다. 그의 질풍노도 같은 삶에 비하면 공간은 소박하고 적막하게 가라앉아 있다.

보주광장은 행인들과 노는 아이들로 소란한데 한적한 전원이 아닌 이 도시의 한가운데서 이 위대한 작가는 가끔씩 창밖을 보며 삶은 결국 눈물겹지만 아름다운 것이고 자신에게는 그것을 기록해야 할 의무가 있다고 생각했던 것은 아니었을까. 핍진한 삶의 이야기를 쓰고 싶었는지도 모른다. 누군가 계단을 올라오는 듯한 기척이 들린다. 금방이라도 파이프 담배를 문 그가 문을 열고 들어설 듯하다.

더 읽을 거리

소설보다 더 소설 같은 삶, 빅토르 위고

빅토르 위고Victor Hugo(1802~1885)는 프랑스 브장송에서 태어났다. 일찍이 문학에 재능을 보여 시인, 극작가로 활동을 시작했다. 1830년에 위고의 작품을 토대로 한 연극 <에르나니>가 상영될 때 낭만파와 고전파 사이에 논쟁이 붙어 소위 '에르나니' 사건이 일어났다. 이때 낭만주의가 승리하며 빅토르 위고는 문단의 주류가 되었고 이십대 때 레지옹 도뇌르 훈장을 받을 정도로 작가로 크게 성공했다.

1831년 발표한 소설 『파리의 노트르담』으로 민중 소설가로서의 지위를 확고히 다졌고, 1848년 2월혁명 등을 계기로 인도주의적 정치 성향을 굳히기도 했다. 1851년 나폴레옹 3세의 쿠데타에 반대하다가 국외로 추방을 당해 벨기에로 망명했다. 하지만 계속해서 나폴레옹 3세를 비판하는 글을 발표해 결국 벨기에에서도 쫓겨나 영국 해협의 저지섬과 건지섬 등에서 19년간 망명생활을 했다.

망명생활중에도 위고는 "나는 지금 거의 완전히 고립되어 있다. 글을 쓰는 것이 나의 힘이다"라고 말하며 집필 활동을 계속해 『레미제라블』 『바다의 노동자』 『웃는 남자』 등을 발표했다. 1870년 나폴레옹 3세가 몰락하자 파리 시민의 열렬한 환호를 받으며 귀환해 하원의원으로 선출되기도 했다. 국민 작가로 영예로운 대접을 받다가 1885년 폐렴으로 숨을 거뒀다.

하층민과 불우한 이웃을 옹호하고, 인본적인 공화국을 건설하자고 이야기했던 위고는 여성 편력 등 사생활 문제에도 불구하고 '사회의 어른'으로 프랑스인들의 칭송을 받았다. 그가 세상을 떠나자 백오십만 명 가까운 시민들이 거리로 쏟아져나와 개선문에서부터 판테온까지 그의 시신을 운구할 정도였다. "가난한 사람들에게 5만 프랑을 전한다. 그들의 관 만드는 값으로 사용되길 바란다. 교회의 추도식은 거부한다. 영혼으로부터의 기도를 요구한다. 신을 믿는다"라는 유언장과 함께 마지막으로 "검은 빛이 보인다"는 말을 남겼다고 한다. 그의 산맥 같은 문학세계에 비하면 생의 방점을 찍는 마지막 말은 너무도 짧고 간결했다.

오귀스트 로댕, <빅토르 위고>, 드라이포인트,
17.6×13.5cm, 1885년, 메트로폴리탄 미술관.

빅토르 위고 저택

주소: 6 Pl. des Vosges, 75004 Paris, 프랑스

홈페이지: https://www.maisonsvictorhugo.paris.fr

오래된 지식의 성채,
셰익스피어 앤드 컴퍼니

도시의 뒷골목에
홀로 늙어가는 책방 하나.
고목나무 등걸처럼
페인트 벗겨져나간 담벼락.
가난한 겨울 햇살을
온몸으로 받고 서 있는데
거기 오래된 지식과 문자가
곳간의 양식처럼 쌓여 있다.
헤밍웨이와 휘트먼
피츠제럴드와 오스카 와일드와 버지니아 울프와
제임스 조이스와 앙드레 지드,
알베르 카뮈와 사르트르가
아침저녁 드나들었다는 이 집.

세상의 시인, 소설가, 철학가 들이
이 책방의 진열대에
자신의 책이 놓이는 것을
꿈꾸었다는 곳.
종이책의 운명은 시시각각
그 명줄을 다퉈가건만
이 비싼 땅 위에 아직도 남아서
쿨럭쿨럭 기침하며
외로운 마을을 지키는 노인처럼
도시의 한 귀퉁이를 지키는 책방 하나.
벽에는 빛바랜 셰익스피어와 휘트먼의 초상
그리고 반 고흐의 낙서 그림.
부디 바람이 불고 비가 내리고 낙엽 지고 세월이 가도
사라지지 말고 이 자리에 있어주기를.

—

내 나름대로 한 도시가 품은 지성의 함량과 깊이를 짚어보는 방법이 있다. 백 년 넘은 서점이 몇 개나 되는지 보는 것. 나무의 나이테로 수명을 재듯 서점의 나이로 그 도시 지성의 깊이를 알 수 있는 것이다. 도시뿐이랴. 한 가문의 역사 또한 그 서가를 일별하면 알 수 있다. 수십 년이 넘은 책들이 꽂혀 있는 서가는 범접 못할 어떤 위엄을 느끼게 한다. 적어도 이삼 대를 내려온 지적 편력을 알 수 있기 때문. 그래서 서재는 단순히 책을 모아두는 공간이 아닌 그 집안 지성의 보학譜學이다.

그러면 예술 도시 파리가 지닌 지성의 수심은 얼마나 될까. 우선 그 나이가 백서른 살을 훌쩍 넘은 책방 지베르죈을 들 수 있겠다. 젊은 학생들과 노교수들이 뒤섞여 분주하게 왕래하는 생미셸대로에는 파리의 다른 지역과는 달리 유난히 크고 작은 서점이 많이 눈에 띄는데 그중에서도 지베르죈은 종합적 지식의 전당이라 할 만하다. 가까운 일본으로 치자면 이와나미나 산세이도 서점 격이라 할까.

거기에는 막 나온 신간과 출판된 지 수십 년씩 된 책이 함께 진열되어 있다. 노장과 청년이 하나의 장소에 사이좋게 서 있는 격이다. 파리에는 서유럽, 아니 세계적으로 이름난 또하나의 서점이 있다. '셰익스피어 앤드 컴퍼니'다. 명성만으로 이미 불멸의 문학 성채라 할 만하다.

그런데 뜻밖에도 그 외관은 초라하기 그지없다. 센강을 왼편에 두고 노트르담성당 쪽을 바라보며 걷다가 우측으로 약간만 구부러지면 낡은 건물이 나오는데 그곳이 바로 그 유명한 셰익스피어 앤드 컴퍼니이다.

건물은 낡을 대로 낡고 시절 풍상을 다 겪은 듯한 모습이다. 1919년 문을 열었으니 이제 백 살을 훌쩍 넘어선 것. 그런데 프랑스에 위치한 서점의 이름에 왜 하필이면 영미 문학의 대명사인 셰익스피어가 들어간 걸까. 사정이 없었던 게 아니었다. 처음 이 서점을 연 사람은 프랑스인이 아닌 실비아 비치라는 미국 여성이었다고 한다. '적극적 예술 애호가였던 서점 주인이 미국인이라서 그러지 않았을까'라고 유추해볼 뿐이다.

이 서점이 전 유럽과 미국에까지 명성을 떨친 것은 같은 이름의 문학 전문 출판사를 거느리고 거기에서 훗날 세계 문학사를 수놓은 쟁쟁한 작가들의 책이 출판되면서부터였다. 일테면 작가의 조국 아일랜드와 영국 등지에서는 출판 및 판매가 금지되었던 제임스 조이스의 『율리시스』를 만들어 팔고 역시 런던에서 참패했던 오스카 와일드의 책을 다시 찍어 큰 반향을 불러온 뒤부터였다. 버지니아 울프에서 알베르 카뮈까지, 앙드레 지드에서 멀리 헤밍웨이와 휘트먼까지, 이 서점과 출판사를 거쳐간 별은 두 손가락으로 꼽을 수가 없을 정도다.

처음 문을 연 뒤로 생겨났다는 아름다운 전통 하나. 서점 이층 뒷방에 작은 일인용 침대를 놓고 작가들과 작가 지망생들에게는 돈을 받지 않고 잠자리 제공을 해준다는 것. 에어비앤비처럼 이곳을 거쳐간 사람이 무려 사만 명에 이른다고 한다. 내가 방문했을 때 적지 않은 관광객들이 서점 앞에서 사진을 찍고 있었는데 그중에는 놀랍게도 삼사십대는 물론 이십대, 심지어 십대로 보이는 모습들까지 있었다. '문학은 죽

파리, 책 읽는 셰익스피어

예술 도시 파리의 문학 성채에서 셰익스피어를 만나다.

지 않았구나' 싶었는데 속내를 알고 보니 문학보다는 영화 쪽 팬이었다. 영화 〈비포 선셋〉에서 남녀 주인공이 우여곡절 끝에 재회한 곳이 바로 여기였다는 사실. 고전 문학의 메카보다는 달콤한 사랑과 낭만의 장소로 더 많이 알려져 있었던 것이다.

전편인 〈비포 선라이즈〉에서 대책 없는 여행자로 만나 사랑에 빠졌던 제시와 셀린. 수년 후 제시는 상당한 성공을 거둔 작가로 이름을 알리게 되고 바로 이 서점에서 독자 사인회를 갖는데, 첫 만남에 그랬듯 둘은 파리에서 하루를 보내며 서로에게 운명적으로 끌린다. 영화의 시작부터 두 사람의 만남의 장소가 되는 그 현장이었던 것이다.

어느 노랫말처럼, 모든 것이 변해간다. 너무 빨리 변해간다. 서점도 진화에 진화를 거듭하여 이제 동네 책방들은 하나둘 사라지고 일반 상품을 파는 백화점처럼 휘황한 조명의 대형 북마켓으로 바뀌어버렸다. 서점에 들어설 때의 푸근한 느낌, 코끝을 지나가는 기분좋은 종이 냄새 같은 것을 기대할 수 없게 되었다.

셰익스피어 앤드 컴퍼니. 계단을 걸어올라갈 때면 여기저기서 오래된 나무 바닥이 관절처럼 삐걱대는 소리를 내는 곳. 오래된 책과 새로 나온 책이 서가에서 서로 어깨를 의지하며 그렇게 놓여 있는 곳. 문학을 향한 짝사랑으로 열병을 앓던 그 옛날로 되돌아간 듯, 그리하여 나야말로 이곳에서 옛 연인을 재회하듯, 설렘과 두근거림으로 옛 책방을 만난다.

더 읽을 거리

문인들의 사랑방, 셰익스피어 앤드 컴퍼니

노트르담성당 맞은편, 센강변에 위치한 영문학 서점 셰익스피어 앤드 컴퍼니는 1921년 처음 문을 열었다. 선교사인 아버지를 따라 파리에 온 실비아 비치가 이곳을 운영했는데 제임스 조이스, 어니스트 헤밍웨이, 앙드레 지드, 폴 발레리 등 문인들의 사랑방 역할을 톡톡히 했다.

평범한 서점으로 남을 수도 있었으나 외설 시비로 제임스 조이스의 『율리시스』 출간이 영국과 미국에서 금지되자 이를 직접 펴내며 화제를 불러일으켰다. 1930년대 중반에는 경영난으로 폐업을 고려했으나 앙드레 지드의 발의로 '셰익스피어 앤드 컴퍼니 후원회'가 구성돼 다시 한번 부활했다. 이후 1941년, 실비아 비치가 나치 장교에게 책 판매를 거절한 일로 위기에 처해 결국 문을 닫았다.

현재의 서점은 1951년 조지 휘트먼이 문을 연 제2대 셰익스피어 앤드 컴퍼니다. 원래는 '르 미스트랄'이라는 서점이었는데 1964년 셰익스피어 탄생 400주년을 맞아 셰익스피어 앤드 컴퍼니로 이름을 바꿔 실비아 비치의 정신을 이어받았다. 갈 곳 없는 작가들이나 작가 지망생을 지원해줘 그동안 수많은 문인들이 이곳을 거쳐갔다.

세대를 뛰어넘어 불멸의 문학 성채가 된 셰익스피어 앤드 컴퍼니 앞에서.

셰익스피어 앤드 컴퍼니

주소: 37 Rue de la Bûcherie, 75005 Paris, 프랑스

홈페이지: https://shakespeareandcompany.com/

악한 꽃은 없다,
타락 천사의 파리

시작하기도 전에 사랑은 끝나버리고
피기도 전에 꽃은 지는구나.
세상은 거대한 병동.
나는 비 내리는 창가에 앉을 테니
그대는 이 자리에 앉아
햇살을 훔쳐라.

나는 앨버트로스,
태양 쪽으로 유유히 날아가는 크고 빛나는 새.
하지만
지상으로 잡혀오니
마냥 창피하여
부리를 선창에 부빌 뿐이구나.

나의 시는
끝없는 조락凋落.
떨이지는 언어들을 주워서
조각보처럼 만들어
밤에 걸어두어볼까.
그대들은 광명한 햇살과
갈채 속에 서 있으라.
나는 남루한 잠으로 한밤을 보내며
저만큼 어둠 속에서
한탄과 저주를 양식 삼아
한 송이 꽃을 피우리니.
세상은 얼어붙은 병동.
누구는 난롯가에 앉아
사그러가는 장작불의 열기에
추위를 녹이려 하고
누구는 창가의 한 뼘 햇살을 다투지만
나는 그 차가운 병동의 한쪽에
나의 꽃 한 송이를 꽂아주마.
악의 꽃 한 송이를.

—

서정주의 『화사집』이라는 시집 해설에 보들레르의 『악의 꽃』이 등장한 걸 본 적이 있다. 조선 반도의 시인이 멀리 프랑스 시인의 영향을 받았다는 것이다. 말하자면 '꽃배암'과 '악의 꽃'이 서로 바라보는 구도이다. 설마 싶었는데 연대기를 따져보니 『악의 꽃』이 국내에 번역 소개된 것은 1956년. 전후 폐허 속에 이런 책이 번역돼 출간됐다니 놀랍기만 하다. 서정주 하면 '신라와 불교'의 정신세계가 단골 소재였는데 거기 보들레르가 끼어들었단다.

『악의 꽃』, 프랑스의 한 젊은 시인이 낸 첫번째 시집은 이토록 전 세계를 강타하였고 세기를 뛰어넘어 피고 또 피어났다. 도대체 어떤 시였길래? 한마디로 모든 기성 질서와 관념을 뒤집어엎는 전복적 내용의 시들이었다. 당연히 그 부도덕성으로 비난받으며 고소까지 당할 정도였는데 그중 정도가 심한 여섯 편의 시가 삭제되기에 이른다.

하지만 『악의 꽃』은 흡사 그의 시에 나오는 거대한 새 '앨버트로스'처럼 대양을 건너고 산맥을 넘었다. 스무 살 무렵 지은 시로 세상을 뒤흔든 또 한 명의 시인 칠레의 네루다가 『스무 편의 사랑의 시와 한 편의 절망의 노래』로 세계에 분홍빛 사랑의 불을 질렀다면 삼십대의 보들레르는 그 대지 위에 선혈 낭자한 붉은 꽃을 피웠다. 죽음과 파멸을 예고

하는 붉은색으로.

"시가 있기 전 사람이 있었다. 그리하여 시란 그가 토해내는 한숨이고 중얼거림이다"라는 말처럼 『악의 꽃』이 있기 전에 물론 청년 보들레르가 있었다. '악의 꽃'을 피울 만큼 그 사람 보들레르 또한 악했던가. 그건 모르겠지만 선악으로 가를 수 없을 정도로 그는 복잡한 인간이었다. 무엇보다도 그는 스스로를 지상의 화원에 핀 한 송이 저주받은 꽃으로 생각했다. 그의 눈에 비친 세상은 환자들로 가득한 동토 위의 병동과 같았다. 다만 누구는 난롯가에 앉아 그 온기를 얻어내려 바둥거리고 누구는 창가에 앉아 한 줌 햇빛에 의지하고 있을 뿐, 시들어가는 생명으로 어둠이 덮쳐오는 하늘을 응시하기는 마찬가지라는 것. 그랬다. 그는 처음부터 세상의 어둠 쪽을 응시했다. 세상은 처음부터 끝까지 슬프고 우울하고 뒤틀리고 절망적인 것이었고 그래서 그는 '이 세상 밖이라면 어느 곳이라도'이라고 시를 남기기까지 하였다.

'이 세상 밖이라면 어느 곳이라도 좋다'는 마음의 절규로 피어난 꽃 한 송이가 바로 『악의 꽃』이었던 것이다. 그러나 시집 『악의 꽃』에는 막상 같은 이름의 시가 없다. 사악하다 싶은 시어도 없다. '악의 꽃'은 잘해야 '축복' 혹은 '아름다움'의 반대편에 서 있는 어휘일 뿐이다. 그런 면에서 무엇보다 위악적으로 그린 자화상이라 할 수 있다.

그가 태어났을 때 어머니는 아직 이십대였는데 아버지는 육십대였다. 그 당시에도 흔한 일은 아니었다. 그가 여섯 살 무렵 사제 출신의 아버지가 죽었고 어머니는 곧 군 고위직 출신의 남자와 재혼했다. 의붓아버지는 생부 못지않게 어린 보들레르를 보살폈다. 게다가 재력가였다. 문제는 한사코 삐딱하게 자라는 문제아 보들레르였다. 부친은 그를 값비싼 사립학교와 왕립 중학교에 진학시켰지만 퇴학당한다. 머리는 좋

악한 꽃은 없다

선악으로 가를 수 없을 정도로 그는 복잡한 인간이었다.

아서 대학 입학 자격시험에는 합격했지만 대학 대신 세상을 떠돌았다.

보들레르가 성년이 된 후 그동안 묶여 있었던 아버지의 재산을 상속받는데 그 돈으로 센강의 생루이섬에 호화로운 거처를 마련해 본격적인 방탕의 길로 들어선다. 그것만이 나의 힘이라고 믿는 것처럼. 그는 흑인 혼혈의 무명 여배우 잔 뒤발에게 빠져들면서 관능적인 시를 쓰기도 했다. 같은 이십대 때 우리의 시인 이상이 기생 '금홍'과 살림을 차리며 '69'라는 다방을 운영했던 것처럼, 그렇게 막대한 재산을 이 년 남짓한 기간 동안 탕진해버린다. 보다못한 부모는 법원을 통해 그를 금치산자로 묶어버린다. 성년이어도 후견인의 허락 없이는 돈을 쓸 수 없도록 조치한 것. 자존심에 깊은 상처를 입은 그는 정치적 신념 같은 것도 없이 반항의식에서 파리의 2월혁명에 가담하기도 한다.

이런 질풍노도의 이십대를 지나면서도 가상한 것은 끊임없이 글을 썼다는 점이다. 스물네 살 때는 『1845년 살롱전』을 출판하면서 미술 평론가의 길로도 들어선다. 이 지점에서 주목할 부분은 19세기부터 20세기 초까지의 프랑스 문인들은 특이하게도 거의 모두가 미술 평론에 한 발을 담갔다는 점이다. 미술 평론은 시인, 소설가, 극작가로 나가기 전 거쳐야 할 하나의 관문이 아니었는가 싶다. 그렇게 미술 평론을 쓰는 와중에 대륙 너머 가난한 알코올 중독의 소설가 에드거 앨런 포의 작품을 번역 출간하기도 하고, 그러다 1857년 펴낸 것이 시집 『악의 꽃』이었다.

이 책이 출판되자마자 파리를 넘어 전 유럽이 들끓었다. 현저히 미풍양속을 해친다 하여 여섯 편의 시가 삭제당하고 몇 년 후에야 다시 출간된다. 이 무렵 미술 평론을 넘어 예술 전반의 평론을 시작하여 『바그너론』 등을 내기도 한다. 그리고 또하나의 시집 『파리의 우울』을 쓰는

데 시와 에세이의 중간 형태인 『파리의 우울』은 단검처럼 치고 들어오는 『악의 꽃』에 비하면 한결 우아하고 부드러운 문체였다. 그새 그의 든든한 버팀목이었던 새아버지는 사망하였고 필명은 높아갔지만 삶의 형편은 궁벽으로 떨어졌다.

「가을의 노래」에서 삼십대의 그는 이제 곧 차가운 어둠 속에 잠길 것이라며 이미 온갖 신산한 삶의 여정을 지난 노인처럼, 삶은 살아보니 결국 절망과 슬픔뿐이며 앞으로도 마찬가지일 것이라고 결론짓는다. 그리고 썼다. '이쯤에서 작별을 하자꾸나, 잘 가라 세상이여'라고. 그러다가 기이한 질병의 하나로 여겨졌던 실어증에 걸리고 마흔여섯 살로 파란만장한 이승의 삶과 실제로 이별한다.

그렇게 죽어 묘원에 묻혔던 그가 관에서 다시 불러나온 것은 사후 몇 년이 지나면서부터였다. 예컨대 보들레르의 재평가가 일어난 것. 도덕 붕괴주의자, 불온하고 타락한 영혼의 소유자 그리고 퇴폐 문학의 상징이자 금치산자로 기피 인물처럼 여겨졌던 그의 생애와 문학세계가 재조명받고 그는 자신을 이어 나온 시인 랭보나 말라르메 등의 교사로서, 상징주의의 문을 연 첫 시인이라는 영예를 얻게 되었다. 줄곧 세상의 어둠과 허무만을 응시하였던 그에게 사후에야 꺼지지 않은 빛의 관이 씌워진 것이다.

샤를 피에르 보들레르와 『악의 꽃』

더 읽을 거리

샤를 피에르 보들레르Charles Pierre Baudelaire(1821~1867)는 신앙심과 예술적 조예가 깊은 집안에서 태어났다. 여섯 살 때 아버지가 세상을 떠나고 몇 년 뒤 어머니는 육군 소령과 재혼했다. 품행불량을 이유로 중학교를 퇴학당했으나 대학 입학시험에 합격해 법학을 공부했다. 하지만 술, 마약, 여자 등을 탐닉하며 자유분방하게 살자 친족 회의 결정에 따라 인도행 배에 오르기도 했다.

1857년, 첫 시집 『악의 꽃』을 출간했다. 이십여 년간 지은 시를 묶은 이 책으로 보들레르는 풍기문란죄로 고발돼 결국 여섯 편의 시를 삭제하라는 판결이 났다. 거의 사 년 뒤 원래의 시집에 시 32편을 추가해 『악의 꽃』을 다시 완성했다. 예술은 본디 '도덕적 타락 위에서 피어나는 꽃'이라고 생각했던 보들레르는 자신의 작품에 침을 뱉었던 사람들도 언젠가는 다시 책을 펼칠 것이라고 믿었다. '아름다움'을 찾아 헤맸던 보들레르의 시는 빅토르 위고, 귀스타브 플로베르, 앙리 마티스, 오귀스트 로댕 등 예술가들에게 영향을 미쳤다. 폴 발레리는 "프랑스어 국경을 넘은 최초의 시인"이라 보들레르를 평했는데, 그 말처럼 전 세계 많은 예술가가 그 영향을 받았다. 특히 서정주의 첫 시집 『화사집』에는 『악의 꽃』의 '사과를 문 뱀' 판화와 관련한 글 또한 실려 있어 당시 한국에까지도 알려졌음이 짐작된다.

시인 혹은 부랑의 삶

오늘, 다리가 잘리어 나갔다.
부실한 육신을 담고
가다가 가다가 지쳐서
무릎 꿇던 그 다리.

내게 세상이 사막인 것은
결코 다리의 죄가 아닌데
오늘 네가 나와 결별하는구나.
잘리어 나간 다리 근처에서
햇빛이 아른거린다.
새싹이 자라오른다.

쓰러져도 다시 일어서던 그 다리가 사라지니

이제 더는 쓰러질 일도 없겠지.
멀리 흔들리는 바다
그 위로 쏟아지는 햇빛.

갈 수 없으니 비로소
세상은 저토록이나 영롱하구나.
부디 잘리어 나간 내 다리가
세상 어디선가에서
저 홀로 우뚝 일어서서
나 대신
다시 걸어갈 수 있기를.

—

기독교인에게 12월은 11월 다음에 오는 또하나의 달이 아니다. 12월은 초월적인 달이다. 천상에서 지상으로 옮겨온 신의 아들이 태어난 달이기 때문이다. 춥고 비루한 땅에서 천상으로 구원의 다리가 연결되는 달이기도 하다. 그런 점에서 인간 세상에 12월이 주어진 것은 신의 축복이고말고다. 그런데 "무지개마저도 나를 저주했다"고 말한 사내가 있었다. 그때가 12월이었는지는 알 수 없지만 그는 땅의 시간을 "지옥에서 보낸 한철"로 생각했던 듯하다. 적지 않은 작가들이 그러했던 것처럼 그는 기독교 가정에서 자라 반기독교적 삶을 살다가 서른일곱의 나이에 지상의 삶을 접었다.

장 니콜라 아르튀르 랭보. 아홉 살 때부터 라틴어로 글을 쓰고 스무 살도 되기 전에 빼어난 시를 썼을 만큼 문학적으로 조숙했지만 세상과는 끝없이 불화했다. 그의 작품을 보면 그 천재성이 우리의 시인 이상을 떠올리게 한다. 물론 이상보다는 훨씬 더 '지옥 같은' '이곳'에 오래 머물다 갔지만.

시인으로서 그의 출발은 초반부터 특별했다. 이전부터 글을 썼지만 파리 문단에 데뷔하고자 노력했던 그는 열일곱 살 때 스스로 득의작得意作이라고 생각했던 시 「취한 배」 한 편을 들고 당대 문학계의 별이었던 시인 폴 베를렌을 찾아간다. 이미 그전부터 베를렌에게 시와 편지를 보낸 그의 열성 때문에 초대를 받았기 때문이 아닐까 싶다. 랭보보다 열 살 위였던 베를렌은 막 신혼생활을 시작한 참이었고 첫아이도 태어났지만 아내와의 사이가 삐걱대고 있었다. 그러던 차에 랭보가 등장해 함께 어울리며 부부 사이는 급속도로 사이가 악화됐다. 베를렌은 랭보와 둘이서 일상을 벗어나 유럽을 여행하면서 그 영감을 시로 써보고자 했다.

그러나 두 사람은 문학적 성향은 물론 성격과 기질이 달라도 너무 달라 빈번히 부딪힌다. 1873년 어느 날 벨기에 브뤼셀에서 랭보가 파리로 떠나겠다고 하자 이에 격분한 베를렌이 랭보에게 권총을 발사한다. 왼쪽 손목에 부상을 입고 응급 치료를 받은 뒤 랭보는 역으로 향하나 여기서 베를린을 보자 또다시 자신을 쏜다고 생각해 경찰에 신고한다. 결국 이 일로 베를렌은 감옥으로 가고 둘 사이는 파국을 맞는다. 흡사 희곡의 한 토막 같은 이 끔찍한 여행의 뒤에 나온 불세출의 시집이 『지옥에서 보낸 한철』이었다.

이쯤에서 그의 방랑벽은 끝났을까. 아니다. 소년 시절 세 번씩이나 장기간 가출했던 그의 방랑벽은 더욱 탄력이 붙어 있었다. 잠시 파리에 머물던 그는 또다른 시인 제르맹 누보와 런던을 떠돌고 다시 고향 샤를빌에 왔다가 다시 유럽 전역을 떠돌다 돌아오기를 반복한다.

누군가에게 '집'은 돌아오는 곳이며 머무는 곳이다. 그러나 그에게 '집'은 늘 떠나야 될 그 무엇이었다. 파격적인 여행과 그보다 더 파격적인 시를 썼지만 그는 어느 날 파리의 문학 동네에서 사라져버린다. 이때 그의 나이 스물다섯. 글쓰기를 비롯한 지적인 모든 행위를 접고 완전히 다른 삶으로 방향을 튼 것이다.

불같은 사랑으로 문학을 시작하지만 차츰 그것이 허무하고 자해 행위와 같으며 결국 자신의 숨통을 조일 것이라는 강박 속에서 '쓰기'를 그만둔다. 천재적인 시인이 왜 시인의 길을 그만뒀는지 그 내적 이유는 잘 알 수 없지만 그 이후의 삶을 보건대 '시'로는 도저히 생활이 안 된다는 것도 현실적 이유가 아니었을까 싶다. 예컨대 내적 이유로서만 시 쓰기를 그만둔 것은 아님을 짐작게 하는 대목이다. 그는 노동 시장의 일일 노동자로 뽑혀 다니는데 하루살이의 그 삶은 고되고 막막한 것이었다.

파리의 지하철을 타고 있으면 그 옛날 시인 랭보가 저랬을까 싶은 사람들을 보게 된다. 특히 알제리나 튀니지 같은 쪽에서 올라온 이방인들은 그 얼굴에 불안의 그림자 같은 것이 어리어 있다. 뿌리 없는 삶과 생계에 대한 불안이 그렇게 숨길 수 없이 얼굴에 나타나는 것이다. 파리의 한쪽은 날마다 축제인 듯 화려해 보여도 도시의 다른 한쪽에서는 고된 육신의 노동으로 그 육신을 먹여살려야 되는 '파리의 우울'이 보인다.

랭보는 유럽 전역과 중동 심지어 아프리카까지 일자리를 찾아 전전하면서 근근이 생계를 이어간다. 그러나 그의 고달픈 육신을 싣고 끝없이 헤매었던 다리에 이상이 생겨 결국 절단 수술을 받으나 그 몇 달 후 결국 사망한다. '무지개마저도 나를 저주했다'고 했지만 '사랑하는 그곳에서 위로의 십자가 하나가 떠오르는 것'을 보았다고도 말했던 시인. 눈감기 전 그는 세상을, 그리고 스스로를 용서했던 것일까. 어쩌면 랭보야말로 "지옥에서 보낸 한철" 같은 세상살이를 자기만의 방법으로 가장 진하게 사랑했던 사람의 하나였는지도 모르겠다.

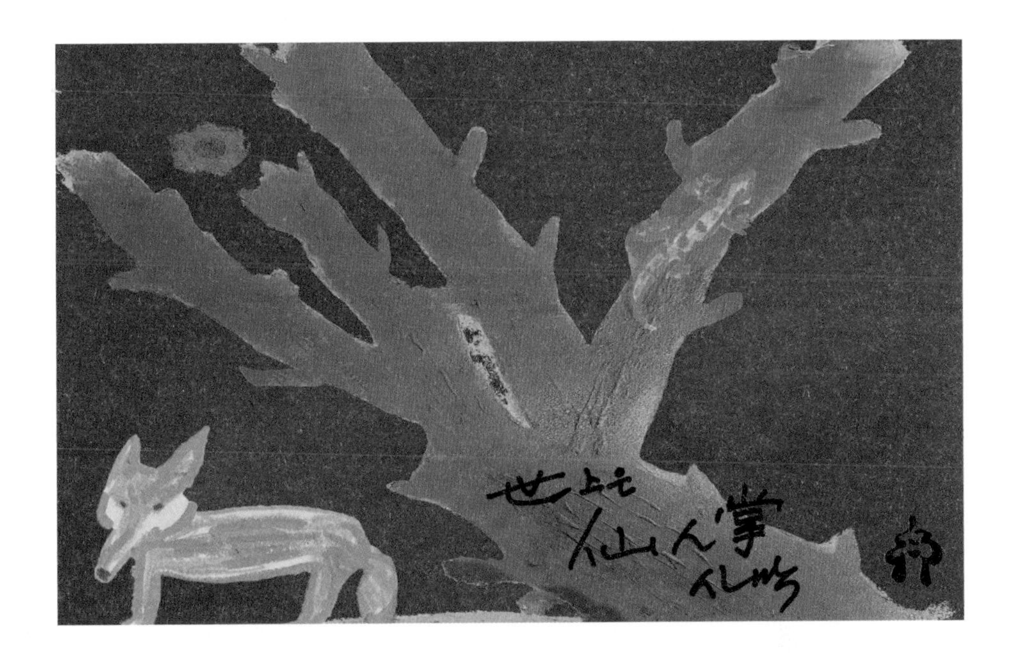

세상은 선인장 사막

고달픈 육신을 이끌고 '지옥에서 한철'을 보냈던 랭보의 모습이 떠오른다.

방랑했던 천재 시인, 아르튀르 랭보

장 니콜라 아르튀르 랭보Jean Nicolas-Arthur Rimbaud(1854~1891)는 프랑스 아르덴 지방의 시골 도시 샤르빌에서 태어났다. 열여섯 살에 조르주 이장바르를 만나며 시인의 길에 관심을 갖게 됐다. 자신의 시를 유명 시인 방빌에게 보내 잡지에 실어달라고 간구하나 불발됐다. 하지만 이후 몇 번이나 가출하면서 방랑 시편 등을 남기며 작품 활동을 이어갔다. 파리 문단에 데뷔하기 위해 꾸준히 노력하던 중 1871년 폴 베를렌의 초청을 받아 파리로 떠나며 인생이 뒤바뀐다.

베를렌과의 만남은 열정적이고도 파괴적인 사랑으로 이어져 둘은 벨기에, 영국을 함께 여행했고 이 일로 베를렌의 결혼생활은 파탄났다. 하지만 1873년 랭보가 떠나려 하자 베를렌이 총을 쏘면서 둘의 관계도 파국에 이르렀다. 랭보는 베를렌과 이 년간 지내며 쓴 『지옥에서 보낸 한철』을 벨기에에서 펴냈다. 이후에도 유럽 전역을 떠돌다가 1870년대 후반 아프리카로 건너가 커피, 무기 등을 거래하는 상인으로 일하며 시와 멀어졌다. 1891년 무릎에 생긴 병 때문에 귀국해 다리 절단 수술을 받았으나 몇 달 뒤 결국 사망했다. 랭보와 베를렌의 이야기는 영화 <토탈 이클립스>를 통해서도 만날 수 있다.

경계의 이방인,
알베르 카뮈

이 쓸쓸함의 정체는 무엇일까.
원고지 위에서 길 잃은 내 영혼은
왜 자꾸만 어두운 쪽으로만 기우는 걸까.
밤이면 꿈속에서 나는 아직도 벨쿠르드의 산동네를 오르는 소년.
몸은 이곳 불빛 은성한 파리에 있는데
밤마다 꿈은 왜 알제리의 그 산동네를 헤매는가.
풍경이 화려할수록
왜 외로움은 깊어지고.
문학은 왜
가슴 한복판으로
지나가는 늑대 울음 하나를
잠재우지 못하는 걸까.
언어는 왜 고통의 날이면

불어오는 바람 앞에
그냥 그렇게 누워버리는걸까.
원고지 위에서 매번
길 잃은 이 펜을 이제 그만 부러뜨리고 싶구나.
창밖으로 날리는 꽃잎은 저리도 이쁜데
말라비틀어진 내 말과 글은 왜 매양 쓰러지기만 하는 걸까.
성가신 기억들은
허리춤에서 조잘대는 원숭이처럼
끊임없이 말을 걸어오는데
앓고 있는 나의 언어는 허깨비나 바람.
하염없이 어두운 쪽으로만 기울어가고
세찬 바람에 맞서는 것은
거리를 벌거벗은 채 춥게 떨고 있는
여덟 살 소년.

도시의 불빛은 꺼지고
펜은 다시 어둠 속으로 미끄러져간다.
이제는 해 뜨는 쪽을 향해 걷고 싶어.
새벽의 푸른빛을 털고 일어나
박명薄明의 어둠 속을 걸어가서 그 끝에서 떠오르는
해를 마주하고 싶어.
때때로 내 관자놀이 쪽으로
누군가 차디찬 금속의 총구를 겨누는 것만 같아.
글 쓰는 일은 생명을 놓고 벌이는 목숨의 거래.

원고지 위의 러시안룰렛.

—

문학계의 제임스 딘. 제임스 딘보다 조금 더 살긴 했지만 똑같이 담배를 꼬나문 사진 한 장을 남긴 채 자동차 사고로 죽은 남자. 검은 선글라스를 쓰고 갈리마르출판사를 나오면 신호를 기다리는 동안 적어도 두세 명이 에워싸며 사인을 부탁했다는 그 매력적인 프랑스 남자 알베르 카뮈.

하지만 그는 프랑스 식민지였던 북아프리카 알제리의 몽도비에서 태어나 수도 알제의 빈민촌 벨쿠르 지구에서 자란 남자이기도 했다. 한사코 파리 사교계에 자신을 프랑스인이라고 내세우곤 했지만 그에게는 늘 부끄러운 흉터처럼 지나가곤 하던, 감추고 싶었던 조국 알제리의 기억을 떨칠 수 없었다. 그 벨쿠르 산동네를 오르내리며 껌과 초콜릿을 팔던 여덟 살 소년. 파리에서도 사교계의 총아가 되었고 불과 마흔네 살에 노벨 문학상을 거머쥐었건만 허무의 심연은 끝 모를 동굴처럼 깊었다. 그리고 자주 누군가가 그 어둡고 깊은 수직 동굴로 자신의 등을 밀어뜨린다는 두려움에 떨곤 했다. 그 누군가는 누구였을까. 바로 카뮈 자신이었고말고다.

자동차 사고는 그런 무의식의 그림자가 스스로 잡아당긴 운명이었을까. 너의 고향을 잊지 마. 너는 파리의 이방인일 뿐이야. 광대의 원숭이

알베르 카뮈 고독과 우수의 초상

담배를 꼬나문 사진으로 남은, 경계 위에 선 그 남자 카뮈.

처럼 그의 분열된 자의식은 그에게 그렇게 말하곤 했는데, 막상 그는 '그래서 어쨌다는 거냐'고 대들지 못했다. 부랑자처럼 집밖으로 나가 떠돌면서 전쟁으로 젊은 나이에 죽은 아버지의 땅 알제리 그리고 극빈자들의 산동네 벨쿠르의 기억은 밀쳐내고 또 밀쳐내도 의식의 그림자처럼 그렇게 마음 저편에서 늘 그를 바라보고 있었다.

청각장애에 문맹인 홀어머니와 한사코 여덟 살짜리의 등을 떠밀며 나가서 돈을 벌어오라고 악다구니를 쓰던 할머니, 그 속에서 문학의 싹은 홀로 움트고 있었지만, 동시에 홀로 울고 있었다. 서러워, 서러워, 마냥 서러워서…… 『오해』『안과 겉』『반항하는 인간』『이방인』『페스트』『전락』 등 어느 것 하나 마음 저 밑바닥에 또아리를 튼 어둠을 응시하지 않은 작품이 없다.

작가란 대체로 제 아픈 상처를 스스로를 핥아내는 짐승 같은 생물. 그 기이한 생명체는 때로 제 안에서 자라는 절망과 어둠을 양식으로 삼는다. 알베르 카뮈는 특히 더했다. 그는 반평생 동안 그 가슴에 가난한 아프리카 알제리와 화려한 프랑스라는 두 개의 조국을 안고 있어야 했다. 아니 앓고 있었다고 하는 편이 나을 것이다.

경계 위에 선 그 남자는 그래서 긴 장대를 옆으로 들고 아슬아슬 줄타기를 하는 광대처럼 그렇게 의식의 심연까지 내려갔다가 올라오기를 반복했다. 대체로 불행했다는 이야기다. 그러다 카뮈는 어이없이 죽었다. 노벨상을 받은 지 삼 년도 못 되어서. 하지만 짧은 생물학적 삶의 길이를 비웃기라도 하듯 그는 문학인, 비문학인을 막론하고 현전現前으로 사람들 앞에 불쑥불쑥 서곤 했다. 그가 쓴 문자들은 유전적 '밈'이 되어 전 세계에 그의 체취가 묻은 글자들을 뿌려댔다. 그래서 때로 예술가에게는 단명도 축복이다. 삶이 애달프게 끝날수록 못다 한 나머지 삶을, 아니 그 이상을 불특정의 사람이 모여서 채워주려 안달하기 때문이다.

세라비C'est La vie, 그것이 인생이다. 예술가의 파란만장한 짧은 생애를 일러 불꽃처럼 살다 갔다고 흔히 덕담 삼아 표현하지만 작가 알베르 카뮈의 삶은 불꽃 같은 면도 있었지만 대체로 젖은 짚단 같았다는 편이 더 맞을 것 같다. 영광과 굴욕 사이, 갈채와 비난 사이의 세월 세라비. 지나고 보니 그것이 인생이었다고, 그는 죽기에 쓴 어느 글에서 혼잣말처럼 중얼거렸다. 그러나 신은 그에게 '만남의 축복'을 주셨다. 『섬』을 쓴 작가이자 철학자이고 당대의 지성이었던 장 그르니에를 고교 시절에 만났던 것. 그는 스승이 『지중해의 영감』에서 보여준 그 물빛의 아름답고 투명한 문장세계에서 영감을 받았고 결국 그 뒤를 따라 작가의 길로 긴 여정을 나섰다.

훗날 스승은 재능 많은 제자가 불의의 교통사고로 죽었다는 소식을 듣고 '나는 가고 그는 남았어야 했다'며 눈물지었다고 한다. 열여섯 살 아래의 제자보다 십여 년 넘게 더 산 그는 만년에 『카뮈를 추억하며』라는 제자의 평전 아닌 평전을 쓰기도 했으니 기구하게 뒤바뀐 운명이었다. 알베르 카뮈는 인생의 우연성과 불확실성, 그리고 불안 속에서 흔들리는 삶을 살았는데 '세계의 논리는 나의 논리와 불화할 수밖에 없다'는 자의식의 사적 체험을 하게 되고 이를 문학이라는 통로를 통해 공적으로 펼쳐나갔다.

"오늘 엄마가 죽었다. 아니, 어쩌면 어제인지도 모른다."* 『이방인』의 첫 문장이다. 단번에 찌르고 들어오는 것 같은 그 단검과 같은 문장

* 알베르 카뮈, 『이인』, 이기언 옮김, 문학동네, 2011, 9쪽.

은 어쩌면 세계 문학사상 가장 강렬한 첫 문장으로 남아 있지 않을까 싶다. 이 첫 문장으로 이미 그는 세계와 자아의 대립을 예고했고 사르트르를 비롯한 당대의 문인들을 매료시켰다. 그리고 비평가들은 이러한 그의 문학에 '부조리 문학'이라는 꼬리표를 달아주었다. 그는 위대하고 예찬받아 마땅한 모성이 아니라 어머니는 나와 다른 하나의 개체일 뿐이라고 차가운 시선으로 바라보는데 그럼으로써 이 반인륜적 문장은 일종의 부조리 문학의 선언이 되고 만다.

그리하여 기성의 질서가 만든 세상 속으로 들어가기를 주저했던 젊은이들 사이에 『이방인』의 주인공 '뫼르소' 신드롬이 일어나면서 열광케 했다. 그들은 『이방인』의 첫 문장에도 매료되었지만 어머니의 장례를 치른 뒤 "요컨대 달라진 건 아무것도 없다고 생각했다"*라고 한 문장에 더 많이 열광한다. 이 허무의 몸짓 같은 마지막 문장은 '아무리 노력해도 세상은 바뀌지 않는다'는 청춘의 좌절감을 대변한 문장이 되었던 것이다. 그리하여 그는 차세대의 대변자 혹은 외로운 영혼들의 젊은 스승으로 불렸다. 카뮈라는 열병을 앓은 이후 전통 소설 속에는 더이상 도덕적인 히어로로서의 주인공이 서기 어려워진다. 이른바 누보로망의 문학세계가 열리게 되는 것이다.

* 알베르 카뮈, 『이인』, 이기언 옮김, 문학동네, 2011, 30쪽.

이방인에서 실존주의 거장으로, 알베르 카뮈

더 읽을 거리

알베르 카뮈Albert Camus(1913~1960)는 알제리 몽도비에서 태어났다. 카뮈가 태어나고 얼마 지나지 않아 아버지가 제1차세계대전중에 전시하자 청각장애인인 어머니는 홀로 아이를 키우기 막막해졌다. 이에 어머니가 카뮈를 데리고 친정이 있는 벨쿠르 지구로 돌아가 카뮈는 외할머니 밑에서 성장했다.

고교 졸업반 때 철학교사이자 작가인 장 그르니에가 부임해오면서 문학과 철학에 관심이 생겨 알제리대 철학과에 입학했지만 폐결핵으로 중퇴한 뒤 가정교사, 자동차 수리공 등 여러 직업을 전전했다.

1937년 첫 산문집 『안과 겉』을 출간하며 본격적으로 글을 썼다. 좌파 성향의 일간지 알제 레퓌블리캥에서 기자로 활동하면서 반정부 투쟁을 벌이기도 했다. 1940년에 『이방인』 초고를 완성하고 수학자이자 피아니스트 프랑신 포르와 재혼했다. 1942년 『이방인』과 『시지프 신화』를 출간해 성공하면서 갈리마르 출판사의 대표 작가로 이름을 알렸다. 레지스탕스 기관지인 콩바의 편집국장, 주간지 렉스프레스의 논설위원을 지내며 정치 칼럼을 많이 남겼고, 프랑스 공산당이나 알제리 공산당에 가입하는 등 좌파이자 저항 문학의 기수로 자리매김했다.

무거운 주제를 강렬하고 도발적인 문장으로 풀어가는 『페스트』 『반항하는 인간』 『전락』 『적지와 왕국』 등의 소설을 썼고, 다른 한편으로는 수채화같이 아름다운 문장이 담긴 『결혼』 『여름』 등의 산문집을 펴내며 폭넓은 문장세계를 선보였다.

1957년 프랑스인으로는 아홉번째로 노벨 문학상을 수상했다. 이때 "개인적으로 예술 없이 살 수가 없습니다. 그러나 모든 것을 초월하는 저 꼭대기에 이 예술을 올려놓고 생각해본 적은 없습니다"라고 소감을 밝혔다. 노벨 문학상 상금으로 남프랑스의 작은 마을 루르라맹에 난생처음 집을 마련해서 집필 활동에 전념했으나 그로부터 삼 년이 안 된 1960년 1월 4일, 친구 미셸 갈리마르가 모는 차를 타고 파리로 돌아오다가 교통사고로 사망했다.

시간이 돌아오는 집,
북호텔

북호텔에 갔다.
소설이나 영화 아닌 지도상의 그곳으로.
북쪽으로가 아닌
물소리 따라 과거 방향으로.
골목을 돌고 돌아 마침내
환상과 실재 사이에
희미한 불빛을 받고 서 있는 집 한 채,
오텔 뒤 노르.
오래된 그 문학의 성채.
작가는 위층 갤러리 창
불빛 너머에서
구식 타자기를 두들기고
아래층 사람들은

아직 왁자지껄.
벽에는 같은 제목의 영화 속
르네와 피에르가
환하게 웃고 있는데.
북호텔, 이곳까지 오면
함께 죽기로 한 약속일랑
까맣게 잊은 듯이
늙은 집 앞으로는 옛 모습 그대로
물이 흐르는데
이제는
풍경만 남고
옛사람도, 사연도 떠나가고 없다.

북호텔에 갔다.
사는 일의
덧없음과 나른함에
그 가는 길이 막막할 때
멀리서 들려오는 울음소리 같은 물소리 따라
그냥 막연히 북쪽 방향 아닌
돌고 돌아 과거 쪽을 향해
하염없이 그렇게.

—

북호텔은 정말 파리 북쪽에 있는 걸까? 길안내를 해준 디자이너 조민수씨는 웃으며, 모르긴 해도 그래서 붙은 이름은 아닐 거란다. 그렇다면 '북'의 의미는 무엇일까? 그곳은 삶의 의미를 잃고 떠도는 부랑浮浪 인생의 종착지일까. 아니면 떠나온 날들을 돌아보지 않고 다시 출발하는 한 지점일까.

왜 이 작은 호텔이 문학 작품으로, 영화로 그토록 세상에 이름을 알렸을까. 호텔이라는 이름을 붙이기 민망할 정도로 낡은 그 집 앞으로는 제법 거센 물살을 일으키며 흐르는 개울이 있다. 유서 깊은 생마르탱 운하다. 그 운하의 뒤쪽은 생루이 병원이다. 건물의 일층은 선술집 겸 레스토랑. 소설 『북호텔』의 무대 그대로인 듯 낯익고 편안하다. 벽에는 현장에서 찍은 영화 〈북호텔〉 포스터가 여기저기 붙어 있다.

바라보고 있는데 저만치에서 메뉴판을 들고 웃으며 한 프랑스 청년이 다가온다. "안뇽하세요 쏜님." 다섯 살짜리 같은 한국어로 "이게 맛있어요" 하며 추천해준 음식을 기다리는데, 왁자지껄 한 떼의 젊은이들이 몰려오더니 적막하던 분위기가 삽시간에 소란스러워진다. 여기저기서 맥주잔을 부딪치는 소리가 상쾌하다.

알고 보니 근처에 패션 계통의 학교가 있단다. 이 도시의 좋은 점은

호텔 남녀

옛사람도, 사연도 떠난 곳의 남과 여.

풍경이 좀체 변하지 않는다는 것. 십 년 전, 이십 년 전에 왔던 음식점이 그 음식을 그대로 만들어 파는 것을 보면 묘한 안도감이 든다. 번쩍번쩍 변하며 흘러가는 세상에서 변하지 않는 것이 주는 안도감이다. 이 길모퉁이 작은 호텔 역시 역사나 내력이야 어찌됐든 이 빠른 세상에 오랜 세월 자리를 지키고 있어준 것 자체가 미덕이다.

어쨌거나 북쪽이 아니라면 호텔 이름은 왜 그렇게 붙인 걸까. 동양학의 음양오행상으로 '북'은 종종 '죽음' 혹은 '죽음의 장소'를 이른다. 북망산의 '북'처럼. 하지만 설마 호텔이 죽음의 장소일리야. 〈북호텔〉의 영화감독 마르셀 카르네가 음양오행을 끌어나 썼을 리도 없다. 그럼에도 영화 속에서 북호텔은 두 남녀가 죽기 위해 만나는 장소로 나온다. 같은 제목인 외젠 다비의 소설 『북호텔』이 그려냈던, 이곳에서의 다양하고 시끌벅적한 삶을 들여다보는 방식을 뒤집은 셈이다.

특이한 것은 외젠 다비가 생전 이 건물을 직접 구입하여 경영했다는 점이다. 그는 경영주로서 수지 타산을 맞추기보다는 식솔을 데리고 월세를 내며 좁은 공간에서 살아가는 삶의 풍경을 글로 쓰기 시작한다. 마치 화가가 눈앞의 대상을 스케치하듯이 여러 개의 시놉시스를 희곡처럼 에피소드 중심으로 꿰맞춰갔다. 그렇게 하여 실제 삶과 글을 오버랩시키는 특이한 작업을 진행하는데, 소설을 읽다보면 도대체 어디까지가 사실이고 어디까지가 허구인지 알쏭달쏭할 지경이다.

마치 부조리극처럼 술주정뱅이와 노름꾼, 바람둥이 같은 현실감각 없는 사람들이 서로 얽혀들면서 소설보다 더 소설적이고 연극보다 더 연극적인 실제 삶이 이어지는 것이다. 그는 이렇게 쓴 글을 친구인 작가 앙드레 지드에게 보냈고 우여곡절 끝에 원고가 출판되며 빛을 본다. 소설이 뜨면서 고무된 그는 호텔을 팔아치우고 아예 전업 작가의 길로 나선다.

소설로 미루어, 아니 현재의 모습으로 미루어보더라도 이 건물은 애초부터 번듯한 호텔이었다기보다는 서민들이 모여들어 장기투숙하는 모텔 정도가 아니었을까 싶다. 책이 출간되고 십여 년 후 작가는 세상을 떠나는데 이번에는 같은 이름의 영화가 나온다. 훗날 〈노트르담의 꼽추〉와 〈금지된 장난〉의 각본을 써서 유명해진 장 오랑슈가 각본을 맡으며 영화 〈북호텔〉은 소설 『북호텔』과 달리 죽음을 향해 치닫는 젊은 남녀 쪽으로 카메라를 들이댄다. 서로 만나서 죽기 위해 호텔을 찾는다는 남자와 여자. 당시로서는 실로 파격적인 상상이었다.

물론 소설 『북호텔』에도 마치 『무진기행』처럼 익사한 여자를 묘사한 장면이 나온다. 호텔 앞 운하에서 건져올려진, 시신에서 물이 뚝뚝 떨어지는 그녀를 두고 북호텔 사람들은 버림받은 여자의 자살일 거라고 단정한다. 그럼에도 소설 『북호텔』은 벌집 같은 좁은 방에서 절망적인 삶을 이어가는 사람들의 희망을 이야기한다. 영화 〈북호텔〉이 삶의 가장 화창해 보이는 날에 죽음의 방향 '북쪽'을 향하는 두 젊은 남녀들의 이야기인 것과는 달리.

북호텔 앞으로는 여전히 제법 센 물살로 작은 운하가 흐른다. 소설 속에서는 마지막에 호텔이 사라져버리지만 현실에서는 영화와 소설 속 모습 그대로다. 소설에서는 집이 사라지면서 과거도 함께 가져가버렸다고 했지만 현실에서는 아직 집이 우뚝 서 있다. 어쩌면 조만간 떠나갔던 시간은 그 집으로 다시 돌아올지도 모른다.

서민의 현실 속으로, 외젠 다비

외젠 다비Eugene Dabit(1898~1936)는 붕대 장수인 아버지, 부채 장수인 어머니 밑에서 태어났다. 초등학교를 졸업하자마자 기술 교육을 받고 여러 직업을 전전했다. 1923년 그의 부모는 제마프 운하로 102번지에 위치한 한 호텔을 사서 '북호텔'이라 이름 붙이고 운영에 나섰다. 당시 스물다섯 살이었던 그는 호텔 투숙객들을 관찰해 『북호텔』에 담아냈다. 이 소설을 본 앙드레 지드는 동료 소설가 로제 마르탱 뒤 가르와 함께 외젠 다비가 초고를 다듬도록 도왔고 우여곡절 끝에 이 소설은 1929년 출간됐다. 이 소설로 외젠 다비는 '포퓰리스트상'을 받고 서민과 대중의 진솔한 삶을 그린 작품을 잇달아 발표하며 작품 활동을 이어갔다.

1938년 마르셀 카르네 감독이 실제 북호텔과 생마르탱 운하를 배경으로 『북호텔』을 각색해 장 피레르 오몽 주연의 영화로 만들면서 이는 대중에게도 사랑받았다. 외젠 다비의 소설은 전체를 관통하는 줄거리 없이 호텔에 거주하는 여러 군상의 모습을 보여주며 전개되나 영화는 동반자살하려는 한 쌍의 연인을 중심에 두어 이야기를 풀어갔다. 책에서 북호텔은 철거됐지만 현실에서는 여전히 그 자리에 남아 있다.

북호텔
주소: 102 Quai de Jemmapes, 75010 Paris, 프랑스

영원히 꿈꾸는 광대

이제 세상과 작별할 시간.

'망각의 강'을 다시 돌아보지 않으리.

코끝에 붙어 있는 마지막 숨 한 올이

얻은 것은 무엇이고 잃은 것은 무엇인지 물어온다.

이제 곧 겨울이 오겠지.

내 화실의 창을 덜커덕거리며

눈보라도 칠 거야.

그러면 외롭고 춥게 남은

붓과 팔레트만이

저희끼리 허공으로 떠오르며

춤을 출지도 몰라.

내 혼은 그곳에 남아

쓸쓸하게 그 붓의 춤을 바라보겠지.

안녕.

사납게 할퀴고 간 세월이여.

날카롭게 후벼판

캔버스의 시간들이여.

자해했던 그 붓질들이여.

피를 뚝뚝 흘렸던 기억들이여.

—

"저것이 베르나르 뷔페의 집입니다."

몽마르트르 올라가는 오래된 길목의 단아한 이층집 한 채를 가리키며 동행한 한국인 미술 평론가가 말했다. 오래전 일이다.

"생각보다 작네요?" 했더니 그가 웃으며 말한다.

"미안. 그의 많은 집 중에 하나입니다. 섬 하나를 통째로 갖고 있기도 했죠."

"집을 모으는 취미가 있었나보군요."

"가난으로 인해 채워지지 않은 허기와 전쟁통에 쫓겨 다닌 기억 때문에 집에 집착했던 게 아닐까 싶군요."

"지금 저곳에 그가 살고 있나요?"

그는 어이없다는 듯 나를 빤히 쳐다보며 말했다. "죽었죠. 얼마 전 온 세상이 떠들썩했는데 모르셨군요. 저와 만나기로 했는데 그 며칠 전에 떠나버렸어요. 그것도 자살로. 투르에 있는 또다른 자기 집에서 스스로 얼굴에 비닐봉지를 뒤집어쓰고 질식사했죠."

미술 평론가는 파리의 한 미술 잡지 발행인이자 뷔페의 절친한 친구 파트리스 드라페리에르라는 사람과 가까이 지냈고, 그를 통해 뷔페와 만나기로 약속했었는데 불발됐다는 것, 그리고 그가 죽기 전 가르니에

갤러리에서 열렸던 전시회에서 그를 만날 뻔했으나 그러지 못했다는 것 등을 장황하다 싶을 만치 설명했다.

몽마르트르 언덕을 함께 걸으며 그에게 물었다. "그토록 성공한 화가가 왜 자살을 했을까요." 질문을 하고 보니 약간 바보 같았다는 생각이 들었다.

"바로 그 성공 때문이었을 수도 있겠죠. 그는 이십대 때부터 유명한 화가였고 엄청난 명성과 부를 쌓았으니까요. 그 무게를 감당해내느라 지친 게 아니었을까요."

문득 "나는 이를 악물고 가난을 극복하는 사람은 무수히 보았다. 그러나 부富를 이겨낸 사람은 거의 보지 못했다"라는 누군가의 말이 생각났다.

"게다가 파킨슨병을 앓았는데 이를 한사코 숨겼죠. 틀림없이 우울증이 있었을 겁니다."

미술 평론가는 정신분석적 태도로 뷔페에게 접근했다. "또하나의 이유로, 제 추정이지만, 그토록 우레 같은 명성과 엄청난 부를 얻었음에도 불구하고 평론가에게는 평생 외면받았다는 점도 들 수 있을 것 같습니다. 프랑스 평단은 유독 그에게 아주 냉담했고 애써 눈길조차 주지 않았죠. 엄청난 양의 그림을 그린데다가 물감이 마르기도 전에 팔려나가 '재벌 화가'라는 별호가 붙은 것도 비호감을 산 원인이었을 겁니다. 당연히 시기와 질투는 평생 양발의 신발처럼 함께 다녔고요. 오죽했으면 전시 때마다 코빼기도 보이지 않는 미술 평론가들을 향해 그의 아내가 저주에 가까운 욕설을 퍼부었겠습니까. 화가 자신도 '비평가라는 무리의 악평이나 냉담함으로 내 붓은 꺾이지 않는다. 나 역시 그들을 경멸한다'고 했을 만큼 그는 대중의 사랑은 받았지만 평론가들과는 불화

슬픈 피에로의 자화상

자의식의 투사였을까. 광대의 얼굴 속에 화가의 모습이 보였다.

했죠.”

그때 문득 날카롭고 신경질적인, 우울하고 폭력적인 그의 검은 선묘가 떠올랐다.

“말하자면 분노는 나의 힘이었던 셈이군요.”

“그렇게도 볼 수 있겠네요.”

대표적인 다산多産 작가 베르나르 뷔페의 작품은 아닌 게 아니라 세계 곳곳에서 만날 수 있었다. 평론가들이 헛발질을 한 걸까. 상업 작가, 상품 화가, 판박이 매너리즘을 기계적으로 되풀이한다던 뷔페의 작품은 살아생전은 물론이고 사후에도 그 인기가 식을 줄 몰랐다. 식기는커녕 더 달아올랐다. 초창기에 존재했던 ‘어둠을 응시하려 했던 눈’과 ‘인간에 대한 고뇌와 성찰은 사라지고 눈에 보이는 사물마다 날카로운 선만을 오버랩시켜 영혼 없는 그림을 그리는 화가’라는 조롱도 그 불길을 잠재우지 못했다.

그의 작품을 가장 많은 규모로 만난 것은 2019년 초여름, 서울 예술의 전당에서 열린 〈베르나르 뷔페, 나는 광대다〉 전시였다. 그는 평생 유독 많은 〈피에로〉 연작을 남겼다. 자의식의 투사였을까. 광대의 얼굴을 들여다보면 거기 화가의 모습이 보였다. 웃고 있지만 울 듯 말 듯 슬퍼 보이는 다른 얼굴이 겹쳤다. 그가 죽기 전에 마지막 한숨처럼 내뱉은 “이젠 지쳤다”는 고백도 행복한 듯 보이지만 사실은 울고 있는 광대의 고백은 아니었을지.

그러고 보면 그의 날카롭고 검은 선은 유약하고 불안한 심리를 가리기 위한 장치였을지도 모르겠다. “나의 선은 나의 칼, 나를 욕하는 자들은 모두 이 칼에 찔릴 것이다”라는 무언의 선언 같은 것. 그러다가 어느 순간 “여기까지다”라며 죽음을 초청했다.

퐁피두 센터의 현대 미술관은 그의 작품을 한 점도 사들이지 않을 정도로 프랑스에서는 외면받았지만 뜻밖에도 멀리 일본에서 큰 인기를 끈다. 뷔페 미술관만 두 군데가 있고 이천여 점이 일본에 있을 정도다. 도대체 무엇이 일본인들의 탐미적 신경줄을 건드린 것일까. 그의 날카로운 선에서 무사의 칸 같은 섬광이라도 본 것일까. 베르나르 뷔페에 대한 일본 쪽 열풍은 이렇게 역으로 유럽을 강타했다. 인상파에 대한 동풍이 일본에서부터 바다 건너로 분 것과 유사한 일이었다.

광대 그림만도 수백 점을 그렸다고 알려진 베르나르 뷔페를 생각하다보면 다분히 자전적인 작품 『가면의 고백』을 쓴 미시마 유키오가 떠오른다. 열세 살에 단편을 썼고 십대 때부터 꾸준히 창작 활동을 하며 서른한 살에 『금각사』로 문학적 절정기를 맞이하며 노벨 문학상 후보로 몇 번이나 거론됐지만 역시 스스로 '죽음'을 불러 피의 의식을 치르며 생을 마감했던 사람. 너무 많은 부가 어둠의 그림자를 데리고 오듯 너무 이른 성취 또한 예술가에게는 독배가 될 수도 있음을 보여주는 대목이다.

그러고 보면 베르나르 뷔페의 검은 선은 또하나의 '가면의 고백'이자 '내면의 절규'였을지도 모르겠다. 미술 평론가의 말에 따르면 그는 평소 사람들의 무리를 한사코 피하려 했고 자신의 개인전에도 가급적 나타나지 않으려 했을 정도였단다. 특히나 비평가의 그림자라도 보일라치면 '이크, 뛰자' 하는 식이었단다. 신병을 비관하며 아내 외에는 누구도 만나지 않으려 했다는데 죽음의 길에서는 그 마지막 동행자마저 제외되었던 모양이다.

예술의 전당에서 본 〈베르나르 뷔페 전〉에는 그의 일생의 희노애락이 붓질 속에 녹아 있었다. 인생의 시련과 영광, 기쁨과 좌절이 몇 바퀴를 돌면서 쏟아놓은 한숨과 환호, 비판과 눈물과 분노가 분출되어 있었다. 엄청난 부를 거머쥐고 당대 파리 최고의 미녀라는 아내와 살며 세계 각지에서 몰려오는 딜러를 처리할 비서진까지 거느렸던 그가 절규처럼 내뱉은 마지막 말은 역설적이게도 "이제 지쳤다"였다니 삶의 진실은 어디에 있는 것일까.

베르나르 뷔페의 성공과 좌절

베르나르 뷔페Bernard Buffet(1928~1999)는 열여섯 살에 에콜 데 보자르에 조기 입학해 회화를 배운 뒤 열여덟 살 때부터 본격적인 작품을 발표했다. 독특하고도 사실적인 화풍으로 주목받아 스무 살에 프랑스 최고 권위의 비평가상을 수상할 정도로 일찍부터 실력을 인정받았다. 현대 회화의 주류였던 추상주의에 맞서서 구상화에 새로운 영감을 불어넣었다는 평가를 받는데 초상화, 도시 경관, 정물화, 그리고 역사적이고 종교적인 주제를 뾰족하고 각진 모양, 길쭉한 형태 등을 어두운 색상으로 표현했다.

제2차세계대전을 겪는 와중에도 작업에 대한 열정을 멈추지 않고 구할 수 있는 재료와 소재로 작품 활동을 계속했다. 평생 팔천 점 이상의 작품을 남길 정도로 다작했는데 이 때문에 비평가들에게 비난받기도 했다. 하지만 1992년 프랑스 미술잡지 『보자르』 100호 기념으로 프랑스인이 사랑한 예술가에 대해 설문조사한 결과 앤디 워홀이나 페르메이르보다도 베르나르 뷔페의 순위가 더 높을 정도로 대중의 사랑을 받았다. 파킨슨병으로 오랜 기간 투병하다가 1999년 결국 스스로 목숨을 끊었다.

아직도 브람스를 좋아하세요?

프랑수아즈 사강.

어둠 속에 찍힌 판화처럼

당신은 현란하듯 보이는

무채색 삶을 살다 갔군요.

영혼의 그림자를 끌어내

거기 오색 크레파스로

그림을 그렸지만

눈썹 그리는 것을 잊어버렸어요.

길고 이쁜 손가락을 가졌는데

악마가 만들어놓은

장난감인 듯

당신은 그 손끝에서

검은 슬픔의 실타래만 풀어내고 있군요.

자기 삶을 난도질하며
깔깔대고 웃는 당신.
이제는 흐트러진 침대에서 나와
커튼을 젖혀봐요.
그리고 왈츠를 추어봐요.
두 손을 허공에 올리고
빙글빙글 돌아가는
외로운 왈츠를.
프랑수아즈 사강 씨
그런데 아직도 브람스를 좋아하세요?

—

내 유년의 기억에 깊은 흉터 하나를 남기고 간 그 사건은 열다섯 살 무렵 일어났다. 프랑스의 한 도발적 소녀가 심심풀이로 보름 만에 썼다는 소설을 읽은 게 화근이었다. 『슬픔이여 안녕』. 희노애락과 온갖 풍상 다 겪은 사람이 인생을 되돌아볼 나이에나 씀 직한 이 제목을 달고 나온 소설은 출간되자마자 프랑스를 들끓게 했다.

반듯한 수도원 학교 출신의 주인공 소녀가 상상으로나 가능한 모든 불온한 삶을 하나씩 실천해간다는 내용이다. 주인공은 부유한 그러나 홀로된 아버지 덕에 날이면 날마다 나른한 사치와 쾌락에 탐닉한다. 이 불량소녀의 책은 알코올은 물론 마약과 동성애 같은, 당시로서는 '금기'의 영역까지 건드렸는데도 덥석 최고 권위의 '비평가상'까지 받는다. 소설에 빨려들어간 나는 책을 읽고 스무 장쯤 그림을 그렸다.

가슴골이 팬 정도까지만 여체를 그리고 다분히 몽롱하고 환각적인 얼굴을 연작 형태로 작업한 것. 화랑 같은 데가 있을 턱이 없는 작은 도시에서 역 앞 '복지다방'의 한복 입은 마담을 찾아갔다. 빨간 매니큐어를 바른 집게손가락으로 한복의 한 자락을 잡고 서서 그림을 훑어본 마담은 곱게 눈을 흘기며 전시를 허락해주었다. 이렇게 하여 가슴 뛰는 생애 첫 전시를 하게 된 것. 그런데 내 전시회의 원인을 제공한 그 프랑스 소녀는 그 책으로 눈부시게 떠올랐지만 그 이미지를 그림으로 남긴 나는 여기저기 불려다니며 지청구를 들어야 했다. 흡사 길거리에 내팽개쳐진 기분이었다.

그 이쁘장하고 귀여운 고양이 닮은 소녀 프랑수아즈 사강은 이후에도 외모와는 달리 종종 울부짖는 늑대가 사는 자신의 가슴을 열어 보여주어 사람들을 놀라게 했다. 물론 때로는 샹송처럼 부드럽고 감미로운 분홍빛 연애 소설을 써서 청춘 남녀를 사로잡기도 했다. 흡사 글로 마술을 부리는 요정 같았다. 시인이나 소설가라는 명패를 달고 글을 쓴 이는 쌔고 쌨는데도 그 옛날 나의 상상 속 불량소녀가 구사한 문장이나 책 제목은 이후로 한 시대의 아이콘으로 자리했다.

'나는 나를 파괴할 권리가 있다' '결혼이란 취향의 문제일 뿐' '브람스를 좋아하세요' '찬물 속 한줄기 햇빛' '삶은 여성지 같은 것이 아니다' 같은 말뿐 아니라 발라드풍의 경쾌한 연애와 죽음에의 키스와 반잔의 블랙커피와 브람스의 선율 그리고 고독한 동성애까지 그녀의 위악적 삶이 문학과 포개지며 아우라를 뿜었다. 사람들은 팝가수에게 열광하듯 그녀와 그녀의 책에 열광했다.

일인칭 시점으로 복잡 미묘하게 헝클어진 심리의 흐름을 잘도 끄집어내었던 귀여운 요정 같은 그 옛날 소녀는 예순 살이 되어서도 옛 모습 그대로였다. 그리고 그것만이 내 인생이라는 듯 도발도 끝이 없었다.

소설에서 그녀가 내세운 주인공이 그러했듯 스스로도 동성애, 마약, 알코올, 도박, 이혼 그리고 자살 시도 사이를 오갔다. 이처럼 소설 속 주인공에는 그녀 자신의 인생이 고스란히 담겨 있었다. 흡사 어둠 속에 찍힌 음각 판화처럼 『슬픔이여 안녕』 이후 거의 모든 일인칭 소설에는 주인공 얼굴에 그녀의 초상이 겹친다.

슬픔이여 안녕

파리 예술계를 사로잡은 '만인의 연인' 프랑수아즈 사강.

내가 본 그녀가 소설로 친 마지막 사고, 아니, 마지막 음각 판화는 『흐트러진 침대』였다. 이 책이 출간됐다는 기사를 접하자 무덤 속에서 불려나온 그 옛날의 세실, 아니 프랑수아즈 사강을 다시 만난 기분이었다. '언제적 사강이 다시……' 싶었다.

그런데 그녀의 이 소설에 대해 르몽드는 프랑스 최고의 작품이라며 터무니없을 정도로 극찬을 아끼지 않았다. '그래?' 하며 책을 읽어본 내 소감은 우선 '이 여자, 프랑스에 태어나길 잘했다'였다. 내가 보기에 마흔 넘어 쓴 이 작품은 열아홉 살에 발표한 그 『슬픔이여 안녕』의 치기에서 한 발짝도 앞으로 나아가지 않았기 때문이다. 프랑스적인 너무나 프랑스적인 소설이었다. 그런데 수많은 남자들을 갈아치우다가 서른다섯 살 연하남에게 정착한 소설 속 주인공은 뜻밖에 섹스와 쾌락을 넘어서는 또하나의 삶의 가치를 그에게서 발견한다는 것이 그 극찬받은 소설의 내용이었다.

우울하고 쿨하고 상큼하고 감미롭고 쌉싸름한, 마치 알랭 들롱 영화 같은 프랑스 소설이었다. 어쨌거나 프랑수아즈 사강은 시몬 드 보부아르, 시몬 베유와 함께 '파리 여자 3인방'이었다. 좌와 우 혹은 중도 등 출발점은 달랐지만 생제르맹데프레나 마레 지구 어디쯤에서 서로 스쳤을 법하게 파리지엔으로 살았다는 점에서 세 여인은 공통점이 있었다. 하지만 그 대중적 영향력과 삶의 스펙트럼에서만큼은 사강이 두 여자를 넘어선다고 보는 것이 옳겠다.

파리의 오래된 서점 프낙에 가면 여전히 프랑수아즈 사강은 생생한 '현전現前'이다. 『슬픔이여 안녕』에서부터 『흐트러진 침대』까지 그녀의 책은 물론 광고지들이 여기저기 붙어 있다. 사진 속 얼굴은 늘 스물대여섯 때의 모습이다. '만인의 연인'은 저렇게 늙지 않는 모습이어야 하나보다.

대부분의 천재적 인물이 그러했듯 그녀 역시 엄청난 집중력으로 단시간에 쓰고 오랫동안 게으름을 즐겼다. 열아홉 살 때 쓴 『슬픔이여 안녕』은 보름 동안, 스물네 살에 쓴 『브람스를 좋아하세요』는 이십여 일 만에라는 식이었다. 『흐트러진 침대』에 파리 문학계가 반색했던 것은 그 소설이 '무려' 일 년 이상 집필 기간을 가졌다는 점 때문이기도 했다.

자본의 욕망과 탐미적 쾌락 그리고 풍요에의 예찬을 숨기지 않았던 그녀. 모르핀 중독과 카지노 중독, 섹스 중독 등 온갖 중독에 금지 약물 소지 혐의로 체포까지 됐는데 이때 텔레비전에 나와서 했다는 "타인에게 피해를 주지 않는 한 나는 나를 파괴할 권리가 있다"는 말은 이후 타락 천사의 메시지처럼 인구에 회자된다.

그녀의 동선이나 발언은 늘 비난과 열광을 몰고 다녔다. 프랑스의 유명 정치가 장마리 르 펜은 그녀를 단두대에 세워야 한다고 극단적 발언까지도 했지만 프랑수아 미테랑 대통령, 자크 시라크 대통령과 오찬을 함께하는 모습이 신문을 장식하기도 했던 그녀였다. 그리고 2004년 심장과 폐 질환으로 숨을 거두었을 때 자크 시라크 대통령이 추모 성명을 발표했다. 이 또한 프랑스가 아니었으면, 아니 파리가 아니었으면 상상하기 어려운 일이었던 것이다. 파리가 예술가의 천국이라고 하는 말은 그저 생긴 게 아니었다.

더 읽을 거리

자유분방한 열정, 프랑수아즈 사강

프랑수아즈 사강Françoise Sagan(1935~2004)은 프랑스 카자르크에서 태어났다. 본명은 프랑수아즈 쿠아레이지만 마르셀 프루스트의 『잃어버린 시간을 찾아서』를 읽고 등장인물인 '사강'에서 필명을 따왔다. 소르본대에 재학중이던 1954년 열아홉 살의 나이로 첫 소설 『슬픔이여 안녕』을 발표하며 프랑스 문단을 뒤흔들었고 그해 비평가상을 수상했다. 이후 『어떤 미소』 『한 달 후, 일 년 후』 『브람스를 좋아하세요』 등을 통해 자신만의 스타일을 구축했다. 소설뿐 아니라 『스웨덴의 성』 『바이올린은 때때로』 등 희곡, 자서전, 발레 각본, 샹송 가사 등 다양한 분야에서 꾸준히 작품을 발표했다.

두 번의 이혼, 알코올 중독, 마약 중독, 자동차 사고, 탈세를 비롯해 각종 스캔들을 일으키며 자유분방하게 살았다. 사람들이 비판하자 "나는 나를 파괴할 권리가 있다"고 대꾸해 유명해지기도 했다. 진정한 현대 프랑스 소설의 문을 연 작가라는 평가와 함께 문란하고 분방한 사생활로 젊은층에게 해악을 불러일으켰다며 '타락의 문학'이라는 극단적 비판을 받았다. 2004년 폐색전으로 사망했다.

도시를 담은 시간의 목판화

구두끈을 맨다.
오늘도 파리 시내로 나가
장례식과 예식장 사이를 기웃대리라.
허리 굽혀 열심히 사는 사람들, 서성이는 사람들
바게트를 굽는 냄새까지 담아오리라.
콰콰, 신기료장수 영감님과
붉은 바이올렛의 꽃집도 지나치겠지.
공기는 그들 사이를 지나쳐 내 뺨에 닿는다.
파리가, 사람들이
슬픔과 기쁨으로 하얀 포말처럼 부풀어오르고
그 포말들이 내 렌즈를 향해
일렬로 서서 들어오는구나.
덜커덩거리는 내 오래된 사진기,

검은 천,

펑 하고 터지는 소리.

다시 분말들. 떠오르는 몽롱한 자취들.

나는 그렇게 현실과 환상을 뒤섞어

잘 구운 팬케이크처럼

김이 모락모락 나는

한 장의 사진으로 만든다.

손가락 사이로

빠져나가는

시간을 붙잡고

태양빛과 저녁 어스름에

적당한 바람을 섞어

심장처럼 따뜻한 온기로

그렇게 구워서

지친 몸으로 돌아오는

식탁마다 내어놓으려 한다.

이것만이

나의 업業.

—

연인들은 키스한다. 길에서도 자동차 안에서도 바닷가에서도 심지어 붐비는 시청 앞에서도. 연인들은 그렇게 봄 여름 가을 겨울 없이 키스한다. 로베르 두아노는 그 짜릿하고 달콤한 '순간의 키스'를 정지시켜 목판화처럼 찍어냈다. 그리고 인생의 꽃같이 화사한 그 한순간의 정지된 장면을 장차 병들고 늙어서 소멸해가는 이들에게 한 장의 선물처럼 남겼다.

철학자 앙리 베르그송은 '시간은 기억'이라고 했고 또다른 사진가 앙리 카르티에 브레송은 '기억은 인화된 사진'이라고 했다. 그러고 보면 덧없이 흘러가는 인생에서 그 자취를 인화하여 기억으로 남겨놓은 진정한 유품은 사진뿐이라 할 만하다. 어쨌거나 새처럼 공중을 날고 싶은 욕망이 비행기를 만들었다면 흘러가는 시간을 붙들어 매어두고 싶은 욕망이 사진을 만들었지 싶다.

죽음의 열차에 앉아 있는 인생. 그 영광과 기쁨 그리고 슬픔마저도 멈춰 지니고 싶은 욕망이 사진을 만든 것이다. 그래서 사진가는 한사코 시간이 고여 있는 장소와 사연이 있는 삶의 저잣거리로 나간다. 파리는 그중에서도 시간과 예술과 사랑과 이별이 찰랑, 고여 있는 도시다. 게다가 파리는 그 자체가 박물관이다.

그곳에서는 지나가는 사람마저 전시물이 된다. 행복한 사진가 로베르 두아노는 그 박물관의 전시물인 시간과 인생과 풍경의 기록자였다. 진실로 그 도시를 사랑한 장인匠人이었다. 평생에 걸쳐 마치 인구조사원처럼 그는 도시의 시간과 사람을 사진으로 기록했다. 빛과 어둠, 태어남과 늙어감을 유미와 함께 포착해냈다.

말하자면 그는 사진으로 시를 쓰는 시인이었다. 사진으로 도시와 사람들에게 말 걸기는 그의 일생에 걸쳐 계속된다. 그는 말한다. "내 일의 커다란 설렘과 즐거움 중 하나는 모르는 사람을 만나고 그들에게 말을 거는 일"이라고. 그렇게 타인에게 말을 거는 그만의 방식이 사진인 것이다. 이렇게도 말한다. "인생은 물론 즐겁지만은 않다. 하지만 우리에겐 아직 유머가 있다. 유머는 우리 감정을 숨겨놓는 일종의 은닉처다." 마치 랍비나 구루 같은 이 고백이야말로 그의 사진세계를 여는 열쇠다. 그는 '파리는 흘려보내는 시간으로 좌석을 예약하는 극장'이라고 '나는 여전히 기다리는 중이다'라고 이야기하기도 했다.

1912년생인 그는 이십대 중반이던 1937년부터 파리 근교 몽루주의 아파트에서 살면서 수십 년 동안 파리로 출퇴근하다시피 하며 무려 사십만 장에 이르는 사진을 찍었다. 서민층과 소외된 사람들에게 특히 관심이 많았지만 현실 고발이나 분노가 아닌 따스함과 유머로 피사체를 바라봤다. 가난한 사람, 순진한 소년, 일하는 서민들을 자신의 렌즈 속으로 초대해 들였다. 동시에 우연히 스친 익명의 사람들과 지나가는 순간을 포착하는 데 깊은 희열을 느꼈다. 마치 불교의 '인연설'처럼 그는 스치는 사람과 인연을 렌즈에 담았다. 그런데 뜻밖에도 특별한 경우를 제외하고는 의도적으로 연출하여 작품을 만든다는 계획 같은 것을 가지고 있지는 않았다고 고백한다. 그는 단지 자신이 사랑하는 세상, 파

생명의 노래 사관四觀
로베르 두아노는 파리의 뻔한 길과 풍경 속에 일하는 사람들, 부림을 당하는 사람이 주인이 되는 세상을 만들어갔다.

리와 파리 근교, 그리고 그곳에서 만나는 사람들을 '본다'는 기쁨으로 찍을 뿐이라고 고백한다. 예컨대 극적인 장면을 사냥꾼처럼 찾아다니지 않고 이곳저곳 셔터를 누르며 가다보면 그냥 그렇게 일상이 사진이 되고 사진이 일상이 되도록 한다는 것이다.

무엇보다 사진을 찍는 것은 그에게 순간의 일별이 아닌 깊은 응시였다. 애정과 긍정이 담긴 눈길의 응시였다. 인상파 화가들이 빛의 변화에 따라 같은 산, 같은 성당 그리고 볏 짚단이 달라지는 모습을 수없이 그렸듯 그는 파리의 그 뻔한 길과 풍경을 무수히 찍어서 새로운 공간을 창출해냈다. 그리고 거기에서 자기만의 희열을 느꼈다. 지도에는 잡히지 않는 자신만의 공간을 아침저녁으로 오가며 빵집 주인, 인쇄업자, 구두 수선공, 간판장이, 행인, 아이들과 노인들, 공무원, 연인들을 불러내 그들이 주역이 되는 세상을 만들어냈다. 일하는 사람들, 부림을 당하는 사람들이 주인이 되는 세상인 것이다. 피사체를 볼 때마다 그는 행복과 기쁨에 겨워 기록으로 남기고 싶어 안달했고 그 기록의 방식이 바로 흑백의 따스한 사진이었다고 고백한다. 그것은 체온, 입김, 눈길, 그리고 공기가 흐르는 세계였다.

평생 몰입하며 이 일을 했다, 기쁨에 대한 욕망은 그치는 법이 없다며, 어린아이 같은 설렘과 흥분으로 하루를 시작하면서 평생 찍고 또 찍었던 그. 만년에 자기는 자기 자신을 위한 작은 극장 하나를 만든 셈이라고 고백했다. 그러고 보면 그는 극장의 주인이자 연출자였던 셈이다.

그의 작품 중 세상에 가장 많이 알려진 것이 바로 〈파리 시청 앞에서의 키스〉다. 사진 속 거리는 사람과 자동차로 붐비고 뒤로 물러앉은 안개 속에 떠오른 고성古成 같은 건물은 몽상적이다. 그 붐비는 거리에서 한 남자가 낚아채듯 여인을 한 손으로 안으며 키스를 하는 장면을 담은 사진인데 행인들은 다른 방향을 보며 무심히 걷고 있다. 도대체 이 한 장의 사진은 왜 그토록 유명해진 것일까. 파리의 관광상품이 돼 오늘날 파리 길거리 어디에서나 볼 수 있는 사진, 마치 쿠바 아바나 거리에서 담배를 꼬나문 체 게바라 사진을 무시로 만날 수 있듯 〈파리 시청 앞에서의 키스〉는 에펠탑 사진과 함께 파리의 작은 산업이 되었다.

그는 어떤 마음에서 그 많은 분위기 있고 아름다운 장소들이 아니라 밋밋한 시청 앞을 자신의 공간으로 택했던 것일까. 일부러 걸어서 파리 시청을 찾아가본다. 그런데 직접 가보니 시청은 그냥 평범하고 표정 없는 건물일 뿐이었다. 다만 그 앞이 좀 넓은 도로라는 정도였지 예상처럼 거리가 그렇게 붐비는 것도 아니었다. 시원하게 뚫린 도로는 한산했다. 아무리 요모조모 뜯어봐도 그 많은 파리의 아름다운 건축물 중에서 굳이 이곳을 택한 이유를 알 수가 없었다.

〈파리 시청 앞에서의 키스〉는 남자가 순간적으로 여인을 안으며 이루어진 듯한 느낌을 주지만 사실은 연출된 사진이었다. 무심히 먼 곳을 보며 지나치는 행인들마저도 세심한 연출이었다. 시청이라기보다는 성당처럼 보이는, 뒤로 멀리 빼낸 배경의 건물 또한 사진 기술로 손을 본 것처럼 보인다. 시청 앞, 붐비는 곳, 제각기 분주히 오가는 사람들 속에서 한 남녀가 열렬히 키스하고 있다. 조합이 잘 되지 않은 바로 그 지점에 작가는 카메라를 들이댄 것이다. '그대들은 그대들의 길을 가라. 우리는 다만 사랑할 뿐이다.' 키스하는 두 주인공은 그렇게 말하는 것 같다.

행복한 사진가, 로베르 두아노

로베르 두아노Robert Doisneau(1912~1994)는 프랑스 파리 근교의 장티이에서 태어났다. 파리의 에콜 에스티엔에서 판화와 석판화를 전공하면서 예술계에 발을 들였다. 열여섯 살부터 카메라를 들었지만 처음에는 너무 수줍음이 많아서 사람들에게 다가가지 못해 거미줄 사진을 찍었다고 한다. 1931년 모더니즘 사진작가 앙드레 비뇨의 조수로 취직하면서 본격적으로 사진을 시작했다.

1933년부터 몇 년간 르노 자동차 공장에서 공장 노동자들의 모습을 카메라에 담으며 산업 사진가로 활동했다. 이후 엽서 사진, 광고 사진 등 다양한 사진을 찍으며 생계를 이어갔다. 제2차세계대전 이후 본격적으로 유명 작품들을 남겼다. 1937년부터는 파리의 위성 도시인 몽루주에 쭉 살면서 파리를 오가며 유머로 가득한 이야기를 담았다.

수줍음 때문에 멀찍이 떨어져서 사람들을 찍었지만 매일 파리 이곳저곳을 다니며 서민층과 그들의 일터를 렌즈에 즐겨 담았다. 사람과 사람 사이의 따뜻함을 사실주의적 기법으로 전하려 애썼다. 사람들의 꾸밈 없는 모습이 담긴 사진을 사십만 장 이상 찍었는데 사진을 보다보면 그 속의 사람들의 삶을 자연스럽게 상상하게 된다.

많은 작품 중에서 '파리의 낭만'을 담은 <파리 시청 앞에서의 키스>를 1950년에 발표해 큰 인기를 끌었는데, 본인이 사진 속 커플이라는 부부가 1988년에 소송을 제기해 다시 전 세계의 주목을 받았다. 결국 모델이 따로 있었음이 밝혀지며 사건은 일단락됐고 오늘날까지도 이 사진은 파리 관광상품으로 인기를 끌고 있다.

파리 시청 앞에서.

순간에의 숭배

앙리 카르티에 브레송 씨.
사람들은 당신을 어둠의 속살을 찍는
사진사라고들 합니다.
그 어둠도 오래 응시하면
빛이 될 수 있을까요.
해묵은 슬픔도 그 빛에 녹아들 수 있을까요.
상처의 나이테에도 새싹이 움틀까요.
과육처럼 익어갈 수 있을까요.

앙리 카르티에 브레송 씨.
사람들은 당신을 시간의 그림자를 찍는
사진사라고들 합니다.
속절없이 사라져간 세월의 조각마저

흔들리는 삶,
허공의 손짓마저
오래 응시하면 무지개처럼
그렇게 펼쳐질 수 있을까요.
아프고 슬픈 사랑까지도
찰칵,
당신이 셔터를 누르는 순간
그렇게 오색 스펙트럼으로
펼쳐질 수 있을까요.

시간의 빛보다 시간의 그림자를 찍는다는
앙리 카르티에 브레송 씨,
어느 새벽엔 태어나는 아이의 울음소리가 들리고
어느 밤엔 떠나가는 자의 관에 못질하는 소리가 들려옵니다.

이제는 알 듯합니다.
당신이 왜 한사코 빛보다 어두움 속에서 있으려 했는지를.
빛 속에 있어서는 빛을 보지 못할 테니까요.
숨죽여 우는 흐느낌도 듣지 못할 테니까요.
당신의 사진마다
어슴푸레하고 자욱한
어둠 속에서
왜 슬픔의 빛이 함께 떠오르는지를.
화약 냄새 비슷한 냄새가 몰려오는지를.

이제는 알 것 같습니다.

사실

사는 일이란

슬픔의 바다,

연기 자욱한 전쟁터가 아니던가요.

앙리 카르티에 브레송 씨.

—

나치의 포로수용소 데사우에 갔던 날을 잊을 수가 없다. 을씨년스러운 가을비가 내리고 철조망 저편의 하늘은 낮게 가라앉아 있었다. 그 음침한 옛 제삼제국의 수용소를 바라보고 있자니 가느다란 비명과 아우성이 환청처럼 들려오는 듯했다. 철조망 아래로는 한가하게 들꽃이 피어 있는데 그 위로는 울부짖는 울음이 퍼져나간다.

그날, 그 죽음의 시간에 하나님은 저곳에 계셨을까. 선한 자들이 '사망의 음침한 골짜기'를 지날 때 그분은 어디에 계셨을까. 현대인의 또 하나의 바이블이라는 『기적수업』을 보면 '그때도 하나님은 저 안에 계셨다'는데 심지어 네 눈은 순간을 볼 뿐 영속하는 흐름을 보지 못한다고, 그러니 네가 보는 것은 실재가 아닐 수도 있다고 하는데 발길을 돌리면서 나는 그때 이렇게 물었던 것 같다. '주님, 저것이 실재가 아니라면, 도대체 이 세상 무엇이 실재일까요.'

앙리 카르티에 브레송이라는 사진가가 있었다. 잔혹한 실재마저도 허상처럼 찍어 무심히 흘러가는 흑백영화의 한 장면처럼 보여준다는 사람이었다. 그는 내가 서 있었던 그 철조망 저편에서 세 번의 탈출 시도 끝에 마침내 도망쳐나온 사람이기도 했다. 전쟁 포로로 잡히기 전, 자신의 카메라를 재빨리 땅에 묻었고, 자신이 겪었던 모든 실재를 렌즈

인생풍경

시간의 빛보다는 시간의 그림자를 찍은 앙리 카르티에 브레송.

가 아닌 망막에 담아 철조망을 넘었다. 그리고 사람들이 쏟아지는 빛과 인생의 발랄한 계절을 찍을 때 그는 고통과 비명, 눈물과 한숨의 방향을 향해 묻어뒀던 카메라를 다시 들었다. 그리고 망막에 담아왔던 기억을 렌즈 쪽으로 가져갔다. 그런 면에서 수용소는 그에게 고통의 '사진학교'였던 셈이다.

그의 사진이 가끔 너무도 현실적이어서 오히려 비현실적으로 보이는 것도 어쩌면 '눈과 렌즈'의 시간을 오가는 '래그 타임lag time' 때문일지도 모른다. 그래서 마치 연출한 듯싶은 비극적 한 토막이 희극과 겹쳐 보이기도 하고, 우스꽝스러운 장면에서 속 깊은 울음 같은 것이 들려오는 듯하는 터였다. 포악성과 분노가 오히려 연약과 연민으로 다가오기도 하는 역설. 그렇게 이 사진가는 현실과 초현실, 비현실과 환상 사이에 엉거주춤 서곤 했다.

사진가가 되기 전 그는 화가였다. 그의 붓은 현실과 초현실, 실재와 환상 사이를 오갔다. 사진가가 되고 나서는 영화를 만드는 쪽으로 나아갔다. 이제는 현실의 한 단면이 아니라 연속적 흐름을 만드는 것이었다. 그래서 그의 영화들은 조각난 필름을 이어붙인 것 같은 형국이다. 그림으로 말하자면 사물을 통해 시간의 흐름을 만들고자 하는 세잔과 비슷했다.

사진을 통해 그는 끊임없이 불편한 질문을 던진다. '당신은 이 상황을 어떻게 보며 무엇이라고 판단하는가' 같은 질문이다. 대표적인 것이 '데사우, 독일 1945년 5월~6월' 연작이다. 1944년 8월 어느 날, 우연히 길을 건너던 브레송은 군중 속에서 어디론가 끌려가는 한 여인을 보게 된다. 나치스에 부역했던 여자가 재판장으로 끌려가는 광경이었다. 그는 그 무리를 따라갔고 생생하게 벌어지는 군중 재판의 상황을 카메라에 담았다. 조사관 앞에서 고개 숙인 여인과 그 여인을 향해 야유하고 분노하는 군중, 복수심에 찬 그 얼굴을 뒤집어보면 바로 얼마 전까지 자신들이 치를 떨었던 바로 그 모습이기도 했다.

브레송은 전쟁 기간 동안 삼 년을 포로로 잡혀 있었기에 뉴욕 현대 미술관MOMA은 그가 전사했다고 생각해 작가 유고전을 준비했다. 하지만 살아서 돌아온 브레송은 이 소식을 듣고는 직접 인화한 미공개 사진을 뉴욕 현대 미술관 큐레이터에게 전달했다. 결국 1947년에 유고전이 회고전으로 바뀌어 열린다. 통상 '회고전'이란 생애를 되돌아보는 시점에서 열리는데 갓 마흔을 넘긴 그에게 그런 이름의 전시를 열어준 것이다. 생물학적 연륜이 문제가 아니라 굴곡진 고난의 생애에 오마주인 셈이었다. 어니스트 헤밍웨이도 말하지 않았는가. "전쟁을 겪은 자, 그는 이미 젊지 않다"고.

그 '엄혹한 이 시대의 눈'은 그러나 인생 후반에 이르러서는 고요, 침잠, 안식, 평화의 사제로 바뀌게 된다. 그 옛날의 어두움의 기록자는 천천히 그 어둠 속에서 걸어나와 빛의 사제가 되어 자신과 함께 늙어 달그락거리는 사진기를 들어올려 눈물 없는 세상을 찾아 셔터를 눌렀다.

결정적 순간을 포착한 대가, 앙리 카르티에 브레송

앙리 카르티에 브레송Henri Cartier-Bresson(1908~2004)은 파리의 부유한 집안에서 태어났다. 대입 시험인 바칼로레아에 세 번 연거푸 낙방한 후 대학 진학을 포기하고 저명한 미술 교육가 앙드레 로트에게 개인 지도를 받았다. 1931년 아프리카를 여행하며 이국적 풍물을 카메라에 담으면서 본격적으로 사진을 찍기 시작했다. 제2차세계대전중 종군 사진작가로 활동하다가 포로로 잡히면서 포토저널리즘 세계에 발을 들였다.

단순히 주변 풍경이나 일상을 포착하는 게 아니라 역사적인 현장의 순간을 담아내기도 했다. 스페인내전과 조지 6세의 대관식, 폐허가 된 독일, 간디의 장례식, 중국 내전 현장 등 20세기 역사적 순간을 흑백사진으로 담아냈다. 1947년에는 로버트 카파, 데이비드 시모어, 조지 로저와 함께 보도 사진 작가 그룹인 '매그넘 포토스'를 설립한다. 1952년에 『재빠른 이미지』라는 사진집을 펴내는데, 이때 서문의 제목이었던 '결정적 순간'은 앙리 카르티에 브레송과 그의 사진예술관을 대표하는 말로 많은 사진가에게 영향을 끼친다. 컬러사진이 아닌 흑백사진으로, 플래시를 사용하지 않으면서 '결정적 순간'을 포착했던 그는 "사진은 영원을 밝혀준 바로 그 순간을 영원히 포획하는 단두대다"라는 말을 남기고 2004년 세상을 떠났다.

빛의 집,
혹은 영혼의 마을

모두 한쪽 방향으로 흘러갔다.
희미한 빛을 따라
홀로 가는 먼길
앞서가는 이의 어깨를 보며
어디로 가는지 알지 못한 채
그림자도 없이 가는 침묵의 행렬.
제 몸에서 빠져나온 혼의 불빛 따라
그렇게들 한 방향으로 갔다.
부르는 소리 하나 들려오지도 않는
어두운 길을
앞선 이의 어깨 위에
희미하게 떨어지는 빛에 의지해
둥둥 떠가듯 그렇게.

별들이 어두운 천공의 저 너머로 사라져가듯
하던 일 밀쳐두고 문득 일어서서 나선 길.
더는 지고 갈 죄의 짐도 없이
그렇게
가볍게 떠가는 발걸음.
소문의 거리를 지나고
갈채의 광장도
빠르게 지나며
그냥 홀로 일어서서
한 방향으로 떠나갔던 사람들.
밤은 어둡고 바람은 찬데
그렇게 각자 다른 곳에서
출발하여 한곳에 모여든 사람들이
천천히 걸어 들어간
영혼의 집들.
그렇게 하여
허공에 떠 있는
빛의 마을 하나.

—

『장자』「인간세」 편에 복경호우福輕乎羽라는 말이 나온다. 무릇 복은 새털처럼 가볍다는 뜻이란다. 문득 죽음 또한 그렇게 가벼울 수 있다면, 하고 생각해본다.

몇 년 전 '죽음 학교'라는 데 가서 강의를 들은 적이 있다. 통의동의 한 작은 한옥에서였는데 초청 강사는 정현채 서울대 의대 교수였다. 주제가 '죽음, 벽인가 문인가'였다. 그날 모였던 철학자 이명현 교수, 산림과학자 정헌관 박사, 문화기획자 홍사종 교수, 법조인 이혁, 의사 박인숙, 윤대웅, 장근호 등등이 기억난다.

세상에 많은 학교가 있지만 '죽음 학교'라는 곳은 처음이었다. 죽음도 공부하고 배울 수 있음을 그때 처음 알았다. 그 모임을 주도한 경기대 오연석 교수의 짧은 '학교 소개'가 모두에 있었다. "죽음은 너나없이 어느 날 덮칩니다. 숨어 있던 사자가 한가하게 풀을 뜯고 있는 얼룩말을 덮치듯 그렇게요. 하지만 죽음은 이제 더이상 언제 올지 알 수 없기에 피해야 할 주제가 아닙니다. 그것을 제대로 응시하는 법을 배워야 합니다. 그래야 언젠가 걸어오는 그 발자국 소리까지 들을 수가 있습니다. 언젠가 들려올 그 발자국 소리……" 그는 한밤중 좀 으스스한 주제를 자못 시적 메타포를 섞어가며 '배우고 공부해야 할 그 무엇'으로 설명해주었다.

그날의 초청 강사인 정현채 교수는 한국 죽음학의 대가라고 해야 할 인물이었다. 그는 의학, 철학, 신학에다가 영화와 문학 등 거의 전 분야 전 영역을 오가며 가려진 죽음의 얼굴을 하나하나 드러내줬다. 그날 밤 그의 강의를 듣고서 도달한 결론은 '그렇다면 죽음은 없는가?'였다. 그는 죽음 역시 하나의 생명 현상이고 다른 차원의 생명으로 변화되는 과정일 뿐이라고 역설했다. 따라서 죽음은 벽이 아닌 문이며, 그 문을 통과하여 생명은 계속된다는 설명. 그런 점에서 본다면 정교수는 『사후생』의 저자 엘리자베스 퀴블러 로스에 비견될 만한 한국의 퀴블러 로스쯤 되는 인물이라고 할 수 있겠다. 어쨌든 죽음은 한낮의 그림자처럼 삶과 동행한다는 점, 그것도 아주 밀착해서 동행한다는 것만은 분명한 사실이라는 점을 그날 새삼스럽게 배웠다.

늦은 밤 긴 한옥 골목을 홀로 걸어나오면서 어렸을 적 보았던 죽음의 의식들이 떠올랐다. 파란 보리밭 너머로 둥둥 떠가던 오색 상여와 울긋불긋한 만장. 가랑가랑 멀어지던 상두꾼의 구슬픈 만가와 손종 소리. 어린 내게 그것은 '화려한, 그러나 슬픈 색채의 이별'이었다. 동네 어귀의 솔밭에 조가비처럼 올망졸망 누워 있던 비석 없는 봉분들. 그리고 할미꽃, 백도라지꽃, 산난초에 민들레며 쑥부쟁이까지 정겹고 햇살 환하던 그곳의 풍경.

그러고 보니 그 시절이야말로 죽음이 삶과 가까운 셈이었다. 내 눈에는 새털처럼 가벼운 그 무엇이었고, 떠나기 좋은 하루 골라 떠나는 화사한 여행 같은 것이었다. 한평생 '여기 이곳'에 살다가 미나리밭, 청보리밭 지나 '저기 저곳'의 솔밭에 묻혔으니까. 그리고 장차 '그곳'으로 갈 사람들이 풀 뜯는 얼룩말들처럼 지금 '이곳'에서 일하고 있었으니

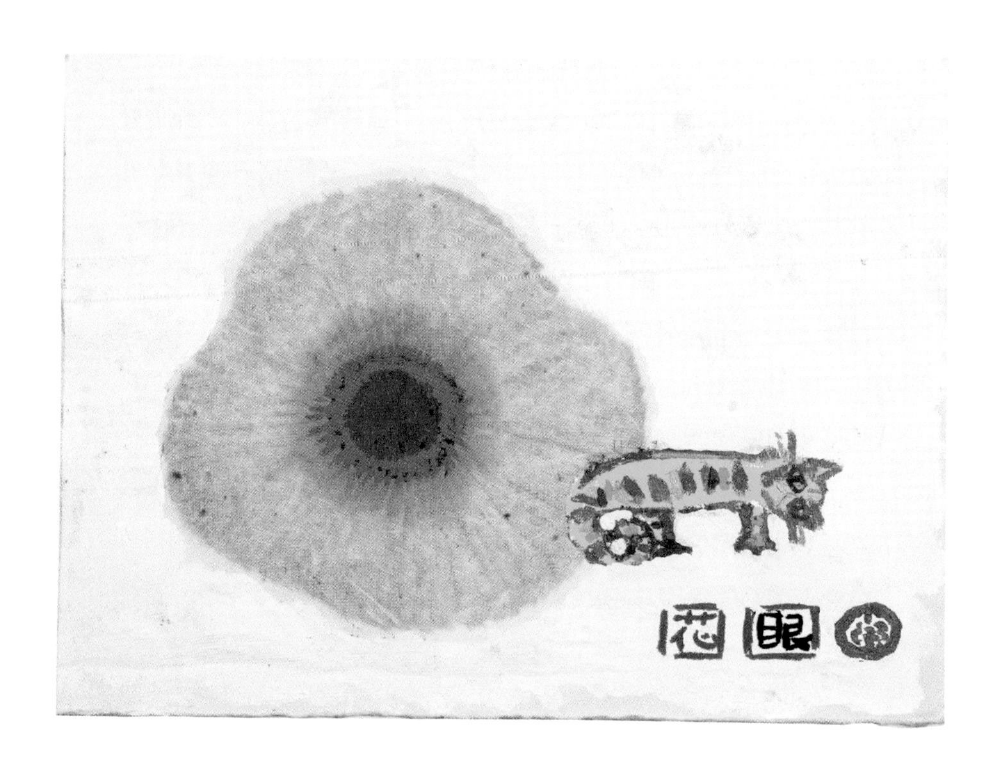

화안 花眼

죽은 자들과 산 자가 어우러진 곳에서 삶은 계속된다.

까. 각자의 소유로 금 그어진 논다랑이, 밭둑에서 그렇게 살다가 시간이 되면 허리를 펴고 일어나 누군가의 손에 잡혀가듯 '그곳'으로들 갔으니까. 그림으로 그리려 하면 그려질 만큼 환하게 떠오르는 장면이다.

그런데 파리에 처음 갔을 때 속으로 놀란 것은 사실 루브르 박물관도 에펠탑도 아니었다. 잘 꾸며진 예술가들의 묘원, 그 '죽은 자의 집'이었다. 아름다운 석관과 비석과 조각 그리고 골목에서 골목이 꽃다발로 이어지던 풍경이었다. 이 비싼 땅에 이 넓은 묘원이라니. 이 사람들이야말로 삶과 죽음의 값을 동등하게 매기는구나 싶었다. '그리고 삶은 계속된다'는 것을 그들은 그 정성스럽고 아름답게 꾸민 유택幽宅들로 설명해준 셈이었다.

죽은 자들의 동네가 산 자들의 그곳과 아주 가깝다못해 뒤섞여 있다고 느껴지기로는 도쿄 아카사카의 묘원도 빼놓을 수 없다. 황홀할 정도로 멋진 정원을 품은 네즈 미술관이 근처에 위치해 미술관을 둘러보고 길 건너 몇 발짝 가면 닿는 곳이 사과가 주렁주렁 열려 있는 묘원이었다. 하나같이 봉분 아닌 평탄묘로 십자가 대신 하이쿠俳句를 서예체로 써서 단아한 묘비석을 세운 모습이 아름다웠다. 드넓은 그 유실수 길에 간간히 놓인 벤치에는 햇빛 쨍한 삶의 한가운데에 있는 젊은이들이 유독 많이 앉아 있었다. 혹은 책 읽는 중년 여인도.

그래도 죽은 자들의 동네 중 가장 압권은 역시 파리 페르 라셰즈 묘원이다. 혹 아카사카의 묘원은 그곳을 벤치마킹했을지도 모르겠다. 어쨌거나 '삶은, 특히 예술가의 삶은 죽어서도 계속된다'는 사실을 이곳만큼 명증하게 보여주는 장소도 없을 것이다.

소설가 오노레 드 발자크와 알퐁스 도데, 오스카 와일드, 마르셀 프루스트, 시인 샤를 보들레르와 극작가 몰리에르, 화가 외젠 들라크루아와 앵그르와 마리 로랑생과 살바도르 달리, 작곡가 프레데리크 쇼팽과 조르주 비제와 조아치노 로시니, 세기의 디바 마리아 칼라스와 샹송 가수 에디트 피아프와 이브 몽탕, 록가수 짐 모리슨, 무용가 이사도라 덩컨과 철학자 장폴 사르트르와 시몬 드 보부아르까지. 그들의 이름은 육신으로 살아 있을 때처럼 각각 명패를 단 채 그 죽음의 동네에서 살고 있었다.

한 가지 특이한 점은 국적 불문하고 파리 체재중 숨진 유명 예술가는 프랑스인 대접을 받으며 페르 라셰즈에 안치된다는 것. 뒤집어보면 이름난 예술가는 살아서뿐 아니라 죽어서도 사람들을 불러모을 수 있다는 계산 때문일 수도 있겠다는 생각도 든다. 아닌 게 아니라 몽마르트르 묘원이나 페르 라셰즈 묘원은 관광객들의 순례지가 된 지 오래다. 그런 만큼 비문 하나, 조각 하나가 허투루 된 것이 없으니 그곳이야말로 묘지 미술관인 셈이다.

공자는 흐르는 강물을 보며 "우리 곁을 떠나간 자들도 모두 저렇게 흘러갔다는 말이더냐"라며 눈물지었다 한다. 하지만 페르 라셰즈에 와보니 짧은 삶이 아쉽고 서러워 우리 곁을 떠나갔던 이들이 알고 보니 춥고 어두운 머나먼 북망이 아닌, 이렇게나 햇빛 환한 아름다운 동산에 새털처럼 가볍게 떠나와서 현존으로 잠들어 있음을 알 수 있었다.

페르 라셰즈를 둘러보고 나오니 해가 떨어진다. 내 육신의 그림자가 수묵화처럼 기이하게 길다. 귓가에 들리는 내 발자국 소리. 죽음이 음침한 것, 밀쳐두고 피해야 할 어둠의 그 무엇이 아니라 육신의 모든 열기가 식어서 서늘해진 그늘 상태 같은 것, 때때로 하찮고 부질없는 그 욕망의 열기가 너무 뜨거워 가끔 찾아와 그 이마를 짚어 열기를 식혀주던 손길에 잡혀, 어느 날 길 떠나는 것. 뒤돌아보이는 못다 한 인연과 눈에 밟히는 풍경들도 훌훌 털고 일어나 그냥 가볍게 길 떠나는 것. 그리하여 푸르스름한 망각의 강변에 이르는 것, 그리고 비로소 그 지점에서 한 번쯤 떠나온 곳을 뒤돌아보는 것, 이름하여 사경호우死輕乎羽. 죽음이 그 정도로 인식될 때쯤이면 삶의 종장에서 지는 해도 더욱 붉은빛이리라. 꽃의 눈처럼.

페르 라셰즈가 내게 준 교훈이었다.

예술가들의 안식처, 페르 라셰즈 묘지

1804년 처음 문을 연 페르 라셰즈 묘지는 파리 20구에 위치해 있다. 최초의 정원식 공동묘지이자 파리시 묘원 중 가장 큰 규모로 제1차세계대전의 추모공원도 겸한다. 처음 개장했을 때만 해도 파리 시내에서 거리가 꽤 멀다는 이유로 인기가 없었는데, 몰리에르나 라 퐁텐 등의 묘를 이곳으로 이장하고 예술가들을 안치시키는 식으로 꾸준히 홍보해 오늘날에는 여기 묻히기 위해 대기할 정도라고 한다.

몽마르트르 묘원에도 드가나 로트레크, 스탕달 등 예술가들이 묻혀 있지만 오스카 와일드, 쇼팽, 에디트 피아프, 이브 몽탕, 짐 모리슨, 기욤 아폴리네르, 오노레 드 발자크, 콜레트 등 다양한 분야에서 두각을 보인 예술인들이 페르 라셰즈에 잠들어 있다.

고딕 양식의 무덤, 지하 납골당 등 시대와 장르를 초월하는 다양한 분묘예술을 만날 수 있고, 여러 유명인사들의 묘지를 한자리에서 직접 볼 수 있어 파리의 주요 관광지로 인기를 끌고 있다.

페르 라셰즈 묘지
주소: 16 Rue du Repos, 75020 Paris, 프랑스

파리 밖에서 피어난 꽃

4부

거대한 풍경,
작아지는 붓

멀리서 붉은빛이 몰려온다.

주변이 환해진다.

노을은 그렇게 색채로 천지를 흔든다.

내놓아라.

너의 날들.

그 시간들을 진홍의 색으로 되돌려주마.

때로는 아프고 슬펐을지라도

이제는 불타는 진홍으로 돌려주마.

고백하지 못한 말들이며 못다 한 사연일랑

저 붉은빛 안쪽으로 숨기고

그대의 시간과 육체는

하얀 뼈 몇 개로만 남겨주마.

지상의 마지막 빛을 거둬들이면서

노을이

내게 들려준 소리.

—

고교 시절 국어 교사는 시인이었다. 교내 백일장에서 장원을 한 나를 불러놓고 당부했다. 시인이 되고 싶은가? 사물에 주인이 있는 것처럼 말에도 주인이 있다는 사실을 잊지 말도록. 그러니 앞으로는 언어를 고를 때 주인이 있는지부터 살펴보도록. 국화는 서정주 것이니 근처에도 가지 말아라, 나그네는 박목월의 것이니 손대지 말아라. 진달래? 소월이 주인이다.

그후로 그림을 그릴 때면 혹 주인이 있나, 살피게 된다. 아닌 게 아니라 그림에도 조각에도 주인이라 함 직한 목록들이 있었다. 사과는 폴 세잔, 수련은 클로드 모네, 해바라기는 빈센트 반 고흐다. 새우는 치바이스요. 말은 쉬베이훙이다.

에트르타로 가는 승용차 안에서 나는 미술 평론가 K에게 이 에피소드를 이야기해주었다. 그리고 물었다. "에트르타의 그 기암절벽도 주인이 있는가"라고.

온갖 풍상을 다 겪은 듯한 그 하얀 절벽과 그 아래로 감아도는 물과 석양 그림을 미술관이며 책에서 몇 번 본 적이 있었기 때문이다. 하지만 언뜻 에트르타의 대표 화가라 할 만한 이름이 떠오르지 않았다.

"많은 화가들이 그렸지만 아무래도 모네의 에트르타가 가장 많이 알려져 있지 않나 싶습니다." K의 말이었다. "그는 수련이나 루앙대성당을 그릴 때처럼 에트르타 가까이에 아예 숙소를 잡아놓고 일출부터 일몰까지 다양한 모습을 수없이 그렸으니까요."

그랬을 것이다. 그 빛의 사냥꾼은 짚단에서도 성당 건물에서도 수련에서도 오브제에 떨어지는 빛의 미묘한 변화와 그 빛의 반사에 따라 달라지는 색채에 사로잡혀 있었다. 그래서 성당은 푸른색이다가 분홍빛이다가 안개 속에 서 있듯 몽롱하게 바뀌곤 했으니까.

그런 면에서 하얀 공룡의 화석같이 서 있는 에트르타의 절벽과 그 밑을 감아도는 물결이 그에게는 아주 매혹적이었으리라. 그런데 왜 모네의 에트르타는 내게 선명하게 남지 못했을까. 이미 대상이 가진 극적인 형상이 너무 강렬했기 때문은 아니었을까. 허다한 인상파 화가들이 에트르타에 매혹되어 다가갔지만 허구가 실재를 못 따라가기가 태반이었다. 그것은 빼어난 미인을 화폭에 담았을 때와 비슷한 현상이었을 터이다. 어쨌든 모네는 수많은 에트르타를 그렸지만 그의 대표작은 〈수련〉과 〈루앙대성당〉으로 남아 있다.

드디어 차가 저만치 서 있는 에트르타를 바라보며 멈춘다. 바닷가의 작은 카페에 들러 커피 한 잔을 마시는데 가슴이 조용히 고동쳐왔다. 마치 옛 화가와 대결하는 것만 같다. 천천히 스케치북을 꺼내 들고 밖으로 나가 그 모습을 담아본다. 어림없다. 그 거대하게 압도하는 풍경은 좀체 자신의 모습을 내보이지 않는다. 몇 장 그려봐도 그 위용이나 기운이 옮겨지지 않는다.

'아, 이 재주 없음이여.'

화폭에서 끈질기게 '빛'을 파고들었던 모네나 '시간'을 붙잡고 싶어 했던 세잔, '형태'를 부수고 세우고 다시 세우기를 반복했던 피카소, 그

에트르타의 일몰

에트르타에 매혹된 화가들은 이길지 질지 재지 않고 이곳에 다가간다.

들에게도 이런 좌절의 순간이 있었을까. 아마 수없이 많이 지나갔을 것이고말고다.

에트르타 그리기를 포기하고 허름한 레스토랑에 들러 시장기를 달래는데 신기하게도 홍합이며 생굴 같은 메뉴가 있다. 마치 우리나라 남쪽 어느 어촌에라도 온 느낌이다. K와 와인 한 병을 놓고 잔뜩 쌓아올려진 홍합에 마른 빵을 씹는 기이한 조합의 식사가 시작된다. 나의 에트르타 그리기는 사물의 거대성 앞에 자꾸만 작아지는 나의 붓이 완패를 당한 형편이기에 음식 맛마저 씁쓰름했다.

식사를 마친 후 에트르타의 부드러운 능선을 따라 올라가니 오래되고 작은 교회당 하나가 보인다. 현실이 그림이 되는 순간이다. 풀밭에 누워 모처럼 귀에 가득 차오는 바람 소리, 물소리를 듣는다. 문득 작고한 소설가 C씨가 원고지에 만년필을 찧고 싶은 순간마다 '쓰지 않고 사는 사람은 얼마나 행복할까' 하고 생각했다는 구절이 떠오른다. 오늘 호락호락 곁을 주지 않은 에트르타로 인해 그와 비슷한 생각 근처까지 갔다가 되돌아온 듯했는데 어느새 그 무거운 기분은 씻기고 없다.

서서히 에트르타의 바다로 노을이 진다. 하늘이 주홍빛으로 피어오르는가 싶더니 물은 순식간에 그 주홍빛을 받아내며 수채화처럼 푸른색과 섞여들고 보랏빛 구름이 빠른 속도로 이동한다. 보고 있노라니 빨려들어가는 느낌이라 물감을 가져오지 못한 게 후회스럽다.

그리는 본능을 타고난 자는 그려서 성공할지 앞뒤로 재지 않는다. 특히 풍경이 황홀할수록 마음이 급해진다. 에트르타는 그런 면에서 어느 미학자가 지적한 대로 '유혹하는 주체'다. 매혹당한 화가들은 이길지 질지 생각하지 않고 그 주체에 다가간다. 오늘 행려行旅의 나 또한 그랬다.

문득 원·명대의 산수화 명인들이 이 에트르타를 수묵화로 그렸다면 어떤 모습이었을까 생각해본다. 아니 조선시대 정선이 이 앞에 왔었다면 필묵을 움직여 어떻게 해석해냈을까. 그의 파도치는 듯한 금강산 그림이나 거대한 암벽의 인왕산 그림이 떠올랐기 때문이다. 그때 화두처럼 머릿속으로 한 가닥 생각이 지나간다. 형상을 사실寫實로 다가가지 말라. 그러기 위해서는 눈을 따라가지 말고 존재가 '거기 있음'만 인식하라. 형상이 압도적이고 장엄할수록 거기 끌려가지 말고 기죽지 말라. 상상력을 동원하여 다시 짓는 것이다. 인간이 신을 닮은 위대성은 거기서부터 발현되어지리라. 에트르타가 미술학교의 실습장이 되는 순간이었다. 사물이 아름다울수록 '자기 포기'가 먼저여야 된다는 이치, 생각해보면 어찌 그림에서뿐이랴.

매혹의 주체, 노르망디 에트르타

더 읽을 거리

화가와 문인들이 사랑했던 에트르타는 프랑스 북서부 노르망디에 위치한 작은 어촌 마을로 파리에서 차로 세 시간쯤 거리다. 바닷가의 절벽과 자갈 해변, 그리고 일출과 일몰이 장관이어서 많은 인상파 화가들이 이곳에 관한 작품을 남겨 '인상파의 고향'으로도 불린다.

19세기 소설가 알퐁스 카가 "친구에게 처음으로 바다를 보여줘야 한다면 에트르타를 고를 것이다"라고 했을 만큼 풍광이 아름답기로 유명하다. 모파상은 기이한 모습의 흰 절벽 팔레즈 다몽과 팔레즈 다발을 "코끼리가 코를 바다에 담그고 있는 듯하다"고 묘사해 '코끼리 바위'로도 불린다. 외젠 부댕, 귀스타브 쿠르베, 외젠 들라크루아, 앙리 마티스 등 많은 화가들이 에트르타의 모습을 화폭에 담았는데 그중 모네의 작품이 특히 유명하다. 인근 르아브르 지역에서 어린 시절을 보낸 모네는 에트르타를 좋아해 수차례 이곳을 방문해 바다와 하늘의 변화를 거듭 화폭에 담았고 <에트르타 절벽의 일몰> <에트르타, 해변과 팔레즈 다몽> <고기잡이 배, 에르트타> 등 약 오십여 점의 작품이 남아 있다.

앙드레 지드가 여기서 결혼식을 올렸고, 『몽테크리스토 백작』을 쓴 알렉산드르 뒤마 외에 빅토르 위고, 마르셀 프루스트 등도 한동안 여기 머무르면서 문학적 영감을 얻었다고 한다. 소설의 배경으로도 여러 번 등장했는데 특히 모파상의 『여자의 일생』이나 모리스 르블랑의 『기암성』의 배경지로 유명하다. 『기암성』에서는 뤼팽이 보물을 숨겨둔 장소로 등장했는데 실제로 모리스 르블랑이 머물던 별장이 이곳에 남아 있어서 현재 '뤼팽의 집'으로 공개되어 있다.

클로드 모네,
<에트르타: 해변과 팔레즈 다몽>,
캔버스에 유채, 69.3x66.1cm, 1885년,
시카고 아트 인스티튜트.

일그러진
사과 한 알

친구여.

나는 다시 엑상프로방스로 돌아왔다네.

그 옛날 내가 떠나갔던 그 방으로 다시 와서

창을 열고

조석으로 생트빅투아르산을 본다네.

오늘은 푸른색으로 빛나는 저 산

어젯밤도 그저께 밤도

내내 붉게 타올랐지.

때때로 보랏빛 라벤더 들판을 거닐며

혼자 생각해보기도 한다네.

나는 화가였던가.

귓전에 들리던 그 수군거림과 비웃음.

사과 하나 제대로 못 그리는 바보.

눈에 보이는 모든 것이 원기둥이고 원뿔이고 둥근 공이라고
중얼대던 기억을 들추어내며
저 빛나는 색채와 우아한 형태를 옮겨낼 수 없어
꼼수를 부리는 것이라고
그렇게도 욕하고 낄낄거리고 수군대던 소리들
여기까진 따라오지 못했군.

친구여.
그런데 왜 이젠 앞에 앉으면
내 눈에는 자꾸
시간과 사물과 공간이
하나로 섞여 보이는 걸까.
왜 배경과 오브제는 서로 분리되지 못한 채
새벽 희뿌연한
저녁의 어스름함처럼
그렇게 불투명하게 섞여버리는 걸까.
나는 실패한 화가일까.
아니, 어느 한순간 화가이기는 했던 걸까.
말해주게 친구여.
얼마 전에는 에밀 졸라의 책 한 권을 받았네.
병약했던 어린 시절의 그 친구를 자네도 기억하지?
내게 사과 한 알을 건넸던 그 친구.
그 친구의 새 책에 실패한 화가 얘기가 나오더군.
마지막에 자살을 하고 마는

그 실패한 화가.
삼십 년 그 친구마저 나를 실패한 환쟁이라고,
소설이라는 이름을 빌려 짓이겨놓았더군.
숫제 『폴 세잔 평전』이라고 하지 싶었어.
하지만 나는 분노하지 않는다네.
향기로운 바람의 냄새가 내 가슴을 쓸어주고
멀리 든든한 생트빅투아르산이
옛날처럼 거기 든든하게 서 있으니까.

친구여.
다시는 그 오욕의 도시 파리에 가지 않을 생각이네.
이곳에서 나는 그 누구도 아닌
나를 위한 그림을 그릴 것이야.
팔레트를 든 몽유병자처럼 중얼거릴 거야.
나는 화가다, 화가이고말고.

—

세잔에 대한 내 최초의 불편함은 어디서부터 시작되었을까. 아마 미술대학에 입학한 지 얼마 되지 않아 서양 미술사 시간에 슬라이드 영상을 본 때부터가 아니었을까 싶다. 〈붉은 조끼를 입은 소년〉이라는 작품으로 기억된다. 한눈에 비례나 형태가 맞지 않아 보였다. 오른팔은 너무 길었고 얼굴을 고인 왼팔은 나무토막 같았다. 형태를 의도적으로 재구성한 것 같지도 않았다. 남자와 여자의 좌상들에서도 대충 뭉그러뜨린 듯한 손들, 분명 앉아 있는데 엉거주춤 서 있는 듯한 모습이 눈에 거슬렸다.

나중에 오르세 미술관에서 다시 보게 된 〈귀스타브 제프루아의 초상〉, 그리고 도판으로 본 〈빅토르 쇼케의 초상〉 〈세잔 부인의 초상〉 같은 작품들 역시 마찬가지. 서툰 인체 소묘와 불편한 느낌을 주는 손 그림과 다시 마주하게 됐다. 원래 재주가 여기까지였을까 아니면 재능을 숨기고 일부러 대충 그린 걸까. 그렇다 하더라도 나병 환자의 그것처럼 뭉툭한 손이며, 분명히 얼굴을 괴고 있는데 떠 있는 듯한 손 모양은 뭐람. 하긴 원래 동양에서도 최고 경지의 그림을 졸품拙品이라고 했고 거기에 도달하기 위해 많은 작가들이 일부러 서툴고 못 그린 듯한 그림을 지향하긴 했지.

왜 아니겠는가. 피카소 또한 뛰어난 데생 실력의 소유자였지만 언제부터인가 '의도적 못 그리기'를 시도했으니까. 그 교만하고 자신만만한 '못 그리기' 속에는 그의 순발력 있고 뛰어난 데생 실력이 숨길 수 없이 드러나 있다. 그런데 세잔은 분명히 모델을 앉혀놓고 그린 게 분명하나 머릿속으로는 다른 엉뚱한 생각을 하고 있는 듯한 느낌을 내보인다. 대상에 대한 집중력이 떨어져 보인다. 사실 세잔 그림에 대한 불편함을 토로한 이들은 나 이전에도 여럿 있었고 대표적인 사람이 철학자 모리스 메를로퐁티였다. 그는 미술관에 걸린 세잔의 그림을 만나면 얼른 다른 작가의 작품 쪽으로 발걸음을 옮겨 그 불편함으로부터 놓여나고 싶었다고 고백했을 정도였다.

그럼에도 불구하고 그는 세잔의 그 불편한 그림 속에서, 세잔이 본래 지향하는 세계가 A가 아닌 B였다는 점을 밝혀낸다. A가 아닌 B. 모델을 그리되 모델의 재현보다는 그 모델이 앉아 있는 장소성이며 시간성, 즉 공간과 공기 같은 것이 그의 머릿속에 더 선명하게 그려져 눈앞의 유기체적 덩어리로서의 형체에는 무심할 수밖에 없었으리라는 논지다.

그러다 세잔 그림에 대한 불편함이 해소되는 계기가 왔다. 『세잔의 사과』라는 책을 읽게 되면서부터. 미술사가 전영백 교수가 쓴 이 책에는, 말하자면 세잔 그림에 대한 철학적 분석이 담겨 있다. 메를로퐁티는 물론 프로이트와 들뢰즈, 라캉 같은 철학자, 미학자를 동원해 세잔의 작품을 분석한다. 책장을 덮으면서 비로소 느꼈다. '그래, 세잔은 눈과 함께 마음을, 손과 함께 정신을 동원하고 싶었구나. 그래서 형태보다는 그 형태의 구조를, 그 형태가 담긴 공간을, 그 공간이 다시 시간과 섞이는 모습을 응시하고 있었구나' 하는 깨달음이었다. 그의 대충 그린

세잔, 생각하는 사과

사과로 파리 화단을 정복하려 했지만 결국 세잔의 그림은 엑상프로방스에서 꽃폈다.

듯 두루뭉술한 그림들, 대상과 배경이 잘 구분되지 않는 그림들이 다시 보였다. 말하자면 '세잔 보기'에서 '세잔 읽기'로 바뀌었다.

문명을 바꾼 사과 세 개가 있다고들 한다. 성경 속 이브의 사과와 뉴턴의 사과와 그리고 폴 세잔의 사과. 어떻게 붉디붉은 그 과일 하나가 저마다에게 '유레카!'일 수 있었을까. 폴 세잔. 그의 고향인 프랑스 남쪽 엑상프로방스. 진한 황토색과 초록과 그리고 붉은 지붕, 흰 회벽의 오래된 도시다. 그는 유년 시절 이곳에서 같은 반 친구 에밀 졸라를 만난다. 건축가 장 바티스탱 바유와 함께. 세 소년은 죽이 맞아 잘 어울렸다. 특히 아버지 없는 가난한 집 아이였던데다가 근시에 병약했던 에밀 졸라는 또래들에게 자주 놀림을 당했고, 그때마다 덩치 큰 부잣집 아들 세잔은 그의 방패막이가 되어주었다.

고마운 마음에 어느 날 졸라는 세잔에게 사과 한 알을 건넨다. 화가가 되기로 결심하고 무작정 상경하여 파리로 왔을 때 세잔은 오래전 그 사과를 떠올리며 그림으로 그리기 시작한다. 사과로 파리 화단을 정복하겠다는 각오와 함께. 그러나 에콜 데 보자르 입학시험에 낙방하고 공모전에서도 연달아 낙선하면서 그는 침울하고 의기소침해진다. 아버지의 집요한 요청을 차마 떨칠 수 없어 다녔던 법과대학마저 때려치우고 도전한 화가의 길이었지만 파리는 결코 호락호락하지 않았다. 발표할 때마다 그의 그림은 평론가와 관람객 모두에게 비호감으로 찍혔고 받아들여지지 않았다.

불안정한 구도와 입체감 없이 분산되며 뭉개지는 듯한 형태들은 아름답기보다는 모호했고 사물을 마치 공중부양하듯 요모조모 뜯어보고 분석하는 기법을 쓴 그의 그림은 대중의 눈에 설었다. 급기야 사물에 내재된 본질적인 구조에 천착하여 모든 자연을 원기둥과 구, 그리고 원뿔로 해석한 예술관을 주장했다.

부풀어진 빛과 색의 견고한 내부로 들어가서 새로운 심미적 체험을 하고 싶었던 그의 열망은 파리에서 재주 없는 화가의 잠꼬대쯤으로 받아들여졌다. 좌절감을 더는 견딜 수 없던 세잔은 어느 날 파리에서 짐을 꾸려 낙향한다. 꿈에도 그리던 고향 엑상프로방스로 돌아간 것이다. 거기서 생트빅투아르산을 비롯한 풍경과 사람들, 수없이 많은 사과를 그렸다. 누구의 마음에 들 필요도 없고 인정받아야 할 이유도 없이 홀로 그리고 그렸다.

엑상프로방스, 너르고 푸른 벌판, 흔들리는 나무, 저만치 솟아 있는 생트빅투아르산, 그리고 그 옛날 친구에게 받았던 추억을 건져올려 탁자에 놓인 사과들. 그는 고향의 느리게 가는 시간과 따뜻하면서도 푸근한 공기를 바라본다. 그 시간에 섞여 흐르는, 손에 잡힐 듯한 바람과 그 바람이 실어온 라벤더 향기를 그린다. 아아 저 산을 에워싸는 그리고 이 탁자의 정물들과 섞여드는 그 시간의 냄새마저 그릴 수 있다면, 그릴 수만 있다면. 파리에서 실패한 화가 폴 세잔. 그는 비로소 고향에서 다시 일어선 것이다.

그렇게 창밖에 바람이 불고 낙엽이 지고 다시 눈 내리고 새싹이 나도록 그는 고향의 자연과 사람들을 화폭으로 초대하였다. 그만의 시각으로 바라본 세계를 그리던 어느 날 손에서 붓을 떨구고 숨진다.

오래된 남쪽 도시 엑상프로방스. 물과 라벤더 빛의 도시. 인상파의 그림 같은 그 도시. 붉은 기와. 하얀 회벽 군데군데 흙길 그리고 푸른 나무들의 정겨운 동네들. 미라보 거리의 로통드광장, 세잔이 드나들었다는 카페 레 되 가르송과 그가 홀로 그림 공부를 했던 그라네 박물관, 그리고 그의 옛 아틀리에. 나는 풍경을 통해 하염없이 세잔의 그림 속으로 걸어들어간다. 폴 세잔, 그는 아직도 엑상프로방스에서 은둔자로 살아 있었다.

더 읽을 거리

폴 세잔과 에밀 졸라, 그 우정과 상처의 세월

폴 세잔Paul Cézanne(1839~1906)과 에밀 졸라Émile Zola(1840~1902)는 엑상프로방스 부르봉 중학교의 동기생으로 어린 시절부터 절친한 사이였다. 유복한 은행가의 아들 세잔과 편모슬하에서 자란 가난하고 병약했던 졸라는 함께 강과 산을 쏘다니며 예술가로서의 감성을 키웠다.

세잔은 어린 시절부터 화가를 꿈꿨지만 아버지가 반대해 법학을 공부했다. 열여덟 살에 먼저 파리로 떠났던 졸라는 세잔에게 계속해서 화가의 길을 권했고 결국 세잔은 법 공부를 그만두고 파리로 향했다. 하지만 별로 주목받지 못하고 살롱전에도 연거푸 낙선해 결국 고향으로 되돌아가 작품 활동을 이어갔다. 반면 에밀 졸라는 비평가로서 이름을 알리고 『테레즈 라캥』 『목로주점』 『나나』 『제르미날』 등의 소설도 발표하며 명성을 얻었다.

그러던 중 1886년 에밀 졸라가 『작품』을 출간하며 둘 사이는 깨졌다. 에밀 졸라의 『작품』은 미술 평론과 문학 작품 사이에 있다. 어찌보면 적나라하고 날카로운 현장의 미술 비평인데 그럼에도 소설적 구성과 기법으로 일관한다. 물론 허구의 문학 작품이나 읽다보면 헷갈린다. 당대에 이 책을 읽고 누구보다 헷갈린 사람이 하나 있었다. 세잔이었다. 저자가 보내온 책을 받아들고 읽어내려가던 세잔은 분노로 부르르 떨었다. 비참한 말로로 끝나는 실패한 화가 클로드 랑티에가 바로 자기 얘기임을 직감했기 때문이었다. 세잔은 『작품』을 소설이라는 형식을 통해 공개적으로 자신을 욕보인 야비한 미술 비평이라고 생각했다. 이 책을 읽은 뒤 세잔은 어린 시절 이후 삼십여 년 동안 우정을 이어온 에밀 졸라에게 절교 편지를 보내고 다시는 만나지 않았다.

과연 에밀 졸라는 『작품』에서 막역한 화가 친구를 조롱하고 욕보이려 했던 걸까. 평정심을 가지고 작품을 찬찬히 뜯어보면 오히려 광기와 실의에 찬 화가 클로드 랑티에를 향한 응원과 갈망 같은 것이 짚어졌다. 인상주의라는 새로운, 그러나 당대 화단에서 도외시되던 어떤 힘의 기류 같은 것을 응시하면서 그 새로운 힘의 격랑 속에서 있는 한 화가의 실패와 좌절을 보고서처럼 써나간 듯했다. 한 권의 소설적 비평 아니, 비평적 소설이 20세기 예술사에 일으킨 파란의 전말은 그래서 복선처럼 깔린 우정과 배신, 좌절과 성취, 실의와 욕망의 울림으로 소설 이상의 소설로 남겨진 것이다. 둘의 이야기는 영화 <나의 위대한 친구, 세잔>을 통해서도 살펴볼 수 있다.

폴 세잔,
<사과와 프림로즈 단지가 있는 정물>, 캔버스에 유채,
73x92.4cm, 1890년, 메트로폴리탄 미술관.

행복한 수련 산장 주인

아침이면 내 귀에는
소란스럽게 피어나는 수련 소리가 들려오지.
산사山寺 같은 지베르니에
밤이 이슬처럼 내릴 때면
수련이 물 깊숙하게
함께 잠으로 내려가는 소리도 들려.

수련의 아침은
햇살로 간지럼을 타면서 소란스럽고
수련의 밤은
착한 잠 속으로 미끄러져 내려가면서
물과 함께 한없이 고요해지지.
햇살의 기쁨과 물의 고요 사이를 왕래하며

수련은
때때로 저만큼 현자賢者처럼 그렇게 피어 있어.

수련을 통해 나는
스스로 가슴 깊은 곳으로부터
기쁨을 끌어올리는 법을 배우고
수련을 통해 나는
고통을 스스로의 상처로 치유하는 법을 배웠지.
멀리 가는 낮 닭의 울음소리가
그 잎사귀에 얹힐 때
햇빛도 바람도
그 너른 잎사귀에서 머물다 갈 때
그리고 달빛에 젖은 밤의
남은 시간을 그 푸른 잎사귀로 거두어들일 때,
무엇보다
함부로 떨어지는 빗방울마저 소중히 받아낼 때
나는 수련의 넉넉함을 배워.
그리고 아침내 그 푸른 대지 위에 누운 아이가 되지.
때때로 모래를 건너는 지친 낙타의 발소리.
같이 서걱대던
지난날 나의 삶도
달빛 사이로 빠르게 지나가는 구름처럼
그렇게 가는 것을 바라보아.

수련.

그 대지에 누워

푸른 잠 속으로 그렇게 빠져들면

마침내

서로 다른 길을 떠나왔던

그리운 이들을 만나서 함께

어둠 속에서 소곤거리는 수련 소리에

귀를 기울일 수 있을 것 같아.

생사生死 간에 핀

나의 수련.

—

'내가 나비인가 나비가 나인가'라는 『장자』「제물론」에 나오는 호접몽 이야기처럼 만년의 모네도 그렇게 중얼거렸음직하다. 내가 수련인가, 수련이 나인가. 그만큼 그와 수련은 주체와 객체로 나눌 수 없어 보인다. 그야말로 물아일체다. 그의 수련은 파리에도 뉴욕에도 런던에도 베를린에도 그리고 멕시코시티에도 도쿄에도 사시사철 동시다발적으로 그 꽃을 피운다.

두 종류의 예술가가 있다. 하나는 '내가 최고다'라고 입으로 말하는 사람이고 다른 하나는 '내가 최곤데……'라고 마음으로 말하는 사람. 그런데 철학적 화가 폴 세잔은 모네에 대해 이렇게 말했다. "그는 신神의 눈을 가진 유일한 화가다." 빛에 색채를 녹여 대상과 배경을 '일별'로 경계 없이 잡아내는 법, 사물을 순간적으로 낚아채듯 빛의 미묘한 밸런스와 움직임을 포착해내는 법을 아는 사람이라는 뜻에서 그렇게 말한 게 아니었을까.

'꽃보다 사람'이라는 말이 있지만 모네는 '자연의 학교'에서 '사람보다 풍경'에 눈과 마음이 꽂혀 있었다. 많은 화가가 실내에서 인공조명에 따라 고착된 명암 그리기에 길드는 동안 그는 자연 속에서 빛의 굴절과 파장에 따라 색채의 변화가 얼마나 다양하게 일어나는지, 그리고

모네, 산 수련장 주인

모네와 수련은 그야말로 물아일체라 할 만하다.

그 다양한 변화가 얼마나 풍성하게 사물의 모습을 변모시키는지에 빠져 있었다.

그런데 이 기발한 법, 법, 법을 그는 어린 시절에 스튜디오가 아니라 야외에 이젤을 들고 나가 몸으로 익혔다고 전해진다. 예컨대 자연에게서 배웠던 것. 거기에 미술사에서는 무명이지만 한 재능 있는 초야의 화가에게 전수받다시피 그런 기법들을 배웠다는 것이다.

소년 시절의 어느 날 들판에서 만난 요한 바르톨트 용킨트라는 네덜란드 풍경화가에게 모네는 어떻게 하면 색채로 빛을 포착해낼 수 있는지 배웠다고 한다. 모네는 훗날 용킨트야말로 위대하고도 위대한 화가였다고 술회했다. 가끔 그런 사람이 있다. 어린 시절 내가 만난 함양 사람 '용운 이자형'이 그러했다. 그는 상여의 머리에 올리는 봉황을 나무로 깎아 만드는 일을 하는 사람이었는데, 봉황 조각을 그리 오래 걸리지 않고서 생생하게 만들어냈다. 실로 눈부신 솜씨였다. 가끔은 한가한 시간에 뒹구는 나무로 소나 말 같은 것을 조각하기도 했다. 그렇게 달리는 말 조각을 만드는 과정이 하도 신기해서 넋을 놓고 바라보노라면 이렇게 말하곤 했다. "자슥, 신기하나? 이기 뭐가 어렵겠노. 나무에서 말 아닌 것만 떼버리면 되는 긴데." 말하자면 그도 용킨트처럼 자신만의 기법을 가지고 있었던 셈이다. 모르긴 해도 상경하여 제대로 계통을 밟아 공부했다면 그는 뛰어난 조각가로 그 이름이 남았을 것이다.

용킨트 전에 모네에게는 또 한 사람의 멘토가 있었다. 외젠 부댕이라는 역시 무명의 풍경화가였다. 그를 통해 모네는 사물이 직광과 반사광만으로 입체를 드러낸다는 루틴 미술 기법에서 빠져나올 수 있었다. 사실 나는 미술이 배울 수도, 가르칠 수도 없는 거의 생득적인 것이 아닌가 생각하는 쪽이다. 그럼에도 불구하고 때로는 시야를 열어주고 생각을 교정해주는 멘토는 필요하다고 생각한다. 특히 유년기나 소년기에 누구를 만났는가에 따라 평생의 길이 결정되기도 할 만큼 어린 시절의 미적 체험이나 인연은 중요하다.

십대 때 만난 이 두 사람을 통해 화가 모네의 눈과 세계관이 열린다. 그리하여 어느 날 살롱에 내었던 그림 〈인상, 해돋이〉가 미술사에서 소위 인상파 계열의 첫 장을 열게 될 줄은 그도 미처 몰랐을 것이다. 함께 햇빛 쏟아지는 밖으로 나가 그림을 그렸던 알프레드 시슬레, 프레데리크 바지유, 피에르 오귀스트 르누아르 등과 어울리면서 '개체'는 '운동'이 된다.

그러다 한 부부와의 기묘한 관계가 시작된다. 1876년 모네는 부유한 미술품 수집가인 에르네스트 오셰데와 그의 아내 알리스에게 작품을 의뢰받는다. 그러다 1878년 오셰데가 그만 파산을 하면서 아내를 남겨두고 홀로 벨기에로 사라져버린다. 알리스와 아이들이 모네의 베퇴유 집에서 함께 생활하는 기묘한 동거가 시작된다.

엎친 데 덮친 격으로 이듬해 모네의 아내가 결핵으로 사망하게 되고 둘은 연인관계가 된다. 드라마보다 더 드라마 같은 일이었다. 사람들은 수군거렸고 모네와 알리스는 세상과 절연하듯 파리 근교 지베르니로 이사한다. 이후 별거중이던 남편 오셰데가 1892년 죽자 둘은 결혼한다. 모네는 지베르니에 숲과 야생화로 뒤덮인 꽤 넓은 부지의 땅을 사고 연못을 파는 대대적인 공사를 한다. 그리고 연못에는 동양풍의 (정확히 말하면 일본풍) 아치형 다리를 올린다. 그러면서 어린 시절 조응했던 물, 햇빛, 바람, 그리고 나무와 꽃을 마주한다.

프랑스 화가 자크 마조렐이 식민지 모로코로 가서 평생 꿈꾸던 마조렐 정원을 만들었듯이 모네는 지베르니의 거대한 정원을 공사 감독하며 가꾸기 시작했다. 그는 아무래도 전통시장에서 볼 수 있던 우키요에를 통해 만난 일본을 닿을 수 없는 신비의 나라쯤으로 여겼던 것 같다. 일본의 '이끼 정원'을 따라 수로를 내고 연못을 파서 거기 수련을 심었다. 그리고 시간이 익어가는 그 정원에서 도인道人처럼 햇빛에 일렁이는 물빛과 손질하지 않은 나무며 야생화를 그리고 물위에 둥둥 떠가는 듯한 수련을 그려갔다.

세잔은 사과 그림을 백 개 이상 그렸다고 전해지지만 모네는 물경 천 점 훌쩍 넘게 수련을 그렸다고 한다. 가끔은 중국의 옛 두루마리 그림처럼 옆으로 한없이 긴 수련 그림을 그려 그것이 마치 공간을 뚫고 나가다못해 우주로까지 이어질 듯한 느낌을 주기도 했다. 그래서 모네의 이 대작 수련 그림을 전시하는 미술관은 그림을 따라 둥그렇게 지어진 경우가 많다. 파리의 오랑주리 미술관은 그 자체가 지붕 있는 수련 정원이라 할 만하다.

전 세계 저명 미술관치고 그의 수련 그림이 없는 곳이 거의 없을 정도지만, 일본의 미술관에 특히 많이 보유되어 있는 것도 특징이다. 나오시마의 지추 미술관이나 시코쿠의 오하라 미술관에 가면 수묵채색화 같은, 수성水性 느낌이 나는 그의 수련 초대작들을 만날 수 있다. 물과 하늘의 아스라한 경계와 둥둥 떠 있는 수련. 그의 수련은 외광에서부터 점점 내면화되면서 명상과 관조의 오브제가 된다. 그런 면에서 만년의 수련 연작은 유채로 그린 동양화라고 할 수 있을 만하다.

더 읽을 거리

클로드 모네와 빛, 그리고 색

클로드 모네Claude Monet(1840~1926)는 항구 도시 르아브르에서 자랐다. 어릴 때부터 캐리커처를 그려서 팔 정도로 그림에 소질을 보였는데 소년 시절 만난 외젠 부댕과 바르톨드 용킨트에게 물에 반사되는 빛과 색을 포착하는 법을 배우며 실력을 쌓았다.

<초록 드레스의 여인> <정원의 여인들>의 모델이기도 한 카미유 동시외와 1865년 처음 만나나 아버지의 반대로 1870년에야 결혼식을 올렸다. 이후 <파라솔을 든 여인> <붉은 케이프> <기모노를 입은 카미유> 등 카미유를 모델로 한 그림을 꾸준히 남겼다.

살롱전에 두 차례 불합격하지만 꺾이지 않고 자신만의 작품 활동을 이어갔다. 그러다 보불전쟁이 발발해 영국으로 몸을 피했다가 그곳에서 윌리엄 터너의 작품을 보고 자신의 작품 스타일에 확신을 가지고 화풍을 다듬어갔다. 클로드 모네를 비롯해 에드가르 드가, 에두아르 마네, 폴 세잔 등은 보수적인 당시 미술계에서 인정받지 못하고 자기네들끼리 '무명예술가협회'를 만들었다. 이들은 1874년 첫번째 그룹전을 열고 모네는 1872년작인 <인상, 해돋이>를 출품하는데 비평가 루이 르로이는 이를 두고 제목처럼 인상만 그렸다며 조롱하는 의미로 '인상주의'라는 말을 처음 사용했는데 뜻하지 않게 이후 이 예술가들을 '인상파'로 통칭하게 되었다. 인상주의는 사물 고유의 색을 부정하고, 햇빛에 의해

시시각각 변하는 대상의 미묘한 색채의 변화와 빛의 반사와 파장을 포착하는 경향인데 모네는 다수의 작품을 통해 인상주의의 대표 작가로 자리매김했다.

1883년 지베르니로 이사해 인생 후반기에는 칩거하며 엄청나게 많은 <수련> 작품을 남겼는데 수묵담채화 같은 분위기 때문에 대표적 동양풍 화가로 꼽힌다. 노년에 백내장 수술을 받고 시력을 거의 잃었으나 끝까지 그림을 그리다가 1926년 세상을 떠났다.

클로드 모네, <수련>,
캔버스에 유채, 89.9×94.1cm, 1906년,
시카고 아트 인스티튜트.

지베르니 모네의 정원

주소: 84 Rue Claude Monet, 27620 Giverny, 프랑스

홈페이지: http://fondation-monet.com/

행복을 그리다,
마티스 미술관

여름도 마티스풍風으로 떠나 보내면 좋지.
천지를 할퀴고 간 장대비도
아프게 불었던 거센 바람도
청색과 분홍으로 아스라이 물러나며
행복한 기억으로만 남을 거야.
가을도 마티스풍으로 맞으면 좋겠어.
바다를 지나 나무 사이로
살랑거리며 불어오는 바람이
붉은 커튼을 지나
식탁에 내려앉게 하여
니스의 그 바다 냄새를 색채로 맡을 수만 있다면
사는 일이 기쁨으로 반짝일 수 있잖아.

바다가 보이는 시미에cimiez
오래된 빌라
모두들 떠나가고
이제는 낡은 가구처럼 몸을 일으킬 수도 없지만
그래도 곁에는
팔레트와 붓이 있어서
삶은 아직 사막이 아니잖아.
그림 속으로 자꾸 새 길을 만들고
거기 옛친구들이며 여인들도 초청할 수 있다면
거의 행복 근처에 이른 것이라고 할 수도 있을 거야.
니스로 내려오길
참 잘했지 뭐야.
마지막 숨을 내려놓기 전
그곳에서 하얀 겨울을 맞을 수만 있다면.
그 고독한 하얀색의 그늘까지
그릴 수도 있을 테니까 말이야.

—

여름이 간다. 한동안 불타던 태양도 함께 간다. 마티스풍의 깊디깊은 블루 대신 커튼을 젖히면 소슬한 가을이 홀로 와 있다. 앙리 마티스. 파리 미술계의 신사라는 그는 가슴에 늘 이글거리는 태양 하나를 숨긴 사내였다. 하지만 그 태양이 식고 사람들이 떠나간 뒤 소슬한 가을 같은 외로움의 시기에 그의 그림은 익어갔다. 그의 사진을 보며 생각한다. '설마 작업할 때도 저런 단정한 차림을 하진 않겠지.' 하지만 그는 뜻밖에도 '야수파'란다.

〈사치, 고요, 쾌락〉이라는 작품을 선보였을 때 평론가 루이 보셀은 '새로운 화파의 선도자'라고 마티스를 예찬했다. 그러면서 반 고흐의 강열한 색과 세잔의 반 추상공간에 고갱의 원시성을 뒤섞어놓은 듯한 마티스의 신작이 조만간 파리 화단을 평정할 것이라고 예언했다. 동시에 그는 그 파격적 화풍으로 인해 마치 원형경기장에 끌려나온 노예들과 검투사들을 향해 야수처럼 퍼부어지던 저주와 악평도 함께 들을 것이라고 했다. 그런데 어이없게도 그 예언은 전복되어 훗날 마티스 화풍 자체를 이르러 야수파라 부르게 되었다. 관중 쪽에서 야수 같은 공격을 하는 게 아니라 작가 쪽에서 관중을 향해 야만의 화살을 쏘아댔다는 것이 맞겠다. 하지만 행복한 야만이고 야수인 셈. 그만큼 그의 그림은 보는 이를 행복하게 한다. 하지만 본래부터 올곧게 화가의 삶을 달려온 것은 아니었다.

법학을 전공해 법률사무소에서 일하던 그는 맹장염에 걸렸다가 회복하는 기간에 우연히 그림을 그리게 된다. 이후 출근하기 전에 데생 수업을 받거나 다른 그림을 베껴 그리는 등 그림에 빠져 지내다가 고향을 떠나 파리에서 본격적으로 그림을 배운다. 그 마티스는 오랜 세월에 걸쳐 자신이 쌓아올리고 학습했던 전통 미학의 세계를 서서히 비틀고 변형시켜 우아하면서도 거친, 야만과 문명이 조화롭게 공존하는 화풍을 만들어낸다. 더 나아가 회화와 디자인이 어깨를 나란히 하는 것 같은 화풍, 일본과 아프리카와 유럽이 조우하는 것 같은 화풍을 만들어낸다. 마침내 그 옛날 한 사람이 던져준 '야수처럼'이라는 말을 자기 작품에 적용한 것이다.

하지만 그의 이름이 드러나고 애호가층이 생기면서 허다한 평론가들은 그의 그림을 두고 "눈만 즐겁게 하는 장식적인 그림" "터무니없는 낭만적 낙천주의" "일본과 아프리카의 접속"이라며 비난한다. 하지만 소나기처럼 쏟아지는 비난과 비판에도 불구하고 그는 한결같이 행복하고 아름답고 신비한, 그 위에 생의 환희로 출렁거리는 화면을 만들어낸다. 생의 환희, 맞고말고다. 그의 그림에선 화병의 초록 잎이며 분홍색 커튼이며 낡은 의자까지도 기쁨과 행복의 빛을 쏘아댄다.

실로 그림은 이 어둡고 불안한 세상을 이겨내기 위한 '기쁨의 깃발'이 되어야 한다는 선언처럼 보이는 화풍이다. 그런데 1906년 앵데팡당전에 출품된 그의 〈삶의 기쁨〉을 보고 남몰래 좌절과 충격과 이글거리는 질투를 느낀 한 사내가 있었다. 이십대 때 파리로 입성한 피카소. 파리에 도착한 이 스페인 청년은 장차 이 미술 도시에서 선두주자가 되겠

마티스풍 여름

가슴속에 태양 하나를 품었던 마티스.
색채를 빛으로 바꾼 그의 빛나는 여름이 눈에 그려진다.

다는 야망을 품는다. 그러다가 열두 살 연상인 마티스의 작품을 보고 그가 자신보다 먼저 새로운 회화세계의 문을 연 것 같다고 느낀다. 장차 도달하고 싶은 그 지점에 그가 먼저 도착해 있는 것만 같았다. 마티스 역시 피카소의 번쩍이는 재능을 알아보았음은 물론이다. 이후 두 사람은 평생 보이지 않는 경쟁 구도를 형성한다.

당시의 유명한 미술 애호가였던 거트루드 스타인은 마티스를 '학자와 같은 분위기의 인물'로, 피카소를 '서커스의 광대' 같은 인물로 묘사한 글을 남겼다. 거트루드 스타인의 평은 적절했지만 마티스를 향한 피카소의 시선은 선망과 질투로 이글댔다. 사실 가슴속 태양의 크기며 이글거림도 그 스페인 사내가 훨씬 더했다. 마티스의 두번째 개인전에서 정작 사람들에게 둘러싸인 사람은 마티스가 아닌 피카소였다. 작은 키에 프랑스어도 서툰 그에게는 거부할 수 없는 매력과 흡입력이 있었던 것이다. 야수파로 불리기는 했지만 얌전한 서생 같은 마티스는 작업의 금도禁度 같은 것이 있었다. 일탈을 즐기지는 않았다. 태풍처럼 등장한 피카소가 스스로의 화풍을 자주 뒤엎고 무질서 상태로 몰아가곤 했던 것과도 비교가 된다. 당시 파리 화단이 그토록 풍요했던 것은 이런 보이지 않는 재능의 불꽃 튀는 대결이 여러 군데에서 동시다발적으로 쏘아올려지곤 했기 때문이었다. 부러운 대목이다.

"다시는 그자에 대해 말하지 말아라. 그자는 매복해 있다가 덮치는 사냥꾼처럼 늘 나의 것을 훔치는 도둑이야." 마티스가 어느 날 딸에게 피카소에 대해 신경질적으로 내뱉은 말이라고 한다. 마티스와 피카소. 열두 살 차이의 두 사람을 두고 훗날 사람들은 '세기의 라이벌'이라고 이야기했다. 아닌 게 아니라 피카소의 1932년작 〈꿈〉을 보면 평론가들이 지적한 것처럼 마티스보다 더 마티스적이다. 피카소가 일정 부분 마티스를 훔쳤던 것도 사실인 듯하다. 하지만 마티스도 일본의 우키요에와 아프리카 미술에 곁눈질을 했다. 「잠언」에 일렀듯 하늘 아래 새로운 것이란 없었던 셈이다.

그런데 피카소는 〈게르니카〉에서 보이듯 자신의 조국이 처한 현실이며 전쟁에 대해 가끔 격정적으로 울부짖고 포효하는 것 같은 열기를 쏟아놓았지만 그에 반해 마티스의 화면은 아무리 거칠어도 정제돼 있었다. 프랑스적인, 너무나 프랑스적인 화풍을 고수했다. 색채, 빛, 선을 통해, 그리고 암 수술을 받은 후 병상에서부터 시작한 종이 오리기를 통해 마티스는 도안과 순수 미술의 경계마저 허물었다. 큰 전쟁을 두 번이나 겪었던 암울한 시기를 거치면서 더더욱 색채는 호흡이요 형태는 기도라는 듯, 생의 환희를 노래하는 듯한 유희적 작업에 열중했다. 결코 요동치는 법이 없었다. 거대담론이나 사회 이슈에는 무심한 듯 주로 실내 풍경과 여인을 그리면서 그는 색채를 빛으로 바꾸는 경지로 들어서고 있었다. 이런 그를 두고 평론가들은 여전히 악평을 했지만 애호가층은 점점 두터워졌다. 그러다가 마침내 그는 끝내 시끌벅적한 파리를 떠나 햇빛 좋은 남쪽 니스로 옮겨간다.

한때 파리의 본류였지만 파리의 영주 자리를 스페인 사내 피카소에게 내어주고 니스의 한 빌라에서 은둔하다시피 그림과만 동거한 것이다. 맞다. 진실로 그림과의 동거였다. 그는 이 시절, 먹고 자고 산책하고 그리고를 반복하는 나날을 지냈다. 이렇게 1917년부터 1954년까지 사십여 년 동안을 이 평화로운 전원 도시에서 살며 회화와 드로잉, 조각, 일러스트, 세라믹 도자기 작품들을 남겼다. 그의 작품들은 현재 니스의 마티스 미술관에 일부 모여 있다. 하지만 이 건물은 본래 미술관으로 설계된 것이 아니라 니스의 집정관이었던 장바티스트 구베르나티의 저택이었다고 한다.

안으로 들어서니 낡은 가구에서 풍기는 것 같은 냄새가 난다. 고풍스러운 집에 들어설 때면 달려드는 그 냄새가 나는 좋다. 시간의 더께가 느껴지는 단아한 공간. 그의 그림은 공기마저 아늑한 이곳에서 한결같이 행복해 보인다. 니스 시절에 남긴 마티스의 분신들이 이 오래된 삼층 건물에 지금 오롯이 모여 있다. 윗층에서 화가의 잔기침 소리가 들려오는 듯하다. 창밖으로는 끝 간 데 없이 뻗은 올리브나무가 보이고 푸른 하늘은 그 위에 아스라하다.

이곳의 풍광에 잠기다보면 누구라도 그 평화투성이의 안온한 대기감에 중독되고 말 것만 같다. 와글대던 파리가 부질없어 보였을 수도 있겠다. 가슴에 불길을 지닌 그였지만, 오히려 그래서 상처와 곡절 많은 삶이었다. 한사코 고즈넉하고 평화로운 전원 속으로 들어가려 했던 이유가 아니었을지. 어쩌면 작가 자신도 관광객 들끓는 파리보다는 이 조용한 곳에 자신의 작품이 모여 있는 것을 원했을 성싶다. 그러고 보면 파리에서 낙향했던 세잔처럼 마티스 역시 파리를 떠나면서 비로소 자기 그림의 세계를 심화시켰던 것 같다. 역설적이게도 그들은 파리에 대해 낯가림이 유별난 화가들이었다.

기나긴 올리브밭 끝에 위치한 붉은 벽돌 미술관의 지척에는 그가 1930년대 초부터 살며 그림을 그렸던 작업실 겸 숙소인 시미에 지구에 위치한 오래된 호텔 레지나가 있다. 니스 시내가 내려다보이는 이 빌라에서 만년의 마티스는 심근경색에 폐렴과 관절염 같은 치명적 질병에 시달리며 고통스러운 나날을 보냈다. 더구나 아내와도 헤어지고 자녀들마저 모두 그의 곁을 떠나가버린 채였다. 선비 같은 외모와는 달리 심심찮게 여성과의 스캔들을 일으키고, 모두 모여드는 파리를 등지면서 그는 가족과도 소원해져 있었다. 홀로 남은 빈집에서 그는 과거 자신의 모델이었던 어느 러시아 여인의 보살핌을 받으며 침대에 비스듬히 누워서 긴 막대기에 크레용을 매달아 벽화 스타일의 종이 오리기 그림들을 그렸다. 생의 마지막에 이르렀음을 본인도 알았지만 그렇게까지라도 해서 존재의 의미를 확인하고 싶었기 때문이었을 것이다. 그야말로 '나는 숨쉰다. 고로 그린다'의 한 생애였다.

마티스와 로제르성당

더 읽을 거리

일흔두 살이 되던 1941년, 마티스는 요양차 산기슭에 자리한 프랑스 남부의 중세 도시 방스로 작업실을 옮겼다. 이때 당시 스무 살이던 모니크 부르주아를 개인 간호사로 고용해 그녀에게 극진한 간호를 받았다. 할아버지와 손녀 같았던 두 사람은 금세 친해졌고 모니크 덕에 마티스는 병마와 싸울 수 있었다. 이 두 사람의 관계를 두고 의견이 분분했으나 1944년 그녀는 도미니코 수녀회에 입회해 자크 마리라는 이름으로 수녀의 길을 걸었다. 이후에도 두 사람은 꾸준히 교류해 영적 사랑에 가깝지 않았나 싶다.

그러던 중 자크 마리 수녀가 새로운 경당을 세우는 문제로 마티스에게 의논해왔다. 이에 마티스는 1948년부터 평면 설계부터 스테인드글라스, 실내 벽화 및 장식, 사제복 등 로제르성당 건축의 전 분야를 도맡아 진행했다. 로제르성당은 사 년 만에 완성됐는데 웅장하고 압도적인 분위기의 기존 성당과 달리 파란색, 초록색, 레몬색 등의 빛과 색이 차 있는 작고 소박한 모습으로 마티스의 말년 대표작으로 꼽힌다.

로제르성당

주소: 466 Av. Henri Matisse, 06140 Vence, 프랑스

홈페이지: http://chapellematisse.fr/

빛, 바람,
구름의 집

꿈속에서
나는 자주 초록으로 일렁이는
르아브르의 노인이 된다.
벽난로에 자작나무를 태우며
하릴없이 멀리 항구로 돌아오는
배를 바라보며
두려움 없이 떠났던 젊은 날의 내 모든 항해로부터
석양에 얼굴이 붉어진 노인으로
나는 돌아오는 배 한 척처럼
시나브로 타는 장작
르아브르의 숲속 집으로
돌아가서
둥둥 떠가는 구름을 보리니.

그곳에서라면
죽음이 오래된 친구처럼
가끔씩 창문을 두드릴지라도
기꺼이
그 어두움마저 맞아들일 수 있으리.
도시에서의 나의 영광은
바람에 날리는 낙엽들.
그 덧없는 환호가 잦아진 지도 오래.
나는 르아브르의 숲속 작은 집 한 채를 꿈꾼다.
새벽 푸른빛으로 하루가 열리면
외젠 부댕의 그 환한 빛과
바람 속에 서 있는
나는 행복한 노인.

—

프랑스 여행자들은 흔히 남부의 아름다움을 많이 이야기하지만 파리 북서부 노르망디 쪽 역시 독특한 매혹을 풍긴다. 남부 지역이 부드럽고 섬세한 여성적 풍광을 자랑한다면 북부 지역은 보다 남성적 아름다움이 있다. 리옹역에서 출발하여 일망무제의 초록색 초원을 보며 북서쪽으로 향하는 기차 여행이 일품인 것은 가다가 몽생미셸이나 르아브르, 도빌이며 생말로 같은 곳에 내릴 수 있기 때문이다. 그러다 만난 해안선에 펼쳐진 작은 도시들은 인상파의 그림 속으로 들어선 듯 아름답다.

본디 노르만족이 세웠대서 노르망디라 이름 붙여진 지역 중에서도 르아브르는 '북쪽의 작은 파리'라고 불릴 정도로 미술 도시로 유명하다. 이번에는 기차가 아닌 승용차로 한적한 노르망디행 도로를 타고 간다. 신기하게도 파리를 벗어난 지 얼마 안 됐는데 직선 도로가 지나치는 자동차 안도 잘 볼 수 있을 만큼 한산했다. 들길을 가다가 슬며시 방향을 틀어 아름다운 작은 도시 페캉과 샹티이성을 둘러보는 호사를 맛보기로 했다. 예정에 없던 일정이었다. 페캉의 시민들이 손때 묻은 물건을 들고나와 파는 길거리 작은 시장을 구경했는데 가끔은 이 장터에서 옛 명화들이 나온대서 유명해진 즉흥 시장이다.

숲길 따라 고성古城 샹티이로 간다. 영화에도 가끔 나온다는 이 전원 속의 샤토 미술관에는 방마다 라파엘의 '성모상'을 비롯한 엄청난 미술품들이 빼곡하게 걸려 있는데 특히 중세 미술품이 많다. 마치 피렌체의 우피치 미술관을 만난 듯한 느낌이다. 클로드 모네는 바로 이 성 가까운 곳에서 어린 시절을 보냈다고 전해지는데 이 성의 미술품들을 소년 모네도 물론 보지 않았을까 싶다. 샹티이성에서 나와 자동차로 푸른 들판을 달리다가 드디어 만난 것이 르아브르 클레망소 거리의 앙드레 말로 현대 미술관.

바다를 바라보고 있는 이 겸손하고 아담한 주택에 자리한 이층 미술관에 웬 소설가 앙드레 말로의 이름이 붙어 있을까. 그가 문화부 장관으로 있던 시절에 지어진 미술관인데다 만년에 홀로된 앙드레 말로가 화려한 파리 시절을 뒤로하고 미술관 가까운 근교에서 은둔하며 살다가 작고한 인연 때문이라고 했다. 그야말로 성채 같은 드높은 명성을 떨쳤던 앙드레 말로였지만 이제 사람은 가고 파리 북쪽에 그의 이름이 붙은 단아한 집 한 채가 눈앞에 있다.

그는 불세출의 시인, 소설가, 미술 평론가, 정치가, 행정가, 그리고 무엇보다 예술 애호가였다. 특히 미술 이론가이자 평론가 그리고 행정적 후원자로서 그 이름이 높았던 르네상스적 인물이었다. 그런가 하면 행동주의 문학인으로서 1936년의 스페인내전 때에는 공화파 의용군으로 참여했고 1944년에는 베르제 대령이라는 이름으로 직접 전선에서 레지스탕스를 지휘하기도 했다. 프랑스의 체 게바라, 파리의 헤밍웨이로 불릴 만했다. 그가 자신의 주군이었던 평생의 지기 샤를 드골을 만난 것도 전선에서였다.

특이한 것은 그의 이력에서 '동양'을 빼놓을 수 없다는 점. 일찍부터 중국어, 베트남어를 공부하여 장제스의 상하이 쿠데타를 주제로 한

노르망디 인상

해안선을 따라 펼쳐진 노르망디 도시들은 인상파 그림 속으로 들어선 듯 아름답다.

『인간의 조건』으로 공쿠르상을 받았으며 중국 국민당의 광둥 총파업을 배경으로 한 『정복자들』은 여행 보고서이자 역사 기록적 정치 소설이라는 새로운 형식으로 각광받을 정도였다. 그런 그였기에 전체주의를 혐오했다. 히틀러의 나치즘을 역사의 불길한 징조로 보고 『모멸의 시대』를 썼던 그는 후에 항독 운동을 하다가 그 히틀러 군대에 포로로 잡혀 가까스로 풀려나기까지 했다. 그런데 그 모든 재능 중에서도 뜻밖에 예술 행정에서도 유감없이 자신의 존재감을 드러냈다.

드골의 1, 2차 집권 때 내각 총리실 장관 및 정보상과 프랑스 초대 문화부 장관을 역임했던 그는 대통령의 전폭적 지원을 받으며 프랑스 역사상 가장 혁신적이고 강력한 문화 예술 정책을 펼친다. '국가는 예술을 감독하기 위해서가 아니라 예술에 봉사하기 위해 존재할 뿐'이라는 자신의 사적 신념을 공적 논리화했던 것이다.

미술 평론가이자 애호가였던 그는 장관 시절 여러 미술관을 세웠고 르아브르의 앙드레 말로 현대 미술관도 그중 하나였다. 파리 외곽으로 밀려날 것으로 예상되던 현대 미술관 퐁피두를 도심인 마레 지구에 세우는가 하면 다양한 미술 지원 정책을 펼쳤다. 국적을 불문하고 두각을 드러내는 재능 있는 미술가들을 지원했고 이들에게 파리 시민권을 주기도 하였다. 낮에는 행정가로 밤에는 화가나 문인과 어울리는 예술인으로 살았던 그는 방대한 미술 평론서인 '예술심리학' 시리즈로 『상상의 박물관』 『예술 창조』 『절대의 화폐』를 1947년부터 1949년까지 써낸 다음 이를 묶어 『침묵의 소리』를 펴냈고 『신들의 변모』 같은 예술 평론서를 써냈다. 진실로 그는 파리가 세계 미술의 수도가 되기를 원했던 듯하다. 그러나 질풍노도 같은 그의 삶은 드골의 퇴진과 소설가였던 아내 루이즈 드 빌모랭의 갑작스러운 죽음과 함께 꺾인다. 파리에서 스스로 자취를 감추며 은둔 상태로 들어가게 된 것.

이렇게 곡절 많은 이름인 앙드레 말로의 문패를 단 미술관이지만 들어가보면 마냥 평화롭기만 하다. 우선 외젠 부댕의 작품이 압도적으로 많아서 미술관에 앙드레 말로보다 그의 이름을 붙이는 편이 어울릴 것 같다는 생각이 들 정도였다. 노르망디의 무명 화가이나 모네에게 빛과 풍경의 조화 등을 가르쳐준 외젠 부댕을 진정한 인상주의의 출발점으로 보는 시각들도 많다.

미술관 안에 있는 그의 그림은 주로 소품이었는데 유난히 구름과 바다가 많이 보인다. 그리고 눈자위에 검은 테가 둘린 노르망디 소떼가 담긴 전원 풍경화가 많다. 물론 모네의 〈수련〉도 보이고 피사로의 작품도 보이지만 미술관의 주인은 단연 외젠 부댕이었다. 초야의 지방 화가였던 그가 먼 훗날 앙드레 말로의 도움으로 고향에서 빛을 보게 된 것이다. 유리로 된 미술관의 한쪽 벽으로 바다가 보인다. 예컨대 노르망디 화파라고 불러도 좋을 부댕의 풍경화는 바로 이곳의 둥둥 떠가는 흰 구름과 바람, 그리고 햇빛과 물이 만나 이루어진 것들이었다.

앙드레 말로의 이 전원 속 미술관을 둘러보니 마음에 감미로운 평화와 따뜻함이 번져온다. 허다한 미술관들이 사람을 소외시킬 정도로 위압적이거나 지나친 건축적 상상력 때문에 피곤하게 만드는 데 반해 이곳은 미술 본래의 잔잔한 위로와 기쁨을 주는 집이었기 때문이다. 천둥과 불꽃의 삶을 산 앙드레 말로. 어쩌면 그의 영혼도 생전 그토록 사랑했던 미술품들과 함께 이 작은 집에서 행복한 안식을 누리고 있을 것만 같다.

앙드레 말로와 앙드레 말로 현대 미술관

앙드레 말로André Malraux(1901~1976)는 열아홉 살 때 문학잡지 『라 코네상스』에 평론을 발표하면서 활동을 시작해 1928년 첫 소설 『정복자들』로 이름을 알렸다. 이후 유교와 노장사상, 탄트라불교를 탐구한 동양 3부작과 그리스신화와 기독교에 대해 명상한 서양 3부작 등을 집필해 자신만의 소설세계를 구축해 갔다. 소설가로서뿐 아니라 미술 평론가, 정치가, 행정가로도 활동했고, 스페인내전 때 반파시스트 운동이나 나치에 대항해 레지스탕스 활동에 나서는 등 행동하는 지성으로 유명했다. 1976년 세상을 떠났는데 이십 년이 흘러 팡테옹에 안장되었다.

르아브르시 최초의 미술관은 1845년 세워졌으나 1944년 폭격으로 대부분의 소장품이 유실되었다. 이후 1951년 박물관 재건을 시작해 1961년 현대 미술관이 다시 문을 열었고 개관 50주년인 2011년 앙드레 말로 현대 미술관으로 이름을 바꾸었다. 개관 당시 문화부 장관이었던 앙드레 말로는 "르아브르 사람들이 언젠가는 이 모든 것이 여기서 시작되었다고 자랑스럽게 말할 것이다"라고 했는데 그 말처럼 이 지역 출신 초기 인상주의 화가들의 작품이 모여 있다.

앙드레 말로 미술관

주소: 2 Bd Clemenceau, 76600 Le Havre, 프랑스

홈페이지: http://www.muma-lehavre.fr/

사랑아
나는 통곡한다

사랑을 잃은 남자는

가슴에 울부짖는 늑대 한 마리와 산다.

비와 눈이 내리는 시간을 건너

홀로 빈 들판으로 가는 그 짐승.

죽음은 마침내 고요히 내리는 눈처럼

그 주검을 덮어주나니.

누군들 지상의 길을

홀로 가지 않으랴만

간혹은

더 멀고 고달파서 서러운 인생이 있다.

버려진 것 같은 그런 삶일수록

청색 밤하늘의 별빛들은 더

고와 보이고

밤의 어둠마저 껴안고 싶어지는 것이니.
멀리 불빛을 달고 기차 지나가는 소리.
차디찬 돌팍에서 울고 있는 한 여자.
사랑을 잃은 남자는 누구라도
가슴에 울부짖는 늑대 한 마리와 산다.

—

빈센트 반 고흐. 서른일곱에 자살로 생을 마감하기까지 그는 세 번 사랑에 빠지지만 세 번 다 실패한다. 만약 실패한 세 사랑 중 하나만이라도 성공했다면 그렇게 일찍 생을 마감했을까. 그건 모르겠다. 하지만 사랑이 붙들어줬다면 고달픈 삶이었을지라도 조금 더 지속됐을 수도 있다. 정작 오직 예술, 그것 때문에 자살한 예술가는 많지 않기 때문이다.

그런 점에서 지금은 절판된 제럴드 잼폴스키의 불멸의 책 『사랑은 모든 것의 해답』은 시사하는 바가 많다. 인간은 사랑을 갈구하는 존재이고 그런 점에서 그도 예외가 아니었던 것이다. 잼폴스키는 인간이 사랑의 물을 먹고 사랑의 햇빛으로 크는 한 그루 나무와 같다고 보았다. 그러면서 인생의 모든 문제는 사랑의 결여나 고갈에서 비롯된다고 했다. 심지어 스스로 택하는 죽음마저도 사랑의 갈망에 대한 좌절에서 오는 경우가 많다고 보았다.

반 고흐. 그가 그린 그림보다 그에 관한 책이 지상에 더 많다고 할 만큼 유명한 인물이다. 유독 그의 그림 중에 〈슬픔sorrow〉이라는 제목이 붙은, 벗은 몸으로 차디찬 돌 위에 머리를 묻은 채 웅크리고 있는 여인의 그림이 눈길을 끈다. 반 고흐가 열렬히 연모했던 시엥이라는 실존 인물이 그 모델로 알려져 있다. 정확한 이름은 클래시나 마리아 호르나크. 처음 만났을 때 그녀는 어린 딸을 둔 서른두 살의 창녀였고 태중에는 또다른 아이가 자라고 있었다. 결코 예쁜 얼굴이라고 할 수도 없었고 살짝 얽기까지 했다. 그러나 반 고흐는 연상의 그녀에게서 거부할 수 없는 매력을 발견했고 정신없이 빨려들어갔다. 급기야 결혼을 결심하지만 가족들의 격렬한 반대 때문에 뜻을 이루지 못한다. 첫사랑의 대상이었던 하숙집 딸 유지니 로이어와 사촌누이 케이 보스에 이어 세번째 사랑도 그렇게 좌절되면서 세상과의 불화가 시작된다. 외로운 짐승처럼 떠돌던 그는 1886년 파리로 갔다. 대체로 사랑의 아픔을 겪으면 그 기억의 땅을 떠나고 싶어지는 법이고 그 역시 마찬가지였다. 게다가 그 당시 파리는 '세상의 모든 미술'이 모여드는 곳이었다.

그런데 그때 그가 무작정 파리로 떠나지 않았다면, 그리하여 몽마르트르에 정착하여 새로운 사조를 이끌고 있던 일군의 화가들, 일테면 툴루즈로트레크나 드가, 르누아르나 베르나르, 모네, 폴 시냐크 등을 만나지 않았다면, 그리하여 사랑의 상실을 그림에의 열정으로 바꾸지 않았다면 그는 여전히 네덜란드 고향에서 농촌 풍경이나 그리고 있었을 것이다.

그는 파리에 와서 그곳에 집결한 당대의 별들을 만날 수 있었고 비로소 새로운 미술의 흐름에 번쩍 눈이 뜨였다. 그의 창작 본능은 그렇게 하여 활화산처럼 터져나왔다. 그리고 비로소 오늘날 빈센트 반 고흐로 탄생할 수 있었다. 더구나 예술 동네 몽마르트르의 벨 에포크는 1880년부터 이십 년 남짓이었으니 그는 그 전성기 한복판에 뛰어든 셈이었다.

그 시절에는 그야말로 누군가가 호명하듯 유럽 각지에서 한다 하는 미술가들이 몽마르트르로 몰려들었고 공동 스튜디오 '세탁선'은 창작의 용광로가 됐다. 그는 처음 몽마르트르에 위치한 페르낭 코르몽의 화

사랑아 나는 통곡한다

사랑을 상실한 빈센트 반 고흐는 세상을 떠돌다 예술혼을 발화시켰다.

실에서 그림을 그렸는데 비록 프랑스어는 서툴렀지만 뒤늦게 인상주의의 화풍을 접할 수 있었다.

1888년 남부의 아를로 내려간 후에도 파리에서 만났던 고갱과 새로운 화가 공동체를 세울 구상까지 하게 된다. 몽마르트르에 머물렀던 이 년여의 시간 동안 반 고흐는 그야말로 질풍처럼 몇백 점을 헤아리는 그림을 그렸고 그러는 사이 사랑의 상실에 대한 슬픔도 흉터만 남긴 채 서서히 아물어갔다.

반 고흐가 그 언덕배기 화가촌에 머물렀던 때만 해도 아직 몽마르트르의 상징이 된 새하얀 사크레쾨르성당도 없었고 만국박람회 때 선보일 목적으로 세워진 저 거대한 에펠탑도 없었다. 따라서 그가 본 파리 풍경은 〈파리의 지붕〉이라는 작품에 드러나듯 수평적이고 고요하고 오래된 전원형 도시였다. 딱히 '저것이 파리다'라고 할 만한 시각적 지표가 보이지 않는다.

그런데 화가 빈센트 반 고흐의 전성기는 다시 그 파리를 떠났을 때 열린다. 그 공동체에서 떨어져나와 외로운 행성처럼 공전하면서 그의 빛과 색도 함께 터져나왔다. 하지만 전성기는 전성기로되 참혹한 전성기였다. 작은 화랑을 하는 동생 테오가 보내주는 생활비 몇 푼으로 근근이 버티는 삶이었다. 화가로서의 그의 존재감은 미미했고 그저 독백의 일기장처럼 홀로 그림을 그리고 홀로 거둬들이는 나날이었다.

더구나 아를의 그 진공상태 같은 평화로움이 점차 그를 질식시켰다. 따뜻한 여인의 손길이나 더운밥 한끼 없는 삭막한 나날이었다. 다시 모든 상처가 오롯이 살아났고 붓은 칼이 되어 스스로의 내면을 겨눠왔다. 어쩌면 불빛 은성하고 떠들썩했던 몽마르트르의 나날이 오히려 추웠지만 따뜻한 계절이었던 셈이다. 그렇다고 그 파리로 다시 올라갈 수도 없었다. 고향 네덜란드 쪽으로는 더더군다나 아니었다. 고갱은 타히티 섬으로라도 떠났지만 그에게는 더이상 떠날 곳이 없었다.

반 고흐의 마지막 떠남은 그래서 아예 지상을 뜨는 것이었다. 그런 면에서 아를은 그의 '땅끝'이었던 셈이다. 사랑에 실패하고 절망이 일용할 양식처럼 된 그는 마치 그 옛날 자신이 그렸던 맨몸으로 얼굴 파묻고 돌팍에 앉았던 그 여인 시엥처럼 되어 있었다.

그런데 그가 세상을 떠난 뒤 그림 아닌 그의 편지며 일기, 에세이들이 쏟아져나왔다. 그림을 그리지 않을 때면 홀로 정체가 애매한 글을 많이 썼던 그였다. 그런 그의 글이 세상을 향해 먼저 소리치기 시작했다. 그의 글들은 하나같이 절절하고 눈물겨운 것이어서 사람들을 흔들어놓았다.

글로 감동받은 사람들이 비로소 그림을 뒤지기 시작했고 문필가가 아닌 화가 빈센트 반 고흐라는 이름이 햇빛 아래 드러났다. 발길에 차이듯 홀대받던 그림들이 별이 되는 순간이었다. 이 대목에서 어디선가 보았던 한 여행기 제목이 생각난다. '그러므로 떠남은 언제나 옳다.' 여기에 한마디 덧붙인다면 '심지어 지상을 떠나는 일마저도'라고 할 수 있을지도 모르겠다. 그가 지상을 떠나면서 그의 예술도 찬란하게 발화했기 때문이다. 그야말로 빈센트 반 고흐의 슬픈 패러독스, 혹은 알고리즘이라 아니할 수 없다.

반 고흐의 파리 수련 생활

더 읽을 거리

빈센트 반 고흐Vincent Van Gogh는 1853년 네덜란드에서 목사의 아들로 태어났다. 영국에서 짧은 교사생활을 끝내고, 네덜란드로 돌아와 목사가 되기로 결심하나 1880년대에 다시 진로를 바꿔 화가의 길을 걷게 됐다. 화상인 동생 테오의 조언에 따라 브뤼셀 왕립 미술 아카데미에서 미술 공부를 시작했다. 네덜란드 시절, 빈센트 반 고흐는 <감자를 먹는 사람들>처럼 어둡고 우수에 찬 농촌의 모습을 담았지만 네덜란드를 떠나 벨기에 안트베르펜을 거쳐 파리로 가면서 전환점을 맞이했다. 1885년부터 1888년까지 파리에 머물며 빈센트 반 고흐는 툴루즈로트레크, 에밀 베르나르, 고갱, 피사로 등과 친해져 이들에게 영향을 받았다.

파리에서 인상주의뿐 아니라 일본풍 표현양식을 익히는 등 유행을 따르면서도 자기만의 표현방식으로 변형해가며 성장했다. 그러다 파리 체류가 끝날 무렵 남긴 작품이 <탕기 영감의 초상>이었다. 파리에서 약 이백 점 이상의 작품을 완성하면서 예술에 대한 이해를 넓힌 덕분에 이후 파리를 떠나 아를에서 대표작들을 그려낼 수 있었다.

네덜란드의 반 고흐 미술관 외에 파리 오르세 미술관에서도 빈센트 반 고흐의 작품을 여럿 만날 수 있다. 특히 반 고흐의 작품이 걸린 오르세 미술관 전시실 복도 한쪽에는 큰 유리창이 달려 있는데 그 유리창 너머로 몽마르트르 언덕이 보여 의미가 남다르다. 한때 그곳에서 실력을 쌓았던 한 화가의 작품이 이곳에 남아 있는 것이다.

빈센트 반 고흐, <밀짚모자를 쓴 자화상>,
캔버스에 유채, 40.6x31.8cm, 1887년, 메트로폴리탄 미술관.

오르세 미술관

주소: 1 Rue de la Légion d'Honneur, 75007 Paris, 프랑스

홈페이지: https://www.musee-orsay.fr/fr

하늘은
나의 땅

밤하늘과 사랑에 빠지는 법을 알게 해줄게.
별과 별 사이를 떠가는 황홀에 대해서도 말해줄게.
그러려면 그대도 날개를 달아야 해.
아이의 겨드랑이에서만 자라나는 날개.
날개만 달면
쓸모없는 것들은 버리게 돼.
노년이 되어도 죽음을
우주 멀리 밀어낼 수 있지.
더 좋고 아주 좋은 것은
진짜 사랑할 것만 사랑하게 된다는 거야.
땅에서의 사랑은
곧 지고 말 푸른 잎.
혹은 사라질 물위의 피아노 소리 같은 것.

그러니 작별의 키스를 하고
얼른 날개를 펴서 하늘로 솟구쳐봐.
바람이 밀어주고 구름이 덮어줄 거야.
영원의 한 자락이 보일 수도 있어.
하늘 여행이 진짜 좋고도 좋은 것은
이제 더이상 세상의 수다를 듣지 않으면서
내 안에서 흘러나오는 빛을 볼 수 있다는 점이야.
저것 봐.
캄캄한 내 속에서 은밀히
솟아오르는 빛 하나.
아이의 날개를 달고
해지는 지금 시간
떠오르기 좋은 시간.

—

"육肉은 지상에서 한 줌 흙으로 남고 그 흙집을 빠져나간 영은 하늘로 간다."

내 나이 열너댓 살 무렵, 사람이 죽으면 어떻게 되느냐고 물었을 때 낡은 성경을 가리키며 돌아온 어머니의 대답. 쾅쾅, 흔들림이 없었다.

"여기 보아라, 위 것을 생각하고 아랫것은 당최 생각지도 말라고까지 하시지 않았느냐, 그런데……" 돋보기를 밀어올리며 언짢은 시선과 함께 들려오는 소리. "너는 도대체 예배는 빠지고 밤낮없이 어딜 그렇게 쏘다니는 것이냐, 얻을 게 뭐가 있다고." 그리고 긴 한숨. "아무래도 하나님이 겸손을 가르치시려고 너를 내게 주셨나보다." 자식들이 성경 바깥으로는 한 걸음도 나가지 못하도록 했던 내 어머니는 '랍비'와 같았다.

폐일언하고, 그때 머릿속을 스쳤던 엉뚱한 생각 하나. 『야간비행』과 『어린 왕자』의 생텍쥐페리, 그는 하늘에서 살다 땅으로 내려와 죽지 않았는가? 그랬다. 비행사 생텍쥐페리는 지상보다는 창공의 삶을 산 하늘의 사람이었다. 물론 곡예사도 공중에 떠 있지만 잠시 머물다가 땅으로 내려온다.

그러나 비행사는 더 높은 곳에서 더 오래 머문다. 특히 그는 낡은 수

송기와 정찰기로 대륙을 넘나드는 야간비행을 자주 했다. 그런 그에게는 때론 하늘이 더 견고한 땅일 수도 있겠다. 생텍쥐페리, 그러니 그는 사십 년 남짓의 짧은 시간을 살았다고는 하지만 하늘에 머물렀던 시간을 땅의 계산법만으로 측정하기는 어렵지 않을까. 어쩌면 그가 한밤중 홀로 사막 위를 떠갔던 깜깜한 시간은 지상의 셈법으로는 잴 수 없는 '시간 밖의 또다른 시간'일 수도 있겠다. 그래서 『어린 왕자』의 아이는 기실, 아이가 아니라 동양판 『노자』 『장자』의 화자만큼이나 헤아리기 어려울 정도의 나이를 먹었다 할 수도 있으리라.

어쨌거나 『야간비행』이나 『어린 왕자』는 하늘의 기록이자 땅의 서사다. 특히 『야간비행』은 내게 『모비딕』만큼이나 경이로운 책이었다. 마루야마 겐지는 『모비딕』을 읽고 일본의 사소설과는 확연히 다른 그 스케일에 압도되어 소설가가 되기로 결심했다는데 나 또한 『야간비행』을 읽으며 문학의 시야가 땅에서부터 하늘까지 확대되는 것을 느꼈다. 그리고 그 어느 지점에서 어머니가 그토록 강조했던 성경의 세계와 살짝 겹친다는 느낌도 받았다. 그때까지 읽은 거의 모든 문학 작품은 실로 땅의 이야기였다. 가끔씩 하늘로 상승하는 듯 싶다가도 땅으로 곤두박질치는 이야기들. 남과 여, 사랑과 이별, 한숨과 비탄의 쳇바퀴를 뱅뱅 도는 이야기들. 아니면 지상을 너무 멀리 떠나버린 신들의 이야기였거나. 하늘에 떠서 땅을 기록한다는 것은 그래서 읽는 이의 상상력 스펙트럼까지 뒤집는 것이기도 했다.

하지만 하늘의 작가 생텍쥐페리의 서사는, 그 집필 순서에 관계없이 『인간의 대지』에서부터 출발하여 이동해갔다. 처음부터 서늘하게 하늘을 떠다닌 게 아니었다. 극한적 전투 상황 속에서 낡은 비행기로 위태하게 프랑스 상공을 출발해 서북 아프리카까지 오가야 했으므로 낭만적 야간비행과도 거리가 멀었다. 주로 밤에 비행을 했던 것도 최대한 적병에게 발견되지 않기 위해서였을 것이다.

불현듯 『야간비행』이나 『어린 왕자』를 '아!' 싶게 지척의 이미지로 떠올린 것은 수년 전 떠난 사하라 여행의 한 캠프에서였다. 와르르 쏟아질 듯한 그 별들의 밤에 별과 별 사이를 떠가는 밤의 비행이라니. 내가 바라보고 있는 바로 저 지점을 언젠가 그도 지나갔을지 모른다는 생각에 가슴이 두근거렸다.

"나는 해가 지는 광경이 좋아. 우리 해 지는 걸 보러 가……"(34쪽) "아침에 세수를 하고 나면 나의 별도 정성 들여 몸단장을 해줘야 해."(30~31쪽) "가장 중요한 건 눈에 보이지 않아."(105쪽)*

저 깜깜한, 그러면서도 황홀한 밤을 홀로 떠가면서 그는 실제로 먼 별에서 온 어린 왕자가 되어 그렇게 중얼거렸을지도 모른다는 생각이 들었을 것이다. 흔히 사람들은 『어린 왕자』를 어른을 위한 동화라고 부른다. 하지만 어른과 아이의 진정한 차이란 무엇일까. 세상의 모든 아이는 키가 자라듯 생각도 자라고 성숙해져서 '어른'에 이르는 걸까. 그 얄팍한 책이 그토록 많이 읽혔던 이유는 도대체 무엇 때문일까. 말할 것도 없이 아이만이 가질 수 있는 생각과 시선의 소환 때문이었을 것이다. 그 '아이'를 떠나왔지만 동시에, 그리워하는 '어른 아이'가 우리 모두에게 있기 때문이다.

그런데 비행사 생텍쥐페리는 생각의 감옥을 만드는 고정관념을 뒤집어보는 일을 어떻게 해낸 걸까. 그는 비행하는 동안 하늘의 한쪽에서 떠오르는 다른 해를 봤을 것이다. 지구의 어느 한쪽에서 보았을 때 떠

* 앙투안 드 생텍쥐페리, 『어린 왕자』, 김화영 옮김, 2007, 문학동네.

서동요 薯童謠

하늘에서 살다 땅으로 내려와 죽은 생텍쥐페리는 상상력의 스펙트럼을 뒤집었다.

오르는 그 해는 반대쪽에서는 지는 해였을 것. 하늘에서 보는 밤, 낮, 아침의 의미는 따라서 고정되어 있지 않거나 뒤집힐 수 있다. 지상에서 움켜쥐거나 열망했던 것도 하늘에서 보았을 때에는 하찮게 보이거나 덧없게 보일 수도 있다.

예컨대 시각과 시야의 변이가 자연스럽게 사고의 변용을 불러온 게 아니었을까. 사람들을 열광시킨 『어린 왕자』의 초월적이고 명상적인 상상력은 사실 시야 혹은 시점 이동에 따라 일어나는 자연스러운 생각 전복일 수도 있었으리라.

사하라의 별밤을 지나 해뜨기 기다려 출발하면 오후에는 튀니지의 수도 튀니스에 닿는다. 지난밤의 그 와르르 쏟아질 듯한 별밤은 환하고 시끌벅적한 도회에서는 환몽幻夢처럼 된다. 석양에 파리를 떠났던 고독한 밤의 여행자는 역시 먼 비행 끝에 북아프리카 튀니스에 와서야 해 뜨는 땅을 밟았을 것이다. 튀니스에 자리한 프랑스 지식인과 예술가들의 단골 카페 데나트. 이곳 창가에 앉아 그는 둥근 지구와 수평의 지구에 대해 함께 생각해보았을까. 보아뱀이 모자로 보이듯 비행을 마치고 그곳을 찾은 그로써는 바다가 하늘이 될 수도 있었을 것이고말고다.

그러나 뭐니뭐니해도 서양 경전 같은 『어린 왕자』를 가장 잘 읽으려면 밤의 비행기에서 창밖을 보거나 사하라에 가서 고개를 한껏 젖혀 밤하늘의 별밤을 봐야 할 것만 같다.

생각의 감옥을 뒤집은 비행사, 생텍쥐페리

"용기가 가장 놀랍고도 유용하게 펼쳐지는 것을 볼 수 있는 분야는 바로 항공 분야가 아닐까? 그 용기는 무모함일 수도 있지만, 특수 임수를 수행할 때는 더 이상 무모함이 아니게 된다."(『야간비행』, 용경식 옮김, 문학동네, 10쪽)

소설가 앙드레 지드는 생텍쥐페리의 『야간비행』 머리말에 이렇게 얘기했다. 그런 면에서 생텍쥐페리는 노후한 공군 수송기와 정찰기로 지중해를 오간 용기 있는 비행사였다.

앙투안 드 생텍쥐페리Antoine de Saint-Exupéry(1900~1944). 이름이 문장만큼 긴 그는 1900년 프랑스 리옹에서 태어났다. 네 살 때 아버지가 사망했고, 청소년기에 제1차세계대전을 겪었다. 스트라스부르 전투기 연대에서 군복무를 하던 스물한 살에 조종사 자격증을 취득해 공군으로 복무하다 제대 후 라테고에르 항공사에 취직하여 정기우편비행을 담당하기도 했다. 민간항공사의 비행사로 일하면서도 꾸준히 작품을 발표해 소설가와 비행사 두 마리 토끼를 모두 잡았다. 또한 신문사의 특파원으로서 스페인의 시민전쟁을 취재하는 등 행동하는 작가의 면모도 보였다.

제2차세계대전이 발발해 다시 전투비행사로 복무했으나 한동안 뉴욕에서 작품 집필에 전념한 뒤 알제리의 정찰비행단에 들어갔다. 1944년 여름, 정찰 비행기로 프랑스 본토로 떠난 후 실종됐는데 전쟁중이라 독일 전투기에 격추돼 사망한 것으로 추정했다. 한 시간분의 연료가 남은 상태에서 기지로 귀환하지 않은 그의 행방을 두고 다양한 추측이 난무했으나 1998년에 마르세유 어부들이 그의 신분 인식 팔찌를 건졌고, 2000년 지중해 연안에서 그가 탔던 정찰기의 잔해가 발견되었다.

비행중의 경험이나 동료들과의 우정이 많은 작품의 모태가 됐는데 1931년 페미나상을 받은 『야간비행』, 1939년 아카데미프랑세즈 소설 대상을 받은 『인간의 대지』 등 그 작품성도 인정받았다. 많은 작품 중에서 특히 어른을 위한 동화로도 불리는 『어린 왕자』로 유명한데, 1935년 파리와 사이공 간의 비행기록을 세우기 위해 출발했다가 리비아 사막에 불시착해 닷새 동안 헤맸을 때의 경험을 바탕으로 집필했다고 한다. 책에 들어간 삽화도 직접 그려서 글과 그림의 어우러짐을 보는 재미도 있다. 책 속의 문구가 지금까지 회자될 정도로 폭넓은 독자들의 인기를 끌고 있다.

시화기행 1

초판 인쇄 2021년 11월 30일
초판 발행 2021년 12월 10일

지은이 김병종
책임편집 임혜지 | 편집 이희연
디자인 이보람 최미영 | 마케팅 정민호 양서연 박지영 안남영
홍보 김희숙 함유지 이소정 이미희
제작 강신은 김동욱 임현식 | 제작처 천광인쇄사

펴낸곳 (주)문학동네 | 펴낸이 염현숙
출판등록 1993년 10월 22일 제406-2003-000045호
주소 10881 경기도 파주시 회동길 210
전자우편 editor@munhak.com
대표전화 031) 955-8888 | 팩스 031) 955-8855
문의전화 031) 955-2655(마케팅) 031) 955-2672(편집)
문학동네카페 http://cafe.naver.com/mhdn | 트위터 @munhakdongne
북클럽문학동네 http://bookclubmunhak.com

ISBN 978-89-546-8015-8 03810

www.munhak.com